LUZIFER
VERLAG

MICHAEL DISSIEUX

DER SCHUPPEN

»Walking with the devil on the twisted Road.«
Neil Young

»Gott ist eine Idee, der Teufel, das sind wir.«
Joe R. Lansdale

FSC
www.fsc.org
MIX
Papier aus verantwortungsvollen Quellen
FSC® C083411

Deutsche Erstausgabe

Cover & Umschlaggestaltung: Michael Potrafke
Covermotiv ©: iStock.com/g-stockstudio

ISBN: 978-3-95835-095-3

Printed in Germany

Bibliografische Information der Deutschen Nationalbibliothek:
Die Deutsche Nationalbibliothek verzeichnet diese Publikation in der Deutschen Nationalbibliografie; detaillierte bibliografische Daten sind im Internet über http://dnb.d-nb.de abrufbar.

- Prolog -

Als ihr kalt wird, denkt sie an ihren Vater und an das, was er zu ihr sagte, als sie ging.

Sie hatten sich nie sonderlich nahe gestanden, und wenn sie sich trafen, was nicht öfter als dreimal im Jahr vorkam, endete es zumeist in Diskussionen und Vorwürfen.

Ihre beste Freundin hatte ihr einmal in einer Bar gesagt, sie könne sich glücklich schätzen, ihren Vater so oft sehen zu können. Daraufhin hatte sie ihr laut lachend angeboten, ihren Vater gegen einige Drinks und eine Nacht mit dem jungen Latino hinter dem Tresen einzutauschen. Danach hatten sie sich ins Getümmel verschwitzter Leiber, schlichter Ansprüche und kurzer Röcke geworfen, ohne zu ahnen, wie schnell ein junges Leben ausgehaucht werden kann.

Am letzten Tag, an dem sie ihren Vater sah, hatte sie ihm von Jason erzählt. Sie wusste, dass er ihren neuen Freund nicht gutheißen und kein gerades Haar an ihm lassen würde. Das war immer schon so gewesen, seit sie mit vierzehn den ersten Jungen mit nach Hause gebracht hatte. Ihr fällt plötzlich nach all den Jahren ein, dass der Junge damals Timmy hieß, eine Klasse über ihr gewesen war und eine für sein schmales Gesicht zu große Brille getragen hatte. Doch er war, wie zahlreiche andere nach ihm, nicht gut genug für *Daddys little Girl* gewesen.

Sie hatte im Laufe der Jahre gelernt, mit den Ansichten ihres Vaters umzugehen und seine Tiraden schweigend über sich ergehen zu lassen. Meistens sieht sie aus dem Fenster, wenn er etwas mit seiner tiefen, barschen Stimme zu ihr sagt, oder sie beginnt Tassen und Teller auf dem Tisch in die richtige Position zu rücken, was ihn regelmäßig zur Weißglut bringt.

Sie hasst die Diskussionen über ihre jeweiligen Freunde, ihren Job, in dem sie ihr Potenzial nie würde entfalten können, oder eine neue Frisur, und auch wenn sie es sich nicht eingestehen will, so hasst sie inzwischen auch die Besuche in dem kleinen, dunklen Haus ihres Vaters.

Doch dieses Mal war etwas anders.

Als sie ging, nahm er sie in den Arm und strich ihr über den Rücken, was er sonst nie tat. Sie erinnert sich an seinen warmen Atem in ihrem Ohr und den Geruch von Schweiß und Tabak, der ihr das lange vermisste Gefühl von »Zuhause« vermittelte. Und natürlich an seine Worte, die sich für sie so fremdartig angehört hatten, als hätte sie ihren Vater nie gekannt.

»Pass auf dich auf«, hatte er gesagt, während er sie im Arm hielt, und seine Stimme hatte leise und bedrückt geklungen. Nur ein paar Worte, lapidar und schlicht und doch so unendlich wertvoll.

»Da draußen gibt es nur noch Verrückte.« Dabei hatte er sie mit ausgestreckten Armen von sich gehalten und angelächelt. Er war ihr noch nie so fremd vorgekommen.

Als sie im Wagen saß und nach Baton Rouge fuhr, hatte sie über diesen Moment nachgedacht. Dann waren zwei Songs von Freddy Mercury im Autoradio gelaufen, und als sie Baton Rouge erreichte, waren die Worte des alten Mannes bereits vergessen.

Jetzt, in der Kälte und unfähig sich zu bewegen, kommen sie ihr wieder in den Sinn. Sie versucht zu weinen, doch sie besitzt keine Tränen mehr. Ein Schluchzen rinnt ihre Kehle hinauf, verendet jedoch noch vor ihren Lippen.

Sie fragt sich, wann sie ihren Vater wohl wiedersehen wird und stellt sich ihren nächsten Besuch in dem schäbigen Haus an dem kleinen Bach vor. Als Kind hat sie das Gewässer und die Wiesen geliebt und sich in ihre eigene Fantasiewelten geflüchtet, während das klare Wasser ihre nackten Füße umspielte. Jetzt weiß sie, dass sie den Bach nie wieder plätschern hören wird. Ebenso wenig, wie sie ihren Vater wiedersehen wird.

Sie weiß, dass er sich von ihr verabschiedet hatte, als er sie in den Arm nahm. Er hatte gewusst, dass sein kleines Mädchen es nicht schaffen würde, auf sich aufzupassen. Er hatte sie schon immer besser gekannt, als sie sich selbst.

Ihr ist kalt. Ihr Körper fühlt sich an, als würde er am Grunde des kleinen Baches liegen.

Neben ihr an der Wand hängt ein gelbstichiges Kalenderblatt aus dem Jahr 1986. Einer der Tage darauf ist mit schwarzem Stift eingekreist.

Sie schließt die Augen und spürt einen Schmerz, der in ihrer Kehle beginnt und in ihrem Kopf brennt. Doch sie schafft es, nicht zu weinen …

- Kapitel 1 -

Hellraiser

Die Männer in meiner Familie hatten schon immer gewusst, wie sie ihre Frauen von dem alten Schuppen im Garten fernhalten können. Mein Vater hatte die Hütte einfach mit alten Möbeln, Autoreifen und Fässern vollgestopft, sodass an ein Durchkommen nicht zu denken war. Mein Großvater erzählte meiner Großmutter etwas von Schlangen und Ratten, die sich dort in den dunklen Ecken versteckt halten. Und ich? Ich habe eine Frau geheiratet, unter deren Würde es ist, einen Ort wie den heruntergekommenen Schuppen mit seinen moosbewachsenen Klinkersteinwänden und dem durchhängenden Dach zu betreten. Jeder von uns hatte seine eigene wirksame Methode, denn niemand sollte jemals von dem erfahren, was sich *unter* der maroden Baracke befindet.

***

Eine Woche nach meinem zwölften Geburtstag ging ich hinaus in den Garten, betrat den alten Geräteschuppen und entdeckte das Geheimnis meines Vaters.

Von da an veränderte sich mein Leben. Man kann sagen, dass ich an jenem Tag vor achtundzwanzig Jahren auf einen Schlag erwachsen wurde und mein Leben fortan eine Richtung nahm, die ich als Kind damals faszinierend und erschreckend zugleich fand, und die mich schließlich zu dem gemacht hat, was ich heute bin.

Damals glaubte ich noch, durch puren Zufall in mein Verhängnis gestolpert zu sein. Heute weiß ich es besser. Ich weiß, dass nichts in meinem Leben, ganz gleich, was mir jemals widerfahren ist, auf Zufall zurückgeführt werden kann.

Am Tag zuvor hatte ich vor dem Fernseher gesessen und dabei zugesehen, wie sieben Menschen ihr Leben über Texas aushauchten.

Wir schrieben das Jahr 1986, es war Ende Januar und ich trank eine Dose Limonade und aß scharfe Chips, während die Stimme des Kommentators wie die einer hysterischen Frau klang. Ich betrachtete fasziniert das seltsame Rauchgebilde, das sich wie ein Geschwür in den Himmel brannte, und fragte mich, was mein Vater sich dabei gedacht hatte, mir mein neues Fahrrad wegzunehmen. Dabei fielen mir Chipskrümel in den Schoß, die ich mit einer fahrigen Handbewegung auf den Teppich kehrte.

Erst eine Woche zuvor hatte ich das »Hellraiser« am Ende einer lahmen Geburtstagsfeier geschenkt bekommen. Das Highlight eines Tages, den ich am liebsten, wie all meine Geburtstage zuvor, aus meinem Leben gestrichen hätte.

Die meisten der Kinder, die ich eingeladen hatte, waren nicht erschienen, was mich auch nicht verwunderte. Meine Mutter hatte mir kleine Briefe in bunten Umschlägen mit zur Schule gegeben, die sie selbst gebastelt hatte, und auf denen fliegende Luftballons und ein bellender Hund mit einer Sprechblase zu sehen waren. Darin hatte sie auf jedem Brief mit einem goldenen Stift geschrieben: »Wuff, was wäre es schön, wenn ich dich auf Jacksons Geburtstagsparty ein klein wenig durch den Garten jagen könnte. Wuff. Spaß ist garantiert.«

Ich verteilte sie nur ihr zuliebe in meiner Klasse, und nicht etwa, weil ich es wollte. In meiner Schule war ich nicht gerade das gewesen, was man *beliebt* nennt. Die Jungs fanden mich merkwürdig und machten sich über meine schmächtige Erscheinung lustig – besonders, wenn wir Sport hatten und mit dem Ball spielen mussten. Ich war groß und dürr, und zumeist sah es dann aus, als würde ein dünner Ast mit wild wedelnden Zweigen auf groteske Weise hinter dem Ball herlaufen, während der Wind versuchte, ihn umzupusten. Für die Mädchen war ich einfach nur ein »unheimlicher Freak«, mit dem sie nichts zu tun haben wollten, und der ihnen Angst machte, auch wenn sie das nie zugegeben hätten. Das Wort »Freak« war 1986 natürlich noch nicht so geläufig wie heute. Meine Klassenkameradinnen hatten mich mit anderen Wörtern betitelt, die ich hier nicht wiedergeben möchte, die aber im Grunde mit dazu beigetragen haben, dass ich zu dem wurde, der ich nun einmal bin. Im Grunde genommen trugen die Mädchen an meiner Schule eine gehörige Mitschuld an dem, was später geschehen sollte. Ihre Worte hatten tiefe Narben auf meiner schmächtigen Seele hinterlassen.

Manche der Jungs zerrissen die Einladungskarte, für die meine Mutter über zwei Tage gebraucht und die sie in akribischer Kleinarbeit an unserem Esszimmertisch und mit zwischen den Lippen eingeklemmter Zunge gebastelt hatte, direkt vor meinen Augen und ließen die Schnitzel vor meine Füße rieseln. Andere falteten während des Unterrichts Papierflugzeuge daraus und warfen sie nach vorn, während unser Lehrer, Mr. Mullins, etwas an die Tafel schrieb. Da auf den Karten natürlich mein Name als Absender stand, war ich der Einzige gewesen, der finstere Blicke von Mullins erntete und am liebsten in einem Loch im Boden versunken wäre.

Am Tag meines Geburtstages erschienen nur zwei Jungen aus der Schule von insgesamt siebenundzwanzig Einladungen, die ich verteilt hatte. Außerdem ein Mädchen aus der Nachbarschaft, die mich aus unerfindlichen Gründen mochte, zu lange Zähne hatte und deshalb eine barbarische Spange tragen musste, die ihr wie das Zaumzeug eines Pferdes um den Kopf geschnallt war.

Sie hieß Cecilia und war ein Jahr jünger als ich. Die Namen der beiden Jungen habe ich vergessen.

Im Grunde mochte ich Cecilia, denn sie war genau so ein »Freak« wie ich, mit dem Pferdegeschirr und ihren langen Haaren, die immer ungewaschen wirkten, stets zu einem Zopf gebunden waren und ihr dadurch das Aussehen eines Mauerblümchens verliehen. Trotzdem habe ich die eigentliche Feier als recht langweilig im Kopf behalten, denn was sollte ein zwölfjähriger Junge mit einem Mädchen mit Pferdehalfter und zwei Jungen anfangen, an deren Gesichter er sich nicht einmal mehr erinnern kann? Wir saßen die meiste Zeit an einem extra für uns aufgebauten Tisch in der Ecke des Wohnzimmers auf wackeligen Plastikstühlen, stopften uns mit Kuchen und Kakao voll und hörten meinen Tanten, Onkeln und zwei Großvätern zu, wie sie anfingen zu streiten, immer lauter wurden und sich zu guter Letzt sogar in die Erziehung meiner Mutter einzumischen versuchten, indem mir einer meiner Onkel eine schallende Ohrfeige verpasste. Warum er das tat, weiß ich heute ebenfalls nicht mehr, nur dass ich zwei Tage lang eine geschwollene Wange hatte und drei Fingerabdrücke in meinem Gesicht zu sehen waren. Mein Onkel arbeitete in einer Fabrik, in der Bleche gestanzt wurden, und besaß an besagter Hand nur die drei mittleren Finger. Was ich aber ganz sicher noch weiß ist, dass ich damals nicht geweint habe. Nicht vor Cecilia. Und auch nicht vor den beiden gesichtslosen Jungen aus meiner Schule.

Ich hatte meine Geburtstage immer schon gehasst. Sowohl als Kind, wie auch später. Meine Großväter und Onkel wurden immer aggressiver und stritten sich über Football, Frauen und die Filme von Burt Reynolds, während meine Mutter sich mit den Damen der Gesellschaft in die Küche zurückzog und sich um den Abwasch kümmerte. Cecilia blieb bei mir und den beiden Jungs und erzählte etwas über ihre kleine Schwester, das ich nicht verstand, weil sie wegen ihrer Spange fürchterlich lispelte und dazu noch auf einem Stück Kuchen herumkaute.

Normalerweise sollte man sich achtundzwanzig Jahre später nicht an so einen fürchterlichen, endlos erscheinenden Tag erinnern müssen, aber ich tue es gern und oft, denn mein Vater machte mir an diesem Abend das tollste Geschenk, das ein Vater seinem Sohn nur machen kann.

Wenn ich heute an diesen Tag zurückdenke, so wie jetzt, während ich ausgestreckt auf dem Bett liege, die Luft im Schlafzimmer nach einem ordentlichen Furz riecht und sich die letzten Sonnenstrahlen des Tages wie dürre Finger durch die Rollläden in den Raum tasten, kann ich mich an jede einzelne Sekunde von damals erinnern.

Irgendwann verschwanden meine Tanten und Onkel, wobei mir der mit den drei Fingern an der Hand mit geballter Faust wiederzukommen drohte, wenn ich es noch einmal wagen sollte, meiner Mutter eine derart freche Antwort zu geben, wie ich es wohl am Nachmittag getan haben musste. Die Großväter, die ich beide nicht mochte, folgten ihnen einige Minuten später, wobei sie mich bei der Verabschiedung kaum beachteten, und einer von ihnen meiner Mutter kichernd in den Hintern kniff, was diese mit einem spitzen Mädchenschrei quittierte. Zurück blieben die beiden namenlosen Jungen und Cecilia, doch als die Jungen von ihren Müttern abgeholt wurden und sichtlich froh waren, die Farce endlich hinter sich gebracht zu haben, blieben nur noch Cecilia und ich übrig.

Ich weiß noch, dass ich das Mädchen in Gedanken immer »Cecilia Pferdezahn« nannte, doch das habe ich ihr bis zu ihrem Tod nie gesagt. Ich denke, dass dieser Name sie nur unnötig verletzt hätte.

Nachdem sie mir weitere Geschichten von ihrer kleinen Schwester erzählt und ich ihr so gut wie gar nicht zugehört hatte, ging sie irgendwann am Abend nach Hause, nachdem sie sich ordentlich und lispelnd von uns allen verabschiedet hatte, und es kehrte endlich Stille in unser Haus ein.

Rückblickend betrachtet war Cecilias Gesicht, als sie ging, eine einzige Maske der Enttäuschung gewesen, da sie sich damals schon mehr zwischen uns erhofft hatte. Doch an dem Tag war mir das nicht aufgefallen. Meine Geburtstagsgäste waren gegangen, ein scheinbar endloser Tag war überstanden, und meine Eltern streckten sich stöhnend auf dem wuchtigen Sofa aus, das damals modern war und Löwentatzen anstelle von Holzfüßen besaß. Nur das war für mich wichtig.

Ich saß damals auf dem Teppich vor dem Wohnzimmertisch, hielt meine Big-Joe-G.I.-Figur in den Händen und fragte mich, wie wohl mein nächster Geburtstag verlaufen würde. Mein Onkel würde mir wahrscheinlich wieder eine scheuern, und Cecilia weitere Geschichten über ihre Schwester erzählen, während sie Kuchen kaute und Krümel zwischen ihrem Zaumzeug zu Boden rieselten. Ich beschloss damals, im nächsten Jahr keinen Geburtstag zu haben und immer zwölf zu bleiben, so wie der Junge mit der Blechtrommel, der sich geweigert hatte, erwachsen zu werden. Doch die Wünsche eines Jungen haben Gott noch nie interessiert, und so kam alles anders, als ich es mir damals geschworen hatte …

***

Mein Blick fällt zu unserem digitalen Radiowecker, der die Uhrzeit in roten Ziffern an die Decke wirft. In einer halben Stunde würde Megan nach Hause kommen, und bis dahin waren noch einige Sachen zu erledigen.

Als ich aus dem Bett steige, knacken meine Gelenke wie

dürre Zweige. Erst beim zweiten Versuch schaffe ich es, mich auf die Bettkante zu setzen und mit den Füßen nach meinen Slippern zu suchen. Während ich durch die sterbenden Lichtfinger des Nachmittags wanke und mich dabei am Hintern kratze, fällt mein Blick auf das kleine Regal neben der Schlafzimmertür, ein schiefes Brett, das ich vor Jahren dort angeschraubt hatte. Auf der linken Seite stehen drei Bücher von Ed Lee – die einzigen, die ich je in meinem Leben gelesen habe – daneben einige Comics, eine leere Coladose, eine Simpsonfigur und natürlich Big Joe G.I.

Fast ehrfürchtig nehme ich ihn vom Regal, puste ihm einige Staubflocken aus dem Gesicht und streiche mit dem Daumen über sein schwarzes Kunststoffhaar. Ich kann nicht verhindern, dass sich ein Lächeln über mein Gesicht stiehlt. Eines von der Sorte, die voller Sehnsucht und Erinnerungen stecken und ganz tief unten im Magen riesige Löcher aus Schmerzen reißen.

***

Ja, Joe hielt ich auch damals in den Händen, als ich auf dem Boden saß, über meinen Geburtstag nachdachte und glücklich darüber war, den Tag unbeschadet überstanden zu haben, sah man von der Ohrfeige meines Onkels einmal ab.

Irgendwann in unserem Haus der Stille, das mir noch nie so schweigsam vorgekommen war, stand mein Vater mit einem schwerfälligen Stöhnen auf, warf meiner Mutter einen kurzen Blick zu und beugte sich zu mir herunter, nachdem sie ihn mit einem unmerklichen Nicken dazu aufgefordert hatte.

Es ist merkwürdig. Ich kann mich an jede Kleinigkeit dieses Tages erinnern, an das Wortgefecht über Football von meinen Großvätern, über ihre Ansichten, dass Burt Reynolds mit seinem Schnauzbart wie ein Homo aussah und daran auch sein rasanter Fahrstil und die coolen Sprüche nichts ändern konnten, und an Cecilias alberne Geschichten über ihre Schwester, die ich erst zweimal in meinem Leben gesehen hatte; einmal auf einem Straßenfest ein Jahr zuvor und das zweite Mal auf einem Foto in der Schulzeitung. Natürlich erinnere ich mich auch an die Kuchenkrümel in den Drähten von Cecilias Spange, die mich an kleine, bunte Käfer erinnert hatten, und beim Sprechen wie bei einem gierigen Hund auf den Tisch rieselten. All das weiß ich noch, als würde ich über einen Film nachdenken, den man nie vergisst, so beschissen er auch gewesen sein mag. Aber ich erinnere mich nicht daran, was mein Vater in diesem Moment, als er sich zu mir herunterbeugte, zu mir sagte.

In Gedanken sehe ich nur, wie er mir die Hand reicht, und ich mich von ihm auf die Füße ziehen lasse. Ich kann mich daran erinnern, dass er mich so leicht hochzog, als sei ich eine Puppe aus Stroh und ich ins Straucheln geriet. Er hielt mich fest und lächelte, obwohl meine Schulter danach schmerzte. Aber seine Worte wollen mir einfach nicht einfallen. Es ist, als hätte jemand meiner Kindheit den Ton abgedreht.

Er ging mit mir ins Schlafzimmer, einem Raum, den ich nur ungern betrat, da ich wusste, was meine Eltern dort taten. Als ich zehn Jahre alt war, hatte ich nach einem Albtraum eines Nachts in der Tür gestanden, meinen Stoffaffen in der einen und Big Joe in der anderen Hand, und musste mit ansehen, wie mein Vater meine Mutter so bearbeitete, wie ich es einmal bei Hunden im Park gesehen hatte. Das Schlimme daran war, dass es meiner Mutter nicht das geringste auszumachen schien, denn sie klammerte sich an den glänzenden Messingstäben am Kopfende des Bettes fest, keuchte und stöhnte und spornte meinen Vater zwischen zusammengepressten Zähnen immerzu an, »ihr den Rest zu geben« und sie »genau da anzupacken«. Ich wusste damals nicht, was meine Mutter damit meinte, aber die Art und Weise, wie beide keuchten und grunzten, hatte etwas Beängstigendes an sich, das mich in den nächsten Wochen in so mancher Nacht schwitzend aus den merkwürdigsten Albträumen aufschrecken ließ. Jeder dieser Träume endete unweigerlich damit, dass einer von beiden mit verdrehten Augen und zuckenden Beinen neben dem Bett lag und Schaum vorm Mund hatte, während der andere johlend auf dem Bett tanzte.

Seit jener Nacht mied ich den Raum, in dem ich als Kind gerne und oft auf dem Bett »Dinosaurier im Gebirge« gespielt hatte.

Als mein Vater die Tür öffnete, sah ich für einen winzigen Augenblick die nackten Körper meiner Eltern vor Augen und glaubte sogar, ihr Keuchen zu hören, das wie das Hecheln durstiger Hunde klang.

Dann verblasste die Nacht von vor zwei Jahren, und zurück blieb ein neues, glänzendes und mit einer albernen Schleife am Lenkrad geschmücktes Mountainbike, das am Fußende des Bettes vor dem großen Kleiderschrank stand.

Die Nackten im Bett waren vergessen. Ich riss mich von der Hand meines Vaters los, stürzte ins Zimmer, strich über den Sattel, der im Schein der beiden Nachttischlampen merkwürdig schwarz funkelte und mich an das Auto meines Vaters erinnerte, als er es frisch vom Händler geholt hatte. Meine Finger legten sich sanft um die Lenkradgriffe aus Hartgummi. Sie fühlten sich warm und erwachsen an und schienen wie für meine zierlichen Hände gemacht.

Am Rahmen stand in roter und gelber Schrift, die an Flammen erinnern sollte und sich tatsächlich zu bewegen schien: Hellraiser.

***

Die Haustür reißt mich aus meinen Erinnerungen. Erst jetzt fällt mir auf, dass ich erneut ausgestreckt auf dem Bett liege, Big Joe G.I. gegen meine Brust drücke und zur Decke starre. Meine Füße ragen über den Rand des Bettes hinaus, was mir Schmerzen in den Oberschenkeln verursacht.

»Verdammt«, zische ich wie eine wütende Schlange, schwinge mich aus dem Bett, ohne dass meine Gelenke diesmal knacken, und stelle Big Joe auf das Regal zurück. Dabei werfe ich die leere Coladose um, die polternd zu Boden fällt.

Von unten kann ich hören, wie die Haustür geschlossen wird. Plötzlich ist die Stille des Hauses vom Rascheln von Einkaufstüten, Megans Schritten und dem Klimpern ihrer Autoschlüssel erfüllt, die sie immer mit Schwung auf die kleine Kommode neben der Haustür wirft.

»Jackson?«

Ihre Stimme verursacht mir Gänsehaut, so wie sie es in den letzten zwei Jahren getan hat. Als sie damals die Sache mit Judith herausfand, veränderte sich etwas zwischen uns. Etwas zerbrach, dass davor schon sehr instabil gewesen war. Ich kann im Grunde nicht einmal erklären, was. Vielleicht ist es die Art, wie sie mich ansieht, oder das, was sie zu mir sagt. Manchmal sogar die Art, wie sie sich bewegt. Am deutlichsten merke ich den Unterschied am Klang ihrer Stimme. Früher mochte ich es, ihr zuzuhören, und ich animierte sie oft, mir von ihrem Job zu erzählen, einfach nur, um ihre Stimme zu hören und nicht etwa, weil es mich wirklich interessierte. Ihre Stimme war für mich der Inbegriff von »Zuhause« gewesen, weil ich genügsam gewesen war und nichts Besseres kannte. Doch seit Judith haben ihre Worte auf groteske Weise ihre Wärme verloren. Ich stelle mir oft vor, dass Megan so, wie sie mit mir redet, sich auch mit ihren Kollegen im Büro unterhält. Distanziert und kühl und auf erschreckende Weise abwesend. Eine klare Grenze ziehend, die sie mit aller Kraft verteidigen würde. Eine Frau sollte so nicht mit ihrem Mann reden, aber Megan tut es, und sie lässt mich auf diese Weise für jede einzelne Nummer büßen, die ich jemals mit Judith in unserem Ehebett und an anderen Orten, von denen Megan nie etwas erfahren wird, geschoben hatte.

»Hier oben«, rufe ich und ziehe mir eine Hose an, die zerknittert über dem Bettpfosten hängt. Ich stolpere über ein Hosenbein und pralle mit der Schulter gegen den Türrahmen.

Zu Beginn fühlte ich mich schuldig und kam mir wie ein kleiner Junge vor, den man im Badezimmer dabei erwischt hatte, wie er an sich selbst herumspielte. Ich hatte einen Fehler gemacht, das wusste ich, und Megan ließ mich dafür leiden. So einfach lief das in meinem Leben *nach* Judith. Wir hatten unsere Rollenverteilung in der Ehe, die allerdings nur Megan genoss. Ich hingegen war zu ihrem Prügelknaben geworden. Die ersten Wochen waren besonders schlimm gewesen, und ich bin mir sicher, dass sie damals in mehr als einer Nacht wach gelegen und über eine Trennung nachgedacht, sie aber wegen David nie durchgezogen hatte. Und wie viel sie ihrer Freundin Clara von unseren Problemen erzählte, darüber wage ich erst gar nicht nachzudenken.

Nach einiger Zeit legte sich der erste Sturm. So nannte ich es damals, »der erste Sturm«, denn nichts anderes war es, was unsere bis dahin relativ gut verlaufende Ehe aus der Verankerung riss. Ein Sturm namens Megan.

Das Thema Judith wurde immer seltener angeschnitten, und Megan begann auch wieder, mir von ihrem Job zu erzählen, sogar ohne dass ich sie dazu auffordern musste. Doch die Kälte in ihrer Stimme blieb. Selbst wenn sie lachte. Das Eis war vielleicht geschmolzen, aber darunter befand sich noch immer eine Schicht Raureif. Dasselbe galt für ihre Augen. Das Funkeln, mit dem sie mich oft ansah, wenn sie mir etwas erzählte oder wir einfach nur herumalberten, war erloschen, als hätte man eine Kerze ausgeblasen, und ist es bis zum heutigen Tag geblieben.

Irgendwann schaffte ich es nicht mehr, mit dieser Kälte umzugehen. Wenn ein Mann immer und immer wieder erniedrigt wird, schlägt er irgendwann zurück. Der Tag, an dem ich mir eine andere Philosophie zurechtlegte, war ihr Geburtstag vor sieben Monaten gewesen. Da begann ich zum ersten Mal in Gedanken meine Position zu verteidigen, dachte über meine Beweggründe, Judith betreffend, nach, und kam zu dem Schluss, dass ich nicht die alleinige Schuld an meinem Fehltritt trug. In einer gut funktionierenden Ehe teilt man sich eben alles, auch die Schuld. Wenn ein Mann seine Frau betrügt, hat das, außer seinem Schwanz und seiner Gier, noch andere Gründe, für die er keine Verantwortung trägt.

Von jenem Tag an betrachtete ich die ganze Sache mit anderen Augen und aus einem Blickwinkel, der mich nicht mehr als fehlgeleiteten Sünder oder »schwanzgesteuertes Arschloch« – Originalton Megan – erscheinen ließ.

Ich gehe nach unten und streiche mir währenddessen die Haare mit den Händen zurecht. Jeder Schritt, der mich Megan näher bringt, sagt mir, dass es ein Fehler ist, nach unten zu gehen.

»Hey, Darling.«

Ich hauche ihr einen Kuss auf die Wange. Sie hält einen Augenblick still und hängt dann ihren Mantel an die Garderobe. Meinen Kuss erwidert sie nicht.

»Hast du alles bekommen?«

Mein Blick fällt auf drei Einkaufstüten, die neben der Tür stehen. Eine davon ist umgekippt, und zwei Limonadendosen sind gegen die Fußleiste gerollt.

»Hast du gemacht, worum ich dich gebeten habe?«, erwidert sie, ohne auf meine Frage zu reagieren.

Sie wirft mir einen kurzen Seitenblick zu, mehr bin ich in

ihren Augen nicht mehr wert. Die Schärfe in ihre Stimme macht mir klar, dass sie die Antwort bereits kennt. Ihre Wangen sind von der Kälte gerötet, und ihr Haar sieht aus, als hätte der Wind unablässig damit gespielt.

Ich betrachte Megans Gesicht im Garderobenspiegel und versuche eine der Antworten festzuhalten, die mir in diesem Moment durch den Kopf geistern. »Noch nicht«, erwidere ich, bevor ich intensiv darüber nachdenken kann. Megans Gegenwart verlangt nach Antworten, ohne dass man die Zeit bekommt, sich Gedanken über die Konsequenzen zu machen. »Ich habe versucht, an meinem Roman zu arbeiten. Aber irgendwie …«

»An deinem Roman?«

Die Worte sind nicht als Frage gedacht. Sie hebt ihre Augenbrauen in der ihr typischen, abfälligen Geste und sieht mich direkt an.

»Spukt dir deine alberne kleine Idee etwa immer noch im Kopf herum?«

Ich greife nach den Tüten und gehe in die Küche. Sich ihren Fragen zu stellen, hat ebenso wenig Sinn, als versuche man einem Kind zu erklären, warum der Weihnachtsmann nur ein Märchen ist. Seit der Sache mit Judith haben die wenigsten Gespräche mit Megan einen Sinn.

»Ich hätte mir denken können, dass dich die einfachsten Aufgaben überfordern.«

Sie taucht in der Küche auf, lehnt sich gegen den Türrahmen und sieht mich mit unverhohlener Geringschätzung an. Eine Woge aus Kälte brandet über mir zusammen. Ich beginne ihre Einkäufe in Schränken, Schubladen und dem Kühlschrank verschwinden zu lassen, und stelle entsetzt fest, dass ich mich unter ihrem strengen Blick besonders anzustrengen versuche, um ihren Anforderungen gerecht zu werden und alles an den richtigen Platz zu stellen.

»Wieder einmal bleibt alles an mir hängen«, fährt sie nach einer Weile fort, kramt ihr Handy aus der Hose und knallt es auf den Küchentisch. Ich beginne mich zu fragen, was es war, das ich hätte erledigen sollen. Oft höre ich ihr zu, ohne den Sinn ihrer Worte zu verstehen.

»Verdammt, Jackson, du hast seit Monaten keinen Job mehr und alle Zeit der Welt. Was tust du denn den ganzen Tag?« In einer albernen Geste hebt sie anklagend die Hände, was ich aber nur aus den Augenwinkeln heraus sehe. »Außer natürlich an deinem Bestseller zu schreiben, der ja all unsere Probleme lösen wird.«

Megan schüttelt den Kopf, wie sie es auch bei David gerne tut, wenn er eine schlechte Note nach Hause bringt oder wieder einmal das Opfer der Schulschläger geworden ist. Es interessierte sie nicht, ob ihr Sohn aus der Nase blutete, oder seine T-Shirts zerrissen waren. Wenn sie David mit ihrem typischen und einstudierten Kopfschütteln bedachte, ist der Junge immer »Jacksons Sohn, der es im Leben genauso weit bringen wird wie sein Vater«. Nicht selten habe ich den Verdacht, dass Megan es seit zwei Jahren liebt, den Jungen für das Vergehen seines Vaters büßen zu lassen.

»Ich muss das Buch erst einmal schreiben«, erwidere ich und knalle den Kühlschrank heftiger als notwendig zu. »Aber dafür braucht man Zeit.«

Wieder hebt Megan die Hände und tritt einen Schritt zurück. »Oh, entschuldige bitte. Ich wusste ja nicht, dass du ein so viel beschäftigter Mann bist. Halten dich deine vielen Freunde vom Schreiben ab?«

Ein böses Lächeln stiehlt sich wie ein Schatten über ihr Gesicht, als wäre die Sonne hinter einem Berg verschwunden. Ich weiß, was kommt, noch bevor sie es ausspricht.

»Oder sind es irgendwelche Schlampen, die du erst noch in unserem Bett vögeln musst, bevor dich die Inspiration heimsucht?« Das Lächeln verwandelt sich in ein anzügliches Grinsen. »Ein kleiner Tipp, Jackson. Bleib besser beim Schreiben. Vielleicht wirst du *das* ja eines Tages noch lernen. Zu allem anderen solltest du Abstand nehmen.«

Ihre Stimme ist an Kälte kaum zu überbieten. Ich bin mir sicher, dass das Thermometer im Raum um einige Grad gefallen sein muss.

Sie dreht sich abrupt um, was bedeutet, dass für Megan das Thema erledigt ist und es keinerlei Diskussion mehr benötigt. Sie hatte ihren Triumph und mich wieder einmal spüren lassen, was ich in ihren Augen noch wert bin. Ihr Abgang ist ein perfekt einstudiertes Theaterstück. So läuft das Spiel seit zwei Jahren und jeder von uns fügt sich in seine Rolle.

Doch ich tue dies nur nach außen hin. Ich weiß inzwischen, dass mich keine Schuld an der Sache mit Judith trifft. Irgendwann um ihren Geburtstag herum habe ich über Megans alberne und verletzende Spielchen nachzudenken begonnen. Und ich kenne jetzt den wahren Schuldigen an meiner Verfehlung.

Als ich die Einkäufe verstaut habe, gehe ich nach oben ins Schlafzimmer zurück. Megan ist irgendwo im Haus verschwunden, es interessiert mich nicht wo. Ich bin für jede Sekunde dankbar, die ich sie nicht sehen muss und ich ihren Anfeindungen nicht ausgesetzt bin.

Morgen wird sie mir wieder von ihrem Job erzählen und kein gerades Haar an ihren Kollegen lassen. Sie wird über den verdammten Verkehr in dieser verdammten Stadt lästern und sich wünschen, endlich das Leben führen zu können, das ihre Eltern für sie ersonnen hatten. Mit dieser letzten Bemerkung wird sie mich mit einem kalten Seitenblick streifen und die kleine Auseinandersetzung von heute wird wieder zu den Akten gelegt werden.

Doch ihre Augen würden wieder nicht lächeln und ihre

Stimme so kalt sein, als befände sich eine Eisschicht in ihrer Kehle. Megans ganz eigenes Spiel, das nur nach ihren Regeln gespielt wird. Mein Vater hatte recht. Frauen würden selbst dem Teufel noch in den Arsch treten, wenn ihnen die Hölle zu heiß erscheint.

Als ich die Tür hinter mir schließe, habe ich das Gefühl, mich in meiner eigenen Welt einzusperren. Der Tag ist inzwischen nur noch eine graue Ahnung, der zwischen den Lamellen der Jalousie ins Zimmer sickert. Ich schalte das Licht an, lege mich aufs Bett und bedecke meine Augen mit dem Unterarm. Obwohl ich mir vorgenommen habe, Megans Anfeindungen mit einer kühlen Distanz gegenüberzutreten, hämmert mein Herz viel zu schnell und zu laut in meiner Brust. Mein Atem schmerzt in der Kehle. Das Biest hat es wieder einmal geschafft.

Mein Blick fällt auf den kleinen Schreibtisch, der in der Ecke neben einem Wäscheständer steht. Der Monitor darauf ist ein dunkles Rechteck, davor liegen die wenigen ausgedruckten Blätter, die ich bisher an meiner Geschichte geschrieben habe. Ich überlege, wann ich mit meinem Roman begonnen habe, und komme zu der Überzeugung, dass ich Megan zumindest in diesem Punkt recht geben muss. Es geht einfach nicht voran mit meinem Projekt.

Unwillkürlich huscht ein bitteres Lächeln über mein Gesicht. Immer wenn ich meinen Roman als »Projekt« bezeichne, beginnt Megan wie ein Stier zu schnaufen und dreht sich auf dem Absatz herum, um den Raum mit ihrem berühmten Kopfschütteln zu verlassen und sich auf diese Weise selbst einen dramatischen Abgang zu verschaffen. Sie hält sich selbst für die größte Diva, die diese Welt jemals hervorgebracht hat.

Ich bin mir sicher, dass ich mir mit meinem Projekt zu viel zugemutet habe. Aber an Tagen wie diesem besteht auch keine Veranlassung, mich an den alten Rechner zu setzen und meine

Handlung in einem kleinen, degenerierten Dorf in den Rockys voranzutreiben.

Im Grunde müsste ich mich demonstrativ an die Tastatur setzen und irgendeinen Scheiß in den Computer hämmern, den ich morgen wieder löschen würde. Einfach nur, um Megan zu zeigen, dass sie unrecht hat, so kindisch dieser Triumph über sie auch ausfallen würde.

Doch ich schaffe es einfach nicht, mich aufzuraffen. Mein Herz hämmert immer noch, einem Junkie gleich, in seinem Gefängnis, und mein Atem scheint sich in einen Sturm verwandelt zu haben.

Kurz bevor ich meine Augen erneut unter dem Arm verbergen kann, fällt mein Blick auf Big Joe, der mit dem Gesicht zur Wand steht. Ich stehe auf, nehme ihn und streiche ihm einige Staubflecken unter den Armen weg. Dann lege ich mich wieder aufs Bett, wobei diesmal das Holzgestell knackt, anstelle meiner Knochen, halte die Puppe wie einen Säugling mit beiden Händen über mich und mustere das Gesicht von Joe, dessen Farbe alt und verblasst wirkt.

Big Joe war früher mein bester Freund gewesen, und wenn ich ehrlich bin, auch mein einziger.

Ihm konnte ich all meine Geheimnisse anvertrauen, ohne Gefahr zu laufen, dass er sie ausplaudert oder sich über meine intimsten Gedanken lustig macht.

Big Joe ist der einzige Bezugspunkt, der mir aus meiner Kindheit geblieben ist. Big Joe – und natürlich das, was ich eine Woche nach meinem zwölften Geburtstag im Geräteschuppen entdeckt habe.

Während ich die Puppe in Händen halte, habe ich das Gefühl, dass mich Joe in meine Vergangenheit zurückzuführen versucht. Es ist gerade so, als nehme er mich an der Hand und ziehe mich sanft hinter sich her, so wie es ein Großvater lächelnd mit seinem Enkel tun würde.

In letzter Zeit habe ich nicht oft an damals gedacht. Irgendwie hatte ich zu viel zu tun, eine Aussage, die bei Megan wieder Kopfschütteln auslösen würde. Außerdem erscheint mir meine Kindheit als zu weit entfernt, und sie scheint immer kleiner und lichtloser zu werden, obwohl mich im Grunde ein starkes Band an diese Zeit fesselt.

Mein Vater hatte mir einmal erzählt, ein Mann soll seine Vergangenheit weder leugnen, noch vergessen. Und erst recht darf er dieses spezielle Band niemals durchtrennen. Ein Mann wäre nichts ohne die Dinge, die ihn groß gemacht haben.

Er hatte mir damals so viel beigebracht, wofür ich ihm im Nachhinein betrachtet dankbar bin. Dieser Satz war einer von vielen, die mich auf den richtigen Weg führen sollten.

Ich presse Big Joe G.I. gegen meine Brust und spüre fast augenblicklich, wie sich mein Herzschlag beruhigt. Mir ist es gleich, dass ich mich im Schlafzimmer meines eigenen Hauses einsperren muss, um Megans Angriffen zu entgehen. Und es ist mir auch egal, wo sich Megan gerade aufhält, oder was sie tut. Wahrscheinlich telefoniert sie gerade mit ihrer Freundin Clara, um sich wieder einmal bitterlich über ihr Leben mit einem Versager wie Jackson zu beklagen. Es ist mir gleich, was sie dieser Schlampe von Freundin erzählt. Zufällig weiß ich, dass Clara sich in schöner Regelmäßigkeit von ihrem Fitnesstrainer vögeln lässt, und wie ich Clara einschätze, tut sie das mitten auf dem Esszimmertisch, an dem sie dann etwas später ihrem Mann und ihrer Tochter das Abendessen serviert und dabei heimlich mit dem Fingernagel die Reste ihrer Ausschweifungen von der Tischplatte kratzt. Aber das würde ich Megan ganz sicher nicht auf die Nase binden. Wer weiß, wofür ich dieses wertvolle Wissen eines Tages noch gebrauchen kann.

Big Joe ist bei mir, so wie er es immer war, und er nimmt mich an der Hand und führt mich zurück in meine Kindheit.

Es tut gut, ihn bei mir zu haben, denn mit ihm war ich nie alleine.

Ich frage mich, warum ich mich heute immer noch so gut an meine ersten Tage mit dem Hellraiser erinnern kann. Vielleicht, weil mit dem Fahrrad alles begann. Oder aber, weil ich mit ihm die letzten Tage meiner Kindheit teilen durfte. So oder so, das Hellraiser war der Schlüssel.

Ich drehe Big Joe in meinen Händen und denke an jene Tage zurück. Ein kaltes Gefühl des Verlustes öffnet sich in meinem Magen. Verdammt, das Hellraiser ist tatsächlich die letzte unschuldige Erinnerung an eine Zeit, in der ich noch ein Kind sein durfte. Alles, was nach dem Tag als die Raumfähre explodierte kam, ist befleckt und hat nichts mehr mit Kindheit und Unschuld zu tun.

***

Ich fuhr jeden Tag mit dem Hellraiser die Straße hoch und runter und wurde zu Mario Andretti, der zwei Jahre zuvor die Indy-Car-Serie gewann und seitdem ein Held für mich war.

Big Joe saß immer auf der Lenkstange, die Beine so zurechtgebogen, dass er mit Klebeband fixiert bequem sitzen konnte und die Straße im Auge hatte.

Ich stellte mir vor, wie ich vor Tausenden von Zuschauern meine Runde drehte und als Erster wie der Blitz durchs Ziel schoss. Dabei brüllte die Menge aus einer rauen, von Bier aufgeweichten Kehle unentwegt meinen Namen, während ich Big Joe ins Ohr flüsterte, dass »wir es endlich geschafft hatten«.

Ich wusste damals noch nicht, dass dies die letzten Tage von Sorglosigkeit und Freiheit waren, die für ein Kind selbstverständlich sein sollten. In dem Alter denkt man nicht weiter als bis zum nächsten Tag. Meine Haare flogen wie Furien im

Wind, obwohl mir meine Mutter gesagt hatte, ich solle meine Mütze tragen. Doch es war gerade die Kälte, die ich genoss, und die mir das Gefühl verlieh, unsterblich zu sein. Andretti hatte während seiner Rennen mit Sicherheit auch keine alberne Wollmütze getragen. Wenn ich dann eine Pause einlegte und mich auf die Bank unter der alten Ulme neben dem Spielplatz setzte, dann war ich der total erschöpfte, aber glückliche Andretti, der nach einem weiteren Sieg ein Interview gab und sich dabei mit einer lässigen Geste den Schweiß von der Stirn wischte.

Obwohl ich Indy-Car-Weltmeister war, musste ich jeden Abend um sieben Uhr zu Hause sein. Ich verstand meine Mutter damals nicht, denn in der Straße war es ruhig und in unserer Stadt war noch nie etwas Schlimmes passiert. Außerdem war ich bereits zwölf, und damit kein kleiner Junge mehr.

Trotz meines Unverständnisses hielt ich mich jeden Tag an die Regel meiner Mutter. Manchmal war ich sogar einige Minuten vor sieben Uhr zu Hause, was mir allerdings nie ein Lob einbrachte.

Sechs Tage nach meinem Geburtstag saß Cecilia auf der alten Holzbank unter der Ulme und sah mir zu, wie ich die Straße rauf und runter fuhr. Ich vermied es, sie anzuschauen, doch jedes Mal, wenn ich an der Bank vorbeikam, konnte ich ihre verliebten Blicke wie glühende Dolche in meinem Rücken spüren. Und mit »glühend« meine ich die Art von Glühen, mit dem man als zwölfjähriger Junge relativ wenig anfangen kann. Ich hatte merkwürdigerweise das Bild in meinem Kopf, dass Cecilia versuchte, mich mit ihren Augen einzufangen und zu sich heranzuziehen. Eigentlich wollte ich nicht mit ihr reden, denn ich wusste nicht erst seit meinem unglückseligen Geburtstag, dass sie mich mochte, und das allein war schon Grund genug, ihr aus dem Weg zu gehen.

Doch ich beendete mein Autorennen jeden Tag an der Bank

neben dem Spielplatz und gab mir selbst ein Interview. Davon wollte ich mich auch von Cecilia Pferdezahn nicht abbringen lassen.

Als ich auf sie zufuhr und der Abendwind in meinen Ohren pfiff, konnte ich ihre Spange im letzten Tageslicht glänzen sehen. Es sah aus, als hätte ihr jemand ein Geschirr aus kleinen Glassplittern um den Kopf gelegt.

Die Kälte hatte mein Gesicht gerötet und ließ die Schwellung von der Ohrfeige meines Onkels noch immer wie ein Feuermal brennen.

Ich fühlte mich unwohl, als ich das Hellraiser gegen die Ulme lehnte und mich neben Cecilia setzte. Um nicht zu viel mit ihr reden zu müssen, täuschte ich Atemnot vor, stützte mich keuchend auf den Knien ab und starrte auf den Boden. Meine Beine zitterten vor Erschöpfung, was mir damals peinlich war. Es war Cecilia, die anfing zu erzählen und mir dabei immer wieder verliebte Blicke zuwarf.

Es ging natürlich wieder um ihre kleine Schwester, die am Morgen mit voller Absicht einen Teller zu Boden fallen ließ und dafür zwei Tage Hausarrest bekam. Ich hatte nicht alles verstanden, was Cecilia erzählte, denn durch ihre Zahnspange lispelte sie so stark, dass sie sich nicht selten dem Spott ihrer Schulkameradinnen ausgesetzt sah. Zumindest was das anbelangte, ähnelten wir uns. Nicht, dass ich eine Zahnspange hatte, aber der Spott war stets derselbe.

Als sie merkte, dass es mich herzlich wenig interessierte, für wen ihre Schwester schwärmte, und mich schließlich nach dem Hellraiser fragte, begann ich dann doch aufzutauen und erzählte ihr, wie mein Vater es mir nach der Feier geschenkt hatte und ich seitdem jeden Tag die Straße rauf und runter fuhr. Dass ich mir dabei einbildete, Andretti zu sein, behielt ich natürlich für mich. Sie erwiderte, sie wüsste das, denn sie hätte mich immer von ihrem Fenster aus beobachtet, ich hätte sie lediglich nur nie gesehen, weil ich zu schnell gewesen war. *Schnell wie ein Furz*, hatte sie es damals genannt, ich kann mich noch gut an ihre Worte erinnern. Dabei lachte sie, und ihre Diamanten im Mund funkelten.

In Wahrheit hatte ich Cecilia natürlich gesehen, denn sie wohnte nur drei Häuser weiter auf der anderen Straßenseite und ich *konnte* sie gar nicht übersehen. Ich *wollte* sie nur nicht sehen, denn dadurch wäre sie mit Sicherheit auf die Straße gekommen und hätte im schlimmsten Fall ihr albernes Mädchenfahrrad mitgebracht, das rosafarben war und bunte Eisstiele an der Lenkstange hängen hatte. Zusammen mit Cecilias Fahrrad hätte ich niemals Andretti sein können.

Wir unterhielten uns an diesem Abend richtig gut miteinander, was wahrscheinlich daran lag, dass ich vom Hellraiser erzählen konnte und Cecilia nur wenig Neues von ihrer Schwester zu berichten hatte. Es war das erste Mal, seit ich Cecilia kannte, dass ich sie nicht als »Pferdezahn« betrachtete, sondern als ein Mädchen, das zusammen mit mir in dieselbe Schule ging, für mich schwärmte und genauso ein Außenseiter war wie ich.

Mir war es nicht einmal peinlich, ihr von Big Joe zu erzählen, der immer noch festgeklebt auf der Lenkstange saß und die Straße im Auge behielt. Cecilia lachte nicht über das, was ich ihr sagte, beachtete Joe aber nicht weiter.

An jenem Abend kam ich später als sieben Uhr nach Hause. Ich kann mich heute nicht mehr daran erinnern, um wie viele Minuten ich die vorgeschriebene Zeit überschritten hatte, doch es genügte meiner Mutter, mir eine Predigt zu halten und anschließend meinen Vater anzuweisen, mir mein Fahrrad für eine Woche wegzunehmen.

Damals hasste ich meinen Vater für die Kaltblütigkeit, mit der er das Hellraiser über den Hof und zum Garten schob, um es im Schuppen verschwinden zu lassen.

Er sagte kein Wort, befolgte einfach nur die Anweisung.

Ich hasste meine Mutter für ihre unsinnige Regel, dass ich, obwohl ich schon zwölf Jahre alt war, pünktlich um sieben Uhr zu Hause sein musste, und ich hasste mich dafür, dass ich mich von Cecilia ablenken ließ und ihr lieber von dem Fahrrad erzählt hatte, als einen kurzen Blick auf meine Armbanduhr zu werfen.

Irgendwann in dieser Nacht, in der ich lange wach lag und über den Tag nachdachte, begann ich auch Cecilia zu hassen. Dafür, dass ich wegen ihr eine Woche lang auf mein Fahrrad verzichten musste, dass ihre Zahnspange wie Diamanten geglänzt hatte, dass sie eine nervende Schwester hatte und dafür, dass sie mich mochte und mich das bei jeder Gelegenheit spüren ließ. Ich hasste sie für die glühenden Dolche in meinem Rücken und dafür, dass sie überhaupt existierte.

***

Ich kann die Stellen, an denen ich Big Joe damals auf die Lenkstange des Hellraisers geklebt hatte, heute noch erkennen, denn das Klebeband hatte kleine Lackpartikel aus seinen Oberschenkeln gerissen.

Mich an jene Tage im Jahr 1986 zurückzuerinnern, erzeugt in mir jene Sentimentalität, die wir wohl alle verspüren, wenn wir an eine ganz besondere Zeit in unserem Leben zurückdenken. Tage, in denen etwas mit uns geschah, die uns für immer veränderten, ob zum Guten oder zum Schlechten.

Manchmal glaube ich, dass diese Zeit mir eigentlich Angst einflößen sollte, denn mit dem Hellraiser hatte alles begonnen und bis heute nicht geendet.

Doch Furcht verspürte ich seltsamerweise nie. Vielmehr eine tief in mir verwurzelte Erregung, ein Verlangen danach, diese Tage noch einmal erleben zu dürfen, noch einmal Teil des Anfangs zu sein. Vielleicht konnte ich auf diese Weise irgendwann herausfinden, in welche Richtung sich mein Leben verändert hatte. Manchmal denke ich, dass es nicht hätte besser kommen können, an anderen Tagen wiederum halte ich mich für ein Monster.

Diese Empfindungen sind es, die mir manchmal Angst machen. Meine Gedanken über diese sorglosen Tage und die Tatsache, dass ich mich gerne an diese Zeit zurück entsinne.

Ein Blick auf die Uhr verrät mir, dass es bereits Abend ist. Ich kann Megan in der Küche hantieren hören. Was sie in der Zwischenzeit getrieben hat, weiß ich nicht, und es interessiert mich auch nicht. Um ihr jedoch eine Wertschätzung zu zeigen, die sie seit Judith von mir verlangt, ich ihr aber nicht geben kann, stehe ich auf, stelle Big Joe G.I. ins Regal zurück und gehe hinunter in die Küche.

Megan ist damit beschäftigt, einen Salat fürs Abendessen zu bereiten. Sie trägt eine alte Jogginghose und ihr Haar zu einem Pferdeschwanz. Im Radio auf dem kleinen Gewürzregal läuft leise Musik. Ich erkenne die Pretenders. Megan liebt den Oldiesender.

Ohne ein Wort zu sagen, lege ich Megan meine Arme um den Oberkörper und ziehe sie nah an mich heran. Als ich ihren Hals küsse, kann ich Parfum und Schweiß riechen und einen kleinen Hauch Essig vom Salat.

»Ich decke den Tisch, okay?«

Sie reagiert mit einem Achselzucken, befreit sich aus meiner Umarmung und geht zum Kühlschrank. Meine zurechtgelegte Ausrede, dass ich die letzte Stunde an meinem Roman gesessen habe, brauche ich nicht. Ich bin mir sicher, dass jedes Wort über mein *Projekt* ohnehin zu weiteren überflüssigen und demütigenden Diskussionen geführt hätte.

Während ich den Tisch decke und mich daran zu erinnern versuche, wie unbeschwert unsere Abendessen vor meiner

Verfehlung mit Judith gewesen waren, kann ich die Haustür hören. Gleich darauf erscheint David in der Tür.

Sein Gesicht ist von der Kälte gerötet, und als er die Mütze vom Kopf zieht, stehen seine Haare wirr nach allen Seiten ab.

»Gibt es Abendessen?«

Er geht zu seiner Mutter, haucht ihr einen Kuss auf die Wange und zieht die Jacke aus.

»Wasch dir erst die Hände«, antwortet Megan knapp, ohne ihn anzusehen, während sie heißen Tee in eine Porzellankanne füllt.

»Dann setz dich. Wir essen gleich.«

Ohne ein weiteres Wort stapft David aus der Küche und die Treppe hinauf ins Badezimmer. Ich kann das Wasser in den Leitungen rauschen und das mürrische Knarzen der Rohre hören.

Seit der Sache mit Judith hat die Beziehung zu meinem Sohn einen Bruch erlitten. Auch wenn er damals erst zehn Jahre alt war, so bekam er doch mit, dass sich zwischen seinen Eltern eine Wand aus Eis aufgetürmt hatte und sein Vater offensichtlich die Schuld an dieser Misere trägt. Er redet kaum noch mit mir, und an besonders schlechten Tagen beachtet er mich nicht einmal, wenn wir uns im selben Raum aufhalten. Heute scheint einer dieser schlechten Tage zu sein, denn er hat mich weder gegrüßt noch angesehen. Für ihn bin ich derjenige, der das zuvor harmonische Familienleben in den Bach gekippt und winkend zugesehen hatte, wie es davonschwamm.

Das Abendessen verbringen wir schweigend. Ich bin mir sicher, dass David sich mit seiner Mutter unterhalten würde, wenn ich nicht mit am Tisch sitzen würde. Wenn die beiden alleine zusammensitzen, reden sie ständig miteinander, auch wenn diese Unterhaltungen in der Regel so aussehen, dass Megan ihren Sohn für eine weitere Verfehlung maßregelt oder ihm auf seine Fragen nur ausweichende und beiläufige Antworten gibt. Doch an diesem Abend lassen mich sowohl Megan als auch David spüren, dass ich im Grunde in dieser Familie nicht mehr willkommen bin. Ich bin es gewohnt, und so starre ich auf meinen Teller, schiebe den Salat hin und her und hänge meinen Gedanken nach. Seltsamerweise denke ich in derartigen Situationen oft an die Zeit zurück, als ich noch ein Kind war und alles seinen Anfang genommen hatte. Die Zeit lässt mich einfach nicht los, obwohl ich mich eigentlich vor ihr fürchten sollte.

Irgendwann sitzen wir im Wohnzimmer, Megan auf der Couch, ich in einem Sessel am Kopfende des Tisches. Früher saßen wir gemeinsam auf der Couch, kuschelten uns aneinander und sahen uns alberne Serien im Fernsehen an. David sitzt kurze Zeit schweigend bei uns, dann steht er auf und geht ebenso wortlos in sein Zimmer. Augenblicklich fällt die Temperatur im Raum und die abgedroschenen Scherze in der Fernsehserie verlieren auch ihren letzten Charme für mich.

So laufen meine Tage. Ein bizarres Theaterstück, das keinem von uns gefällt. Doch um aufzustehen und die Vorstellung zu verlassen, fehlt uns allen die Kraft. Wir sind dazu verdammt zuzusehen, wie sich unser Leben in Richtung des letzten Aktes bewegt. Gedemütigt, hoffnungslos und kalt.

Wenn es besonders schlimm ist, wünsche ich mir die Tage des Hellraisers zurück, denn damals war ich Indy-Car-Weltmeister, wurde von der Menge bejubelt und gab Interviews. Und ich war glücklich.

Erst recht, nachdem ich das Geheimnis meines Vaters entdeckt hatte.

- Kapitel 2 -

Der Sessel, Brüste und ein Ring aus Eisen

Ich liebe es, in der Nacht aufzustehen, mich aus dem Haus zu schleichen und auf die vom Regen unzähliger Jahre glattgespülte Holzbank vor dem Geräteschuppen zu setzen. Früher, zu einer Zeit, als mein Leben noch funktionierte, war ich dabei leise gewesen, um Megan nicht zu wecken. Doch mittlerweile weiß ich, dass sie jedes Mal wach ist, wenn ich mir eine alte Jeans über die Pyjamahose ziehe und mich aus dem Zimmer schleiche.

Ihre Blicke verfolgen mich selbst durch die Wände, als würden Käfer über meinen Rücken krabbeln.

Die Nacht ist kalt. Nicht so kalt wie in dem Winter, als ich mit dem Hellraiser über meine Straße gefahren war und der Wind wie ein wütender Dämon in meinen Ohren geheult hatte, aber kalt genug, dass ich mir eine dicke Jacke und eine Wollmütze übergezogen habe.

Ich sitze gegen die Wand gelehnt da, die Mütze in den Nacken geschoben und betrachte die Sterne, die den Himmel wie Cecilias Zaumzeug zum Funkeln bringen.

In solchen Nächten, wenn die Welt still geworden ist, frage ich mich oft, wie sich mein Leben in eine derart beschissene Richtung entwickeln konnte, und was wohl aus mir geworden wäre, wenn das Leben mir gegeben hätte, was es mir die ersten zwölf Jahre meines Lebens vorgegaukelt hatte. Würde ich dann trotzdem mit jemandem wie Megan zusammen sein und mir das Leben schwer machen lassen? Würde ich dann hier sitzen und über mein Leben nachdenken?

Dass ich mit Judith einen Fehler begangen hatte, weiß ich natürlich, immerhin erinnert mich Megan jeden Tag daran. Doch selbst in der Bibel wird den Sündern irgendwann vergeben, und sie können ins Himmelreich einfahren. Ich bin mir bewusst, dass ich nie in den Himmel kommen werde, aber bevor ich zur Hölle fahre, darf ich doch zumindest eine kleine Vergebung vom Leben erwarten.

Wenn die Welt um mich herum schweigt und ich mich voll und ganz auf meine Gedanken konzentrieren kann, bin ich mir sicher, dass unser gemeinsames Leben, sofern man unser Zusammenleben überhaupt noch so nennen kann, nicht mehr lange gut gehen wird und einer von uns die Karre eines Tages gegen die Wand fahren wird. Ich vermute mal, dass ich selbst derjenige sein werde, der die Bremse nicht findet und dessen verzerrtes Grinsen ich als Letztes im Rückspiegel sehe.

Ich falte den Zeitungsausschnitt auseinander, den ich in der Innentasche meiner Jacke versteckt habe, und lese ihn noch einmal. Ein Lächeln spielt um meine Lippen. Wie wenig Ahnung die schreibenden Narren doch haben, und wie weit die schreckliche Wahrheit doch von ihnen entfernt liegt.

Während ich Karen betrachte, denke ich an Nicole, die ich in einer heruntergekommenen Bar in einem namenlosen Kaff getroffen hatte. Ich dachte mir damals, dass man in einem kleinen Dorf, wo sich Fuchs und Hase eine gute Nacht wünschen, am besten *Geschäfte* machen kann, und ich wurde auch nicht enttäuscht. Nicole fing mich bereits mit ihren Augen ein, als ich die Bar betrat, und ließ mich auch nicht wieder los. Sie sagte, sie wäre einundzwanzig und Psychologiestudentin. In Wahrheit war sie erst sechzehn und ging noch zur Schule, doch das erfuhr ich erst später, als ich ihren Ausweis in der Hand hielt. Nicole war perfekt auf einundzwanzig getrimmt.

Die blonden Haare in der Stirn toupiert, die restliche Lockenpracht zu einem strengen, jedoch verheißungsvollen Knoten gesteckt. Die Lippen dezent formiert, ihr Gesicht makellos, fast überirdisch schön. Ihre langen Beine steckten in einer engen Lederhose, in der die Halbmonde ihres Hinterns voll zur Geltung kamen. Sie hatte einen Vaterkomplex und schaffte es auch nicht, ihn zu verbergen. Für mich war der Ausflug in diese Bar wie Äpfelpflücken auf einer Obstplantage.

Ich lud Nicole zu einem Drink ein, unterhielt mich mit ihr, wobei ich nur Dinge sagte, die sie hören wollte und dabei nicht selten wie zufällig ihre Finger auf dem Tisch berührte. Ich konnte mir gut vorstellen, dass sie die Jungen in ihrer Schule reihenweise um den Verstand brachte.

Keine Stunde, nachdem ich die nach gebratenem Speck, Zigarettenrauch und Schweiß stinkende Kaschemme betreten hatte, saß Nicole auch schon in meinem Wagen und dirigierte mich zu einem Waldrand außerhalb des Ortes. Ich machte mir damals Gedanken darüber, dass sich irgendjemand mein Auto oder der Barkeeper mein Gesicht gemerkt hatte. Doch Nicole war es wert gewesen, dieses Wagnis einzugehen und belohnte mich nicht nur auf der Motorhaube meines Wagens für meinen Mut.

Warum ich so oft an Nicole denken muss, weiß ich nicht. Das Ganze ist Jahre her, und sie war nicht einmal die Beste gewesen. Vielleicht haftete dem Mädchen irgendetwas an, das mich nicht mehr loslassen wollte und ich damals nur nicht sofort erkannt hatte.

Ich bücke mich, wobei meine Gelenke, wie schon am Nachmittag im Schlafzimmer, wie morsche Äste knacken, und taste nach einer kleinen Holzkiste, die neben der Bank unter einem Busch versteckt und durch das überhängende Dach des Schuppens vor Regen geschützt ist. Zärtlich streiche ich mit dem Daumen über Karens Gesicht in meiner Hand und lasse den Artikel in der Kiste verschwinden, wo er sich zu einigen anderen gesellt. Während ich die Kiste auf den Knien balanciere und meine Hände über dem Deckel falte, blicke ich wieder in den Sternenhimmel hinauf und versuche die einzelnen Sternzeichen zu erkennen. Ich war noch nie gut darin gewesen, und auch jetzt kann ich kein Symbol entdecken, das mich an irgendetwas erinnert, das ich irgendwann einmal in einer Zeitschrift gesehen habe.

Ich frage mich, wie andere Leute es schaffen, ihr ganz persönliches Sternzeichen zwischen all den blinkenden Lichtern zu entdecken. Alles, was ich erkennen kann, sind kleine Lämpchen, wovon einige aussehen, als seien sie auf einer Schnur aufgereiht.

Dort oben ist alles grenzenlos. Niemand fragt dich, wer du bist oder was du tust. Dort oben ist alles »im Fluss«, wie mein Vater oft sagte, wenn er mit mir zusammen auf der alten Bank saß und in die endlos erscheinende Schwärze starrte. Dann nahm sein Gesicht stets einen friedlichen Ausdruck an, und irgendwann hatte er die Augen geschlossen und sich seine eigenen Sterne betrachtet.

Wenn ich heute alleine hier sitze und dieselben Sterne wie damals ansehe, frage ich mich immer wieder, was Gott wohl von einem Kerl wie mir halten würde. Es ist nicht so, dass ich ein gläubiger Mensch bin und regelmäßig zur Kirche gehe, ganz sicher nicht. Im Gegenteil. All das Gerede von einem Wesen, das über unser Leben wacht, es steuert und sich Milliarden von Gebeten anhört, um sich dann doch höhnisch lachend abzuwenden, ist für mich das Gewäsch von Scharlatanen, die sich mit der Manipulation ihrer Mitmenschen eine goldene Nase zu verdienen versuchen. Aber manchmal frage ich mich schon, was Gott denn – wenn es ihn denn wirklich *gäbe* – von mir und dem, was ich so tue, denken würde.

Bisher hat mich noch kein Blitz erschlagen, und unheilbar

krank bin ich auch nicht. Vielleicht ist Gott gar nicht so viel anders als ich. Der Gedanke bringt mich jedes Mal zum Lächeln, und irgendwie beruhigt er mich auch. Sagt man nicht, dieser *Gott* hat die Menschen nach seinem Ebenbild erschaffen? Wenn das wirklich wahr ist, möchte ich nicht wissen, welch ein verkorkstes Geschöpf da oben sitzt und sich mit uns vergnügt.

Mein Blick geht zum Schlafzimmerfenster, doch alles ist dunkel. Ich weiß, dass Megan jetzt wach liegt und sich fragt, was mich dazu veranlassen könnte, in so vielen Nächten das Bett zu verlassen und hier draußen in der Kälte zu sitzen. Vielleicht steht sie auch hinter der Gardine und beobachtet mich.

Ich stelle sie mir eine Zeit lang vor, wie sie am Fenster steht, ihre Haare zerzaust und das Nachthemd nach oben gerutscht, sodass ihre perfekten Beine wie Marmor im Mondlicht glänzen. Es gab eine Zeit, da hätte mich der Gedanke erregt, und ich wäre wie ein pubertärer Teenager hechelnd die Treppe nach oben gerannt, unter die warme Decke geschlüpft und hätte versucht, Megan zu einer schnellen Nummer zu überreden. Ihre Beine waren eigentlich der Hauptgrund gewesen, warum ich sie damals angesprochen hatte und überhaupt mit ihr zusammengekommen bin. Gott, wenn ich an jenen Abend zurückdenke, als ich sie das erste Mal sah, glaube ich, dass ich damals schon das Lieblingsspielzeug des Alten da oben gewesen bin. Lange, gerade Beine, ein Jeansmini und High Heels. Was brauchte es mehr, um den guten alten Jackson um den Verstand zu bringen? Megan hatte das gewusst und ihre Waffen gnadenlos eingesetzt. Binnen einer Sekunde war ich tödlich verwundet.

Mittlerweile hat ihre Kälte meine Glut so weit gelöscht, dass es mir egal geworden ist, ob Megan im dicken Pelzmantel oder vollkommen nackt am Fenster steht und mich beobachtet.

Die Zeiten ändern sich, und man selbst verändert sich mit ihnen. Das habe ich schon als Kind zu spüren bekommen. Besonders seit meinem zwölften Geburtstag. Nicht alles in meinem Leben hat sich zum Guten gewendet, aber manches schon.

Ich zwinkere Megan zu, ganz gleich, ob sie nun schläft, am Fenster steht oder wach und mit hinter dem Kopf verschränkten Armen im Bett liegt, greife nach dem Schlüssel zum Schuppen, der seit ich denken kann an einem Ast in der Hecke neben der Baracke hängt, und gehe hinein. Ich habe das Andenken meines Vaters in vielen Dingen geehrt. Der abgebrochene Ast in der Hecke gehört dazu, auch wenn es längst ein anderer wie damals ist.

Durch die schmalen Seitenfenster des Schuppens fällt farbloses Mondlicht in den Raum und sammelt sich in einer gespenstischen Pfütze auf dem fleckigen Betonboden. Ich bleibe eine Weile im Eingang stehen und lasse meinen Blick über die alte Werkbank und einen Stapel Sommerreifen fallen. Kisten und leere Ölfässer stehen wie weggeworfene Bauklötze in der Dunkelheit, der Geruch von altem Papier, Schmierfett und Holzspänen liegt in der Luft.

Als ich mir einen Weg zu einem alten, zerschlissenen Sessel in der hintersten Ecke bahne, knirscht uralter Staub unter meinen Schuhen. Aus der Tasche meiner Jeans ziehe ich ein zerknittertes Päckchen Zigaretten hervor, dazu ein Sturmfeuerzeug, das ich mir irgendwann einmal vor Jahren in New York gekauft hatte und das immer noch funktioniert. Es ist ein besonderes Feuerzeug, das ich nur hier im Schuppen benutze.

Der Sessel steht nicht zufällig dort. Wieder eine kleine Geste, die ich von meinem Vater übernommen hatte. Ich war schon immer der Meinung gewesen, dass man althergebrachte Traditionen, die sich bewährt haben, nicht ändern soll.

Als ich zum ersten Mal im Schuppen war, saß ich an genau

dieser Stelle auf dem Sessel meines Vaters und studierte einige Hochglanzmagazine, die ich in einer Kiste unter dem Sessel gefunden hatte. Die Hefte gibt es heute nicht mehr, und den Sessel musste ich vor etwa zehn Jahren gegen einen anderen austauschen, nachdem das gute Stück den Geist aufgegeben hatte, obwohl ich mehrfach versuchte, ihn mit Leim und Draht am Leben zu erhalten. Als er dann eines Tages unter mir zusammenbrach, hatte ich das Gefühl, dass mit ihm ein kleiner Teil von mir selbst starb. Es war fürchterlich, und ich hatte sogar Tränen in den Augen, als ich die Überreste des Möbelstücks entsorgen musste. Der Sessel ist ein kleiner Teil von etwas Großem, und immer, wenn ich den Schuppen betrete und mein Blick über seinen wuchtigen Schatten fällt, fühle ich mich augenblicklich sicherer. So, als sei ich nach einem harten Arbeitstag nach Hause gekommen.

Ich zünde mir eine Zigarette an, lasse das Päckchen und das Feuerzeug in der Jeans verschwinden und setze mich in den Sessel. Das Holz heißt mich mit seiner knarzenden Stimme willkommen.

Draußen bläst ein Windstoß heulend um den Schuppen. Es ist kalt in dem kleinen Raum, ich kann meinen Atem als feinen Dunst vor meinem Mund aufsteigen sehen. Doch immer wenn ich mich in den Sessel setze, spüre ich weder Kälte noch Furcht. Dann bin ich ein anderer.

Dann bin ich wieder zwölf Jahre alt, ein mickriger Junge, der Indy-Car-Weltmeister war, kein Fahrrad mehr hatte, von einem Mädchen mit Zaumzeug gemocht wurde, und der sich sein Hellraiser zurückholen wollte.

***

Der nächste Tag war ein Sonntag. Ich lag in meinem Zimmer auf dem Bett, hörte Foreigners »Juke Box Hero«, deren Sänger

Lou Gramm damals in meiner Schule besonders bei den Mädchen angesagt war, und starrte zur Decke. Ich blieb den ganzen Tag dort, auch als meine Mutter mich zum Essen nach unten rief und ich ihr nicht einmal eine Antwort gab. Es war mein stiller Protest gegen jede Ungerechtigkeit, die in der Welt geschah, besonders gegen jene, dass man mir das Hellraiser weggenommen hatte.

Die Musik war fast bis zum Anschlag aufgedreht, und bei »Urgent« sang ich sogar lautstark mit, einfach nur, um Lärm zu verursachen und meine Eltern für das zu bestrafen, was sie mir angetan hatten.

Ich wusste, dass sie es sich an Sonntagen gerne im Wohnzimmer gemütlich machten, auf der Couch miteinander kuschelten, und sich Videos ansahen, die sie sich ausgeliehen hatten. Meine Mutter kicherte bei den Filmen gerne und oft wie eines der albernen Mädchen aus meiner Schule, und mein Vater streichelte ihr dann über den Kopf oder küsste sie auf die Stirn. Warum sie das taten, hatte ich damals noch nicht verstanden, doch das alles wollte ich ihnen an diesem Sonntag verderben, denn wenn ich nicht glücklich sein durfte, sollten sie es auch nicht sein.

Ich weiß heute nicht mehr, ob mein Plan aufging, denn weder mein Vater noch meine Mutter kamen im Laufe des Tages nach oben und baten mich, die Musik leiser zu stellen.

Manchmal denke ich, dass mein kindischer Protest damals ohne Sinn und Verstand durchgeführt wurde, aber im Endeffekt war es egal. Ich war sauer und fühlte mich ungerecht behandelt, und ich wollte die ganze Welt dafür bestrafen und an meiner Wut teilhaben lassen.

Am Abend ging ich dann doch nach unten, machte mir ein paar Brote mit Erdnussbutter und nahm eine Tüte Chips mit auf mein Zimmer. Dabei versuchte ich so mürrisch und verzweifelt wie nur möglich dreinzuschauen und ging gebeugt wie ein alter Mann. Doch wieder reagierte niemand auf meine Rebellion.

Und am nächsten Morgen ging ich zum Schuppen.

Mein Vater war bei der Arbeit, irgendwas im Büro, das er mir einmal erklärt hatte, ich aber nie verstand. Meine Mutter war zum Einkaufen in den Supermarkt gefahren und würde vor zwei Stunden nicht zurück sein. Was das Einkaufen betraf, war sie sehr gründlich.

Ich hatte das Haus also zwei Stunden für mich alleine, und diese Chance wollte ich mir nicht entgehen lassen. In der Nacht hatte ich gründlich über mein Vorhaben nachgedacht, mir waren Zweifel gekommen, ebenso eine unbändige Neugierde, gefolgt von purer Furcht. In einer Sekunde hatte ich mich wie ein heldenhafter Rebell gefühlt, in der nächsten wie ein kleiner Junge, den man beim Äpfelstehlen erwischt hatte.

Mein Vater hatte mir verboten, in den Geräteschuppen zu gehen. Er meinte, die Hütte sei alt und baufällig und könnte jederzeit zusammenstürzen. Dabei hatte er mir stets ernst in die Augen gesehen, als würde er irgendein verräterisches Funkeln darin suchen, das man bei Kindern nur allzu gern fand, wenn man ihnen ein Verbot aussprach.

Der Schuppen hatte bereits einige schwere Herbststürme überstanden, ohne dass er eingestürzt war. Außerdem sah er von außen solide und fest aus. Die Wände bestanden aus roten Klinkersteinen, die im Laufe der Jahre dunkel geworden waren, und in deren Fugen Moos und Schimmel wucherten. Das Dach war mit Wellblech gedeckt, das an vielen Stellen grün und grau schimmerte. Obwohl die Baracke nie den Eindruck auf mich machte, dass sie jederzeit in sich zusammenstürzen konnte, hatte ich mich immer an die Worte meines Vaters gehalten. Was sollte ich auch dort vorfinden, außer alten Möbeln und Gerümpel?

An jenem Montag allerdings, gut eine Woche nach meinem

Geburtstag, ging ich mit einer Limonadendose in der Hand in den Garten hinaus, kickte einen alten Plastikball, der auf den Steinplatten lag, gegen einen Baum, und griff beiläufig in die Hecke, in welcher der Schlüssel für das Vorhängeschloss an einem kleinen Ast hing.

Ich hatte meinen Vater oft vom Fenster aus beobachtet, wenn er in den Schuppen ging, und wusste ganz genau, wo ich tasten musste.

Als ich den Schlüssel schließlich in der Hand hielt, wusste ich zuerst nicht, was ich damit anfangen und wie ich mich fühlen sollte. Ob ich nun ein Held oder ein Verbrecher war, darüber wagte ich nicht nachzudenken. Hätte ich es damals getan, wäre vielleicht vieles anders gekommen.

Doch der Grat zwischen Held und Verbrecher war ein schmaler, zumindest für einen Jungen wie mich, und so steckte ich den Schlüssel in das verrostete Schloss und fühlte mich bereits ertappt, als der Bügel mit einem Klicken aufsprang und der Weg zum Hellraiser frei war.

Die Scharniere knarrten ganz leise, als versuchten sie zu flüstern und mich dadurch zu verraten. Der Geruch von Staub und Moder schlug mir entgegen. Ich trat über die Schwelle, suchte die Wand neben der Tür nach einem Lichtschalter ab und fand einen altertümlichen Apparat, den man drehen musste, um nicht im Dunkeln zu stehen. Er wackelte, als ich ihn bediente, da er nicht richtig befestigt war. Staub knirschte, als ich den Schalter drehte.

Für einige Sekunden blieb ich erstaunt in der Tür stehen und ließ meinen Blick über den Plunder wandern, der sich unter einer schäbigen, in einem Drahtkäfig baumelnden Glühbirne aus den Schatten schälte.

Mir gegenüber befand sich eine große Werkbank mit einer Blechwand dahinter, an der verschiedene Werkzeuge hingen. Auf der Arbeitsfläche lagen zahlreiche Kartons, Gläser und haufenweise schwarze Müllsäcke. Der Weg zur Werkbank war mit kleinen Schränken, Stühlen und Holzbrettern verstellt. Über allem lag eine graue Staubschicht, als hätte jemand jegliche Farben weggewischt. Genauso eine verrottete Farbe hatte das Dach des Schuppens. Hier war alles alt und vergessen. An den Wänden hingen aufgerollte Gartenschläuche, verrostete Autofelgen und Verkehrsschilder. Ich fragte mich damals, ob mein Vater die Schilder an irgendeiner Straßenecke mitgehen ließ. In die Holzbalken, welche die Decke trugen, waren verrostete Haken gedreht, deren Sinn ich zu diesem Zeitpunkt noch nicht kannte.

Zu meiner Rechten, von der Tür aus kaum zu erkennen, gegen einen alten Sessel gelehnt, stand das Hellraiser.

Das Fahrrad kam mir inmitten von Staub, Spinnweben und Vernachlässigung wie ein Farbklecks vor. Der Sessel stand alleine auf einer freien Fläche, als ob sich jemand ein kleines Reich inmitten des Chaos geschaffen hatte. Neben dem Sessel lagen einige leere Bierflaschen und ein Teller mit Hähnchenknochen.

Ich blickte über meine Schulter und schloss die Tür. Für einen kurzen Moment befürchtete ich, nie wieder aus dem Schuppen herauszukommen, wenn die Tür erst mal verschlossen war. Doch ein angelaufener Messinggriff an der Innenseite beruhigte mich.

Vorsichtig bahnte ich mir einen Weg durch das Gerümpel zu meinem Fahrrad. Eine Spur aus Fußabdrücken zeigte mir, wie ich zu gehen hatte, ohne über Kisten und Stapel alter Zeitschriften zu stolpern. Reifenspuren waren keine zu finden. Mein Vater musste mein Geburtstagsgeschenk getragen haben. Der Geruch aufwirbelnden Staubes drang mir in die Nase und kitzelte mich.

Als ich das Hellraiser erreicht hatte, legte ich eine Hand um den Gummigriff am Lenker und strich über den Rahmen bis zum Sattel, als würde ich den besten Freund auf der Welt begrüßen. Es fühlte sich kalt und fremd an und augenblicklich wurde meine Wut auf meine Mutter erneut geschürt. Die Verbindung, die das Hellraiser mit mir eingegangen war, war verschwunden. Und mit ihr Mario Andretti. Meine Mutter hatte den Charme meines Fahrrads einfach weggewischt.

Ich dachte darüber nach, das Rad nach draußen zu schieben, die nächsten zwei Stunden in der Nachbarschaft herumzufahren und es dann wieder an seinen Platz im Schuppen zu stellen. Niemand sollte etwas bemerken oder mir etwas beweisen können. Vielleicht wäre Cecilia wieder auf der Bank neben dem Spielplatz und würde mir neue Geschichten über ihre Schwester erzählen. Alles wäre mir recht, solange ich nur mit dem Hellraiser fahren konnte.

Doch anstatt das Fahrrad in den Garten zu schieben, setzte ich mich auf den Sessel und blickte mich um. Neben der Armlehne des Möbelstücks stand eine schwarze Kiste auf dem Boden, die ich von der Tür aus nicht gesehen hatte. Ich bückte mich, schob den Deckel ein wenig zur Seite und entdeckte einen glänzenden Busen sowie ein bezauberndes Lächeln.

Als ich das Magazin aus der Kiste nahm, war das Hellraiser vergessen.

Die Frau auf dem Cover war fast nackt, bis auf einen roten Spitzenslip. Sie hielt ihre Arme über den Kopf erhoben, sodass ihre Brüste aussahen, als gehörten sie einer Achtzehnjährigen. Obwohl ich damals die Augen kaum von den braunen Mittelpunkten des Busens abwenden konnte, war es doch das Lächeln der Blondine, das mich am meisten beansprucht hatte. In meiner Schule oder auf der Straße hatte ich noch nie ein Mädchen so lächeln sehen. Aber ich hatte auch noch nie eine Frau wie die auf dem Cover gesehen. Meine Mutter war mit Sicherheit eine hübsche Frau gewesen – was ich als Zwölfjähriger natürlich beharrlich abgestritten hätte – aber mit dieser

Frau auf dem Magazin konnte auch sie es nicht aufnehmen. Ich fragte mich damals ständig, wo solche Frauen zu finden seien.

Die nächste halbe Stunde verbrachte ich damit, durch das Heft zu blättern, wobei mir trotz der Winterkälte immer wärmer wurde. Es war ein merkwürdiges Gefühl, das ich bis dahin noch nicht gekannt hatte. Es war irgendwie zwischen Ungeduld und weihnachtlicher Vorfreude anzusiedeln. Ich konnte es kaum abwarten, eine Seite nach der anderen umzublättern. Meine Finger zitterten. Zudem bemerkte ich, wie meine Hose immer enger wurde und es schließlich begann, wehzutun, sodass ich mich anders hinsetzen musste.

Dabei fiel mein Blick auf den Boden und folgte einer Spur von Fußabdrücken im Staub, die in die hinterste Ecke des Schuppens führten. Der Größe der Abdrücke nach zu urteilen, konnten sie nur von meinem Vater stammen. Hinter einem Stapel alter Autoreifen, von den Schatten der Ecke fast vollständig verschluckt, bemerkte ich einen eisernen Ring, der direkt aus dem Boden zu wachsen schien.

Erst als ich mich im Sessel nach vorn beugte, was mir in meinem Schritt zusätzliche Schmerzen bereitete, erkannte ich feine Linien in Form eines Rechtecks im Beton.

Für einige Sekunden hielt ich die Luft an. Ich war hin- und hergerissen zwischen den Brüsten und langen Beinen und behaarten Dreiecken in dem Magazin, und dem Eisengriff im Boden. Als pubertärer Junge war man für alles empfänglich. Das Ding da in der Ecke des Geräteschuppens musste eine Falltür sein. Vielleicht ein alter Kartoffelkeller. Oder meine Eltern lagerten dort ihren Wein, den sie am Abend gerne beim Fernsehen tranken.

Ich war damals zwölf, hatte bisher noch nie Interesse an nackten Frauen gezeigt und bekam die Möglichkeit geboten, das Geheimnis einer Falltür zu erkunden.

Ohne zu zögern, legte ich die nackte Blondine auf der Armlehne des Sessels ab, stand auf und ging zu der Falltür. Erst als ich näherkam, erkannte ich, dass sie aus Metall war. Sie erinnerte mich an die Einstiegsluke eines Raumschiffs. Obwohl eine feine Staubschicht auf der Tür lag und sie auf einige Entfernung hin wie ein Teil des Betonbodens wirkte, glänzte sie trotz der schlechten Beleuchtung im trüben Licht, als beherbergte sie das größte Geheimnis der Menschheit.

Ich ging auf die Knie und zeichnete mit dem Finger einen Kreis in den Staub. Als ich über die Schulter blickte, erkannte ich, dass die Falltür vom Eingang aus nicht zu sehen war.

Ich zeichnete einen weiteren Kreis, daneben ein Dreieck. Zwei Brüste und das, was die Blondine zwischen den Beinen hatte. Daneben die Karikatur eines Schwanzes, wie sie auf unserer Schultoilette an die Türen gemalt waren. Dann stand ich wieder auf, starrte unentschlossen auf den eisernen Griff und fragte mich, wie lange es wohl noch dauern würde, bis meine Mutter vom Einkaufen zurückkam.

Schließlich ging ich erneut in die Knie, wobei mir die Kälte in dem Schuppen noch nie so schneidend vorgekommen war. Ich legte meine Hand um den Griff.

Der Ring wurde von einem dicken, verrosteten Metallbolzen gehalten. Als ich ihn bewegte, knirschte das Eisen. Ein kalter Schauer stach in meine Hand und kroch wie ein gefräßiger Wurm durch den Arm bis in meine Schulter.

Ich erwartete eigentlich das Knarren uralter Scharniere, wie ich es aus diversen Filmen kannte. Doch die Tür ließ sich fast geräuschlos öffnen und wurde von einer eisernen Sperre, die am Rahmen der Falltür angebracht war, daran gehindert, sich mehr als einhundertzwanzig Grad zu öffnen.

Noch bevor ich die Tür losließ, fiel mir der Gestank auf. Es roch weder nach Kartoffeln, noch nach anderen Dingen, die meine Eltern vielleicht dort unten gelagert haben könnten.

Die Luft, die mir entgegenschlug, war kalt und abgestanden. Sie erinnerte mich an die verbrauchte Luft in der Umkleidekabine der Schule, nachdem der Sportunterricht beendet war und ich mich wieder einmal dem Spott der anderen ausgesetzt sah.

Aber es war nicht nur die Umkleide, die ich in diesen ersten Augenblicken riechen konnte. Da gab es auch die engen Kabinen aus Kunststoff und die verdreckten Schüsseln der Schultoilette, ein Geruch, bei dem sich mir jedes Mal der Magen umdrehte, wenn ich es wirklich nicht mehr halten konnte und mich durch einige rauchende Jungs bis zu einer uneinsehbaren Schüssel durchkämpfen musste.

Ich trat einen Schritt zurück und starrte in die Dunkelheit hinunter.

Der Gestank erfüllte schnell den gesamten Schuppen, sodass ich begann, flacher zu atmen.

Hölzerne Stufen tauchten ins Dunkel hinab und verschwanden.

Damals war ich zwiegespalten. Die Schwärze, die aus dem Loch im Boden herauszuklettern schien, machte mich neugierig auf das, was sich in ihr verbergen konnte. Der Gestank allerdings weckte in mir eine Furcht, die ich bis zu diesem Zeitpunkt noch nicht erlebt hatte. Irgendetwas war da unten, das diesen erbärmlichen Gestank verbreitete. *Irgendetwas …* das nicht in mein Leben passte.

Seltsamerweise wurde ich damals an einen Sommertag auf dem Friedhof erinnert, der schon einige Zeit zurücklag. Meine Mutter besuchte an jenem Tag mit mir das Grab meines Großvaters, das Thermometer auf der Terrasse unseres Hauses hatte, bevor wir losgefahren waren, knapp achtunddreißig Grad angezeigt. Doch als wir den Friedhof erreichten und über die strahlenden Kieswege zum Grab spazierten und meine Mutter mir davon erzählte, welche Erinnerungen sie an den alten Thomas hatte, war ich mir sicher gewesen, dass die Temperatur auf mindestens fünfzig Grad angestiegen war.

Damals war mir zum ersten Mal im Leben ein süßlicher Duft aufgefallen, der offensichtlich aus der Erde emporstieg. Ich wagte es nicht, meine Mutter danach zu fragen, denn ein Friedhof war ein heiliger Ort für mich, und meine Mutter hatte diesen nachdenklichen Ausdruck in den Augen, der keine Fragen duldete. Doch als ich Wochen später den Mut fand und meine Lehrerin nach dem merkwürdigen Duft fragte, erklärte sie mir, dass ich an jenem Sommertag den Geruch der Toten eingeatmet hatte. Dabei hatte sie ihren Kopf zur Seite geneigt und sich ganz nahe zu mir gebeugt, als befürchtete sie, jemand anderes könnte unser Gespräch belauschen. Sie hatte mich mit ernstem Gesicht angesehen und dann gelacht. Miss Hansom liebte dramatische Auftritte.

Der Gestank aus der Falltür war nicht genau derselbe, wie an jenem Sommertag von vor einem halben Jahr. Trotzdem wurde ich an meinen Großvater und all die anderen Toten auf dem Friedhof erinnert.

Ich blickte über die Schulter zur Schuppentür, dann wieder zu dem dunklen Rechteck im Boden.

Irgendetwas verrottete da unten. Vielleicht eine tote Katze, die sich irgendwann einmal in den unterirdischen Raum verirrt hatte und nicht mehr herausfand. Vielleicht eine Ratte oder ein Hund. Oder Schlimmeres …

Mein Blick durchsuchte hektisch das staubige Zwielicht des Schuppens, fand die Blondine auf dem Magazin, die sich lasziv über die Armlehne des Sessels räkelte.

Meine Uhr sagte mir, dass ich noch über eine Stunde Zeit hatte, bis meine Mutter von ihrem Einkauf zurückkehren würde.

Genug Zeit, um herauszufinden, was sich dort unten in der Dunkelheit befand.

Ich bahnte mir einen Weg zur Werkzeugbank, durchsuchte die Schubladen und fand eine Taschenlampe unter einem ledernen Werkzeuggürtel.

Mit klopfendem Herzen rannte ich zur Luke zurück, schaltete die Lampe ein paar Mal an und aus, um sicherzugehen, dass sie auch noch funktionieren würde, wenn ich den Grund des Kellers erreicht hatte. Dann ging ich vor der Falltür auf die Knie und leuchtete ins Dunkel. Der Lichtstrahl zerschnitt die Schwärze wie ein lebendiges Wesen.

Die Treppe bestand aus altem, ausgetretenen Holz mit einem eisernen Geländer, das offensichtlich am Boden des Kellerraums befestigt war. Es wackelte, als ich daran rüttelte.

Ich konnte nicht viel sehen. Der Boden bestand aus Beton. Von meiner Position aus konnte ich einen Stuhl erkennen und die Beine von etwas, das ein Tisch sein könnte.

Mein Blick fiel erneut auf meine Armbanduhr. Ich glaube, damals hatte ein kleiner Teil in mir gehofft, ich hätte keine Zeit mehr, in den Raum hinabzusteigen. Doch immer noch hatte ich über sechzig Minuten zur Verfügung. Ich hätte mich natürlich auch weiterhin um die barbusigen Damen in dem Magazin kümmern können. Doch die Neugierde hatte längst die Kontrolle übernommen.

Als ich meinen Fuß auf die oberste Stufe setzte, überkam mich das Gefühl, etwas Verbotenes und Uraltes zu tun, gerade so, als würde ich die Ruine eines geheimen, lange verschollenen Tempels betreten. Das Gefühl war erschreckend und gigantisch gleichermaßen. Ich fühlte mich plötzlich zu klein für diese fremdartige Welt, die ich betrat.

Das Geländer wackelte mehr, als ich zuerst angenommen hatte. Unten am Boden knirschte die Verschraubung im Beton, und ich glaubte, feinen Staub ins Dunkel rieseln zu hören.

Mit jeder Stufe, die ich tiefer stieg, schien es stiller zu werden. Mir kam es vor, als würde die Welt um mich herum den

Atem anhalten und mich dabei beobachten, wie ich ein lange vergessenes Reich betrat.

Hätte ich an jenem Montag vor achtundzwanzig Jahren gewusst, was mich in diesem Raum unter dem Geräteschuppen erwartet, hätte ich keinen einzigen Schritt auf die knarrenden Holzstufen gesetzt, und auch den Schuppen nie wieder betreten.

Doch meine kindliche Neugier trieb mich immer weiter meinem Untergang entgegen. Ich zählte fünfzehn Stufen, bis ich endlich mehr von dem Raum erkennen konnte.

Entsetzt blieb ich mitten auf der Treppe stehen und starrte auf das, was die Taschenlampe brutal aus der Nacht unter der Erde schälte.

Heute weiß ich, dass damals mein Verstand aussetzte, denn ich lief weder weg, noch begann ich, zu schreien.

Ich stand einfach nur da und beleuchtete eine Szenerie, die mich fortan für den Rest meines Lebens verfolgen sollte. Die Welt, wie ich sie bis zu diesem Zeitpunkt gekannt hatte, riss sich mit einem hämischen Grinsen ihre Maske herunter und schrie mir mit all ihrem Zorn mitten ins Gesicht.

»Verarscht, Kleiner. Es wird Zeit, dass du siehst, wie es wirklich läuft.«

Die Kälte, die mir wie die Hand meines Onkels an meinem Geburtstag brutal ins Gesicht schlug, drohte mich zu zerreißen. Erst sehr viel später sollte mir bewusst werden, dass sie aus meinem eigenen Inneren stammte und die letzten Augenblicke meiner Kindheit auslöschte.

Mitten im Raum stand ein alter Holzstuhl, einer von der Sorte, wie man sie vor Jahrzehnten in der Küche benutzt hatte. Darauf lag ein Magazin, das wahrscheinlich aus dem Kasten neben dem Sessel stammte und im weißen Licht der Taschenlampe matt glänzte. An die Wand neben dem Stuhl war ein langes Blechregal geschraubt, darauf lagen verschiedene

Werkzeuge wahllos durcheinander. Unter dem Regal stand ein Plastikeimer mit einem dreckigen Tuch, das über den Rand hinaushing.

Das alles registrierte ich nur im Hintergrund. So wie man die Sonne oder Blumen bemerkte, wenn man aus dem Haus trat. Sie waren einfach vorhanden, ohne dass sie von Wichtigkeit zu sein schienen. Ein Stuhl, ein Regal, ein Wischeimer. Dazu ein Magazin mit nackten Frauen. Nichts Besonderes.

Was im grellen Scheinwerferlicht der Taschenlampe strahlte, war allerdings ein langer Metalltisch, der den Lichtstrahl reflektierte und es mir für einige wertvolle Sekunden unmöglich machte zu erkennen, was sich *auf* dem Tisch befand.

Als ich einige Male mit den Augen geblinzelt hatte, die Frau entdeckte, und ihr Anblick zäh wie Sirup in meinen Verstand floss, begann die Taschenlampe in meiner Hand zu zittern, und groteske Schatten tanzten vergnügt über die Wände, als würden irre Dämonen im Raum umherspringen.

Die Frau war nackt, ihr Kopf zur Seite gedreht. Das war das Einzige, was ich damals in meinen Verstand eindringen ließ. Alles andere prallte an mir ab, als bestünde mein Bewusstsein aus glatt geschliffenem Marmor.

In der nächsten Sekunde stürzte ich die Treppe hinauf, wobei ich auf Händen und Füßen krabbelte, als sei ich ein Hund, und auch genauso hechelte. Die Taschenlampe knallte dabei scheppernd auf die Holzstufen und erzeugte blendende Flecken auf dem morschen Holz. Ich schlug die Falltür mit einem lauten Knall zu, rannte zur Werkbank, warf die Taschenlampe in die noch offen stehende Schublade und lief aus dem Schuppen.

Die Luft kam mir kälter vor als vorher, da sie meine Tränen trocknen musste. Mein Atem tobte in meiner Kehle, und irgendetwas Saures stieg in meinen Hals, dass genauso schmeckte, wie es in dem Kellerloch stank. Mein Magen hatte sich in ein eisiges Loch verwandelt. Ich rannte in mein Zimmer, schlug die Tür zu und drehte die Musik auf volle Lautstärke. Foreigner lag noch immer auf dem Plattenteller.

Meine Augen brannten, und mein gesamter Körper zitterte, als hätte ich in eine Steckdose gegriffen.

Schluchzend vergrub ich mein Gesicht in den Kissen, dachte an das Licht, das ich angelassen hatte, die heiße Blondine, die sich auf der Lehne des Sessels räkelte und die Tür des Schuppens, die immer noch offen stand.

Doch das alles war nicht wichtig. Was zählte, war die Frau, die nackt auf dem Tisch lag und sich nicht bewegte.

***

Die Bilder von damals brechen wie eine Flut über mich herein. Ich erinnere mich gerne an den Tag zurück, als ich zum ersten Mal in das Verlies stieg, aber nicht an die namenlose Angst, die ich dabei spürte und mit in mein Zimmer trug. Zum Zeitpunkt, als ich die alte, knarzende Treppe hinunterstieg, war ich noch ein Kind gewesen, und kam auch als solches wieder nach oben. Aber irgendwann in der kurzen Zeit, die danach kam, streiften die Bilder in meinem Kopf die Kinderhaut ab, als wäre sie dort unten vergiftet worden, und ich wurde zu etwas, das noch nicht ganz erwachsen war und es wahrscheinlich bis heute nicht geworden ist. Es dauerte nicht lange, bis die Furcht mich aus ihrem kalten und eisernen Griff entließ und ein Verstand geboren wurde, der die Dinge ein klein wenig klarer sah als zuvor.

Während ich an damals gedacht hatte, habe ich drei Zigaretten geraucht, deren Filter jetzt im Staub zu meinen Füßen liegen.

Ich betrachte den alten Eisenring, der immer noch derselbe ist wie damals, und wie eine Wurzel aus dem Beton herauswächst. Mit ihm hat alles angefangen, ein Relikt aus einer Zeit, die jede Farbe verloren hat.

Ich stehe auf, strecke meinen müden Rücken und gehe in den Garten hinaus. Ein kalter Wind heißt mich willkommen, der Himmel hat die Farbe verschütteter Tinte, dazwischen einige Flecken, in denen ein konturenloser Mond die Wolken anstrahlt und für einige winzige Augenblicke aus ihrem Schlaf reißt. Den Schlüssel hänge ich wie immer in die Hecke an einen abgebrochenen Ast. Vieles hat sich seit jenem Jahr 1986 verändert, aber manche Dinge sind stur und lassen sich nicht verändern. Der Schlüssel in der Hecke gehört dazu.

Ich würde mich noch gerne auf die Bank vor dem Schuppen setzen, noch eine rauchen und in die Sterne starren. Einfach so, ohne nach etwas Bestimmtem zu suchen oder an etwas Bestimmtes zu denken. Vielleicht würde ich nach einer Weile noch einmal über Gott nachdenken, oder das, was andere für Gott halten. Doch ich bin zu müde, und die Nacht ist bald vorüber. Wenn ich wieder den ganzen Tag verschlafe, würde ich Megan einen weiteren Grund liefern, die Messer zu wetzen.

Also gehe ich ins Haus, schließe ab und steige leise die Treppe ins Schlafzimmer hinauf.

Megan schläft nicht, aber sie tut so. Das ist eine ihrer Maschen, mit denen sie mich indirekt überwacht. Würde sie schlafen, wäre ihr leises, nasales Grunzen zu hören, das mir schon in so mancher Nacht den letzten Nerv geraubt hat. So liegt sie einfach nur da und versucht gleichmäßig zu atmen.

Ich wette, sie hat die Augen geöffnet, und lauscht auf jedes Geräusch, das ich mache.

Mit einem übertriebenen Stöhnen lege ich mich ins Bett, ziehe mir die Decke bis zum Kinn und gähne herzhaft und laut. Von draußen antwortet mir der kalte Wind, den ich alleine im Garten zurückgelassen habe. Silbernes Mondlicht sickert durch die Jalousie, doch es liegt keinerlei Romantik darin. Es ist, als würde dreckiges Wasser ins Zimmer fließen. Als mir wärmer wird und ich die Decke bis zu den Augen ziehe, bin ich sofort wieder im Jahr 1986, in der Nacht nach jenem Montag, an dem mein Leben irgendwie endete und ich zu etwas Neuem wurde.

***

Die Luft in meinem Zimmer schien so dick zu sein, dass ich daran zu ersticken drohte. Ich wusste bis zu diesem Zeitpunkt nicht, dass Angst so kalt sein konnte. Zusammengerollt wie ein Fötus lag ich auf der Seite, hatte die Decke bis über den Kopf gezogen und versuchte das Abbild der Frau aus meinen Gedanken zu verbannen. Am liebsten hätte ich die Tatsache, dass ich im Schuppen in unserem Garten einen geheimen Raum unter der Erde gefunden hatte, vollständig aus meinem Verstand gelöscht. Ich wollte mich einfach nur noch verkriechen, tief in die Dunkelheit unter meiner Decke, und die Welt um mich herum nie wieder sehen müssen.

Obwohl ich meine Arme um die Knie geschlungen hatte, zitterte ich am ganzen Leib.

Meiner Mutter hatte ich erzählt, dass ich Kopfschmerzen hatte und deshalb nicht zum Essen runterkäme. Ich hatte sie noch nicht mal angelogen, denn mir tat nicht nur der Kopf weh. Mein Magen drehte sich, als wäre ich zu oft auf einem Karussell gefahren. Einmal dachte ich, ich müsste mich übergeben, und war zur Toilette gelaufen. Doch ich spuckte nur gelben Speichel in die Schüssel und erschrak über das kränkliche Aussehen, das mein Gesicht im Spiegel angenommen hatte. Ich sah aus wie jemand, den man windelweich geprügelt hatte. Mein rechter Mundwinkel zuckte unkontrolliert, ohne dass ich etwas dagegen tun konnte.

Den ganzen Tag über, bis in die Nacht hinein, hatte ich im

Bett gelegen und verzweifelt versucht, mit mir und der Welt wieder klarzukommen.

Wer ist die Frau?, war eine der Fragen, die ich mir wieder und wieder stellte, obwohl ich sie zu vergessen versuchte. Wenn ich nicht den Verstand verlieren wollte, durfte die Frau nicht existieren. *Wie kommt sie in unseren Schuppen?*, war eine andere, nicht minder kalte Frage. Die dringendste Frage allerdings lautete: *Was ist das für ein Raum unter dem Boden des Schuppens?*

Ich hielt in jener Nacht Big Jos G.I. in Händen und presste ihn an mich, wie es ein Mädchen mit ihrer Puppe tun würde. Doch nicht einmal mein Actionheld konnte mir Trost verschaffen oder mir eine meiner Fragen beantworten. Und wenn er es gekonnt hätte, hätte er wahrscheinlich vor Angst gestottert.

Die ganze Welt hatte sich binnen eines einzigen Augenblicks verändert und kam mir plötzlich so fremd vor, als wäre ich mit meinen Eltern in eine andere Stadt gezogen. Selbst mein Zimmer, das immer mein liebster Zufluchtsort vor dem Spott der anderen gewesen war, erschien mir wie die Kulisse aus einem billigen Film. Nichts war mehr echt. Es hätte mich nicht gewundert, wenn sich mein Zimmer und das Haus plötzlich aufgelöst hätten und ich irgendwo im Garten gelegen und in den Sternenhimmel geschaut hätte.

Eine Zeit lang bildete ich mir ein, in einem besonders grässlichen Traum gefangen zu sein. Ich glaube, ich war sogar für eine kurze Zeit eingeschlafen. Doch meine Ängste und die Flut der Gedanken, die meinen Kopf wie einen Kreisel wirbeln ließen, brachten mich schnell wieder in die Wirklichkeit zurück.

Die Angst war echt. Ebenso das, was ich unter dem Schuppen gesehen hatte, so sehr ich es auch zu leugnen versuchte. In meiner kindlichen Fantasie dachte ich allen Ernstes daran, einfach meine Augen zu schließen und auf diese alberne Weise alles Schlechte abzublocken, was in meinen Kopf einzudringen versuchte.

Als es im Haus still wurde und unter meiner Tür kein Lichtschimmer mehr hindurchschien, beschloss ich, dass ich noch nicht dazu bereit war, den Verstand zu verlieren. Ich bewegte mich mit riesigen Schritten auf den Abgrund meines Geistes zu, und das wollte ich unbedingt verhindern.

Irgendwie schaffte es die Dunkelheit, den Gedankenfluss in meinem Kopf zu beruhigen, sodass er nur noch ein schmutziger, übel riechender Bachlauf war, der sich durch karges Ödland schlängelte. Vielleicht lag es an der Stille, die mit der Nacht Einzug gehalten hatte, aber in der Dunkelheit und ohne die Geräusche eines hässlichen Tages wandelte die Welt sich erneut und wurde zu etwas, das mir keine Angst mehr einjagen konnte. Vielleicht war ich da aber auch schon wahnsinnig geworden, ohne es bemerkt zu haben. Die Welt hing immer noch schief, doch sie bekam allmählich wieder ihre Formen zurück.

Ich legte mich auf den Rücken, verschränkte die Arme hinter dem Kopf und starrte an die Decke. Erleichtert stellte ich fest, dass sich meine Atmung zu verlangsamen begann und mein Herz nicht mehr zu fliehen versuchte.

Das Bild der Frau aber blieb.

Ich war der Strahl der Taschenlampe und riss den alten Holzstuhl, das Regal an der Wand mit den merkwürdigen Werkzeugen sowie den langen Metalltisch aus der Dunkelheit.

Es kam mir wie bei einer Schulaufführung vor einem Jahr vor, bei der jener Junge, der den Don Quijote spielte, mit einem Spotlight aus der Dunkelheit der Sporthalle, in der die improvisierte Bühne aufgebaut worden war, herausgeschält wurde.

Die Frau war Don Quijote, und sie lag nackt und dreckig in meinen Gedanken vor mir, genauso wie ich sie am Morgen gesehen hatte. Ich war das Spotlight, so sehr ich mir auch wünschte, tiefste Dunkelheit zu sein.

Ich stand auf, ging zur Tür und lauschte. Das Haus war still, meine Eltern schliefen entweder oder sie trieben es wie die Tiere, so wie damals, als ich sie dabei erwischt hatte. Wahrscheinlich sagte meine Mutter wieder irgendwelche Sachen zu meinem Vater. Dinge, wie sie sich die Jungen in der Schule lachend an den Kopf warfen, wenn sie von einem besonders heißen Film im Nachtprogramm erzählten und die Hauptdarstellerin eine »heiße Stute« gewesen war.

Die Kälte in dieser Nacht schien besonders bissig zu sein. Jede Bewegung fiel mir schwer, als hätte ich ein in kaltes Wasser getauchtes Tuch um die Schultern gelegt. Meine Beine erschienen zu schwach, um mich zu tragen und drohten jede Sekunde, unter mir nachzugeben.

Ich zog mich an, wobei ich es vermied, darüber nachzudenken, warum ich das tat, ging noch einmal zur Tür und lauschte geschlagene fünf Minuten auf etwaige Geräusche im Haus.

Schließlich streifte ich mir eine dicke Jacke über, nahm Big Joe und schlich auf leisen Sohlen aus dem Haus.

Ich fühlte mich verwegen und wusste, dass ich einen großen Fehler beging, doch auch darüber wollte ich mir keine Gedanken machen. Meinen Verstand hatte ich in der Stille meines Zimmers zurückgelassen. Ich bewegte mich rein intuitiv, wie eine Maschine, die von jemandem gesteuert wurde.

Das Einzige, was ich mich fragte, war, *wer* mich wohl steuerte.

Oder *was* …?

Ich ging in den Garten hinaus und hatte das Gefühl, dass die Winterkälte mir das Gesicht wie eine Maske von den Knochen schälte.

Die Wolkendecke brach im selben Moment auf, als ich den ersten Schritt auf den Plattenweg zum Schuppen setzte.

Augenblicklich erwachte der Garten zum Leben. Ein blasses Licht legte sich über schwarze Büsche, die steif und reglos in der Kälte standen, als seien sie bereits erfroren. Die beiden Birken am Rande des Gartens warfen groteske Schatten über den Rasen, die mich an die Klauen gigantischer Ungetüme erinnerten. Die gewaltige Dornenhecke hinter dem Schuppen glich den erstarrten Wellen eines finsteren Meeres.

Ich blickte kein einziges Mal zum Haus zurück, denn ich wusste, dass ich sofort umgekehrt wäre, wenn ich das Fenster meines Zimmers gesehen hätte.

Als ich die Tür zum Schuppen erreichte, griff ich instinktiv in die Hecke. Doch dann verharrte ich in der Bewegung und starrte entsetzt auf das Schloss an der Tür.

Der Schlüssel steckte. Mir fiel ein, dass ich in meiner Angst vergessen hatte, die Tür zu verschließen und den Schlüssel wieder an seinen angestammten Platz in der Hecke zurück zu hängen.

Plötzlich wurde es noch kälter, und ich schüttelte mich. Irgendwo in mir drin erfror etwas. Die Schatten im Garten krochen an mich heran und leckten mit eisigen Zungen über mein Gesicht.

Wenn mein Vater den Schlüssel im Schloss stecken sehen würde, wüsste er, dass ich sein Verbot umgangen und mein Versprechen ihm gegenüber gebrochen hatte.

In Zukunft musste ich vorsichtiger sein.

Mit zitternden Händen zog ich die Tür auf und trat ins Dunkel des Schuppens.

Ich musste einige Sekunden unter der Tür stehen bleiben, bis sich meine Augen an das graue Zwielicht gewöhnt hatten, das durch die Fenster in den Raum floss und alles mit einem farblosen Tuch bedeckte. Ich hatte das Gefühl, eine seit Jahrhunderten verschlossene Gruft betreten zu haben. Damals war es mir nicht aufgefallen, aber wenn ich die Szene heute wieder und wieder in Gedanken durchspiele, weiß ich, dass ich bei meiner überstürzten Flucht das Licht im Schuppen nicht ausgeschaltet hatte. Jetzt lag der Raum jedoch in Dunkelheit vor mir.

Mein Blick ging in die Ecke, wo die Falltür verborgen lag. Von meinem Standpunkt aus konnte ich sie nicht sehen, dafür aber den Sessel und die Kiste mit den Magazinen, die ich wie den Schlüssel ebenfalls nicht an ihren Ort zurückgestellt hatte. Das Magazin, das ich durchgeblättert hatte, lag sogar noch auf der Armlehne des Sessels.

Die Werkbank am anderen Ende der Baracke erschien mir wie ein schlafendes Ungetüm, das sich in die Schatten des Raumes kauerte. Trotz der Panik, die mich am Morgen befallen hatte, wusste ich noch, wo ich die Taschenlampe hingeworfen hatte. Wenn ich in meiner Raserei alles vergessen hatte, so war die Lampe doch zielgenau in der Schublade unter der Werkbank gelandet. Der Verstand spielt manchmal merkwürdige Spiele mit uns. Den Lichtschalter neben der Tür wagte ich nicht zu betätigen, denn das Licht der Glühbirne könnte mich verraten.

Ich stolperte über einen leeren Kanister, der scheppernd unter einem ausrangierten Schrank verschwand, und fluchte laut. Die nächsten Minuten verbrachte ich damit, die Luft anzuhalten, mich nicht zu bewegen und zu lauschen, ob ich mit meinem Lärm nicht meinen Vater geweckt hatte.

Die Taschenlampe lag noch auf dem Werkzeuggürtel, wo ich sie bei meiner Flucht planlos hingeworfen hatte. Ich nahm sie, überprüfte, ob sie noch funktionierte, und schlich in die Ecke, in der sich die Falltür befand. Warum ich auf Zehenspitzen ging, weiß ich heute nicht mehr. Selbst meine schleichenden Schritte kamen mir in der Stille wie Hammerschläge vor.

Damals dachte ich, es wäre eine übertriebene Vorsichtsmaßnahme gewesen, um niemanden im Haus zu wecken. Heute glaube ich, ich wollte die Frau im Keller nicht auf mich aufmerksam machen. Ich wollte nicht, dass sie dort unten existierte. Sie *durfte* nicht dort unten sein.

Die Falltür kam mir wie das geschlossene Maul eines Alligators vor, der knapp unter der Wasseroberfläche schlief. Der eiserne Ring war eines seiner Augen, das mich argwöhnisch beobachtete. Die Zeichen, die ich in den Staub gemalt hatte, waren noch da und schienen mich zu verhöhnen.

Ich packte den Griff, blickte über die Schulter zur Tür zurück, und öffnete die Luke mit einem beherzten Ruck.

Augenblicklich schlugen mir wieder der bestialische Gestank und kalte, abgestandene Luft entgegen. In der Nacht war es schlimmer gewesen als am Morgen, wenn Sonnenlicht durch die schmalen Fenster schien. Ich fragte mich plötzlich, wie es die Frau da unten in dem Gestank aushielt. Es roch wie in alten Tierställen, die lange nicht mehr gereinigt worden waren.

Ich ließ den Strahl der Taschenlampe die Stufen hinabwandern, beleuchtete den Boden und den Stuhl, eben alles, was ich von hier oben erkennen konnte.

Wenn ich die Frau sehen wollte, musste ich hinuntersteigen.

Die Frau ist nicht da.

Es existiert keine nackte Frau.

Es gibt kein Verlies unter dem Schuppen.

Ich atmete einige Male tief ein und aus und hustete, als die Kälte in meinen Lungen brannte.

Dann legte ich eine zitternde Hand um das lockere Geländer und setzte meinen Fuß auf die erste Stufe der seltsamen Holztreppe. Im Grunde hätte es auch eine schäbige Leiter sein können, die jemand gegen die Luke gelehnt hatte.

Der Abstieg kam mir leichter vor als beim ersten Mal. Wahrscheinlich lag das daran, dass ich wusste, was mich da unten in dem Loch erwartete.

Später habe ich oft über diesen Umstand nachgedacht. Jeder andere Junge in meinem Alter wäre mit dem Wissen, was ihn erwartete, *niemals* zurück in den Kellerraum gestiegen. Ich aber tat es, und jeder Schritt ging wie von selbst. Ich denke, ich wusste damals schon, *was* mich steuerte, auch wenn ich es mir nicht eingestehen wollte. Da war etwas in mir, dass am Morgen jenes Tages erwacht war und nun an seinen Fesseln zerrte, um die Kontrolle über mich zu erlangen. Etwas in meinem Innern, das mir fremd war, steuerte jede Bewegung und jeden Gedanken von mir. Es kam mir so vor, als bestünde ich plötzlich aus zwei Menschen.

Ich stieg hinunter, hörte mein Herz zwischen meinen Schläfen hämmern und leuchtete sofort auf den Metalltisch. Ohne Umschweife, ohne zu zögern. Der Stuhl und die Werkbank mit den Werkzeugen interessierten mich nicht.

Die Frau lag immer noch nackt auf dem Tisch, doch jetzt hatte sie mir das Gesicht zugewandt.

Mit Entsetzen stellte ich fest, dass es sich gar nicht um eine Frau, sondern um ein junges Mädchen handelte, das gerade einmal vier oder fünf Jahre älter war als ich.

Sie schlief. Ihre Brust hob und senkte sich gleichmäßig und ich starrte darauf.

Im Vergleich zu der Blondine aus dem Magazin sah der Körper des Mädchens vollkommen anders aus. Ihre Haut war nicht so gebräunt, sondern blass, fast bleich, als sei das Mädchen aus Porzellan geformt. Außerdem war sie furchtbar dreckig. Die weiße Landschaft ihres Körpers wurde von schwarzen und grauen Flecken unterbrochen, stellenweise auch von roten Seen, die von ebenfalls roten Flüssen gespeist worden und dann eingetrocknet waren.

Erst jetzt bemerkte ich lederne Fesseln, mit denen Arme, Beine und der Hals fixiert waren. Ich hatte den Eindruck, dass die Bänder an den Hand- und Fußgelenken bereits tiefe, verkrustete Wunden hinterlassen hatten. Die Kehle war geschwollen und hatte eine violette Färbung angenommen, als hätte sich das Mädchen einen Schal umgebunden.

Die Beine waren leicht gespreizt, sodass ich zwischen ihre Schenkel sehen konnte. Der Bereich war rasiert, doch die Landschaft da unten sah eher aus, als hätte jemand mit einem scharfen Pflug einen steinigen Acker bearbeitet. Ich fand keinerlei Ähnlichkeit mit den Frauen in dem Magazin.

Ich ließ die Taschenlampe zum Kopf zurückwandern.

Eines der Augenlider war schwarz und geschwollen, das andere rissig und scheinbar tief im Schädel eingesunken, wodurch das Gesicht etwas schief wirkte. Das Mädchen sah älter aus, als sie in Wahrheit wohl war, die Wangen waren eingefallen, die Lippen blau und mit einem Netz feiner, schwarzer Linien überzogen. Im Schmutz auf den Wangen hatten Tränen ein Geäst aus weißen Furchen gegraben.

Ich trat näher, noch bevor ich wusste, was ich tat. Wie lange ich so da stand und das Mädchen anstarrte, weiß ich heute nicht mehr. Vielleicht war es die ganze Nacht gewesen, eine Woche oder einen Monat. Vielleicht aber auch nur ein paar Minuten. Die Kälte war vergessen, meine Hand, in der ich die Taschenlampe hielt, zitterte nicht mehr.

Mein Blick glitt über ihren Körper, als würde ich die Blondine in ihrem roten Spitzenhöschen in dem Magazin betrachten. Ich hatte das seltsame Gefühl, ich könnte sie mit meinen Augen berühren. In meinen Gedanken spürte ich jede Unebenheit ihres Körpers unter dieser Berührung, jedes Fältchen und jede straffe Erhebung, auch wenn sie schmutzig und voller Blut waren.

Ich fragte mich kurz, woher das Blut stammte, das sie wie ein abstraktes Kunstwerk erscheinen ließ und noch schöner machte. Als hätte ein entarteter Künstler all seine Fantasie, in Verbindung mit Wut und Zorn, an ihr ausgelebt.

Doch ich vergaß die Frage so schnell, wie sie entstanden war. Es war egal, woher das Blut stammte. Und es war auch egal, was das Mädchen in unserem Schuppen zu suchen hatte.

Sie war hier, sie schlief, und sie war nackt. Ich konnte sie anstarren und – wenn mir danach war – sie jederzeit berühren. Nicht nur mit den Augen. Nur das zählte in diesem Augenblick.

Das, und der Ständer in meiner Hose, der schmerzte, weil die Hose zu eng wurde.

Ich blickte an mir herunter und beleuchtete die Beule mit der Taschenlampe. In der Schule hatten die Jungs schon über ihre Beulen geredet und dabei wie besoffene Matrosen gelacht und sich gegenseitig abgeklatscht.

Ich weiß nicht, was ich ihnen von ihren irren Geschichten, dass manche schon die Lehrerin in der Nachhilfestunde gevögelt hätten, glauben konnte. Aber ich wette, keiner von ihnen hatte bisher einen Ständer gehabt, weil ein vollkommen nacktes Mädchen gefesselt vor ihm lag. *Das* sollte ich mal in der Schule erzählen.

Ich begann die Beule zu massieren, krümmte meinen Körper ein wenig, um die Spannung aus der Hose zu nehmen und richtete die Taschenlampe wieder auf das Mädchen.

Hinter ihren Lidern bewegte sich etwas, wenn ich den Lichtstrahl auf die Augen richtete.

Ich nahm ihn von ihr weg, leuchtete an die Wand, dann wieder in ihre Augen. Wieder zur Wand, wieder in ihr Gesicht. Und wieder und wieder.

Vielleicht träumte sie, und ich stellte mir vor, was sie gerade sah.

Der Strahl der Lampe rutschte zu ihren Brüsten hinunter, die ebenso fest wie die der Blondine, allerdings mit Dreck und Blut verschmiert waren und daher wie eine Kraterlandschaft aussahen.

Warum hatte sie keiner gewaschen oder ihr zumindest das Blut abgewischt?

Woher das Blut stammte, war mir immer noch egal. Ich glaube, das lag daran, dass sich mein Verstand, der mich eigentlich laut schreiend weglaufen lassen sollte, immer noch oben in meinem Zimmer befand und unter der Decke zitterte.

Ich trat näher und streckte die Hand aus. Doch dann zögerte ich. Zum ersten Mal, seit ich hier unten war, begann der Lichtstrahl zu zittern.

Der bloße Anblick meiner Finger in der Nähe der Brüste erregte mich so sehr, dass ich kaum noch atmen konnte. Jetzt schien meine Hose fast zu platzen, und ich schämte mich vor mir selbst. Meine Hand kam mir fremdartig vor, als würde ich durch die Augen eines anderen sehen.

Ich bewegte sie leicht, nur um zu sehen, ob ich noch Kontrolle über die Finger hatte. Dann zog ich sie wieder zurück und ließ mich keuchend auf den Stuhl fallen. Unter meinem Hintern knisterte das Magazin.

Die Haut an meinem Körper kam mir plötzlich zu eng vor, als steckte ich in einem schlecht sitzenden Kostüm. Ich schwitzte, obwohl ich meinen Atem als feinen Dunst aus meinem Mund aufsteigen sehen konnte.

Voller Abscheu stellte ich fest, dass ich mit der freien Hand unablässig meinen Schritt massierte.

Was passierte hier?

Was geschah mit *mir*?

Der Raum begann, sich um mich zu drehen. Die Werkzeuge an der Wand verschwammen zu einem bunten Nebel.

Ich stand schwankend auf, leuchtete dem Mädchen ein letztes Mal ins Gesicht und drehte mich zur Treppe um. Ich musste hier raus. Das Gefühl, mein Leben würde zur Seite hin wegkippen und in eine tiefe, dunkle Grube rutschen, war so übermächtig, dass mir schwindelig wurde.

Ich wusste, dass ich in weniger als einer Minute bewusstlos zusammenbrechen würde, wenn ich nicht zusah, so schnell wie möglich hier raus zu kommen. Mein Verstand und ich mussten sich wieder vereinen.

Als der Lichtstrahl der Taschenlampe die Treppe fand, sah ich meinen Vater lächelnd auf der obersten Stufe sitzen.

Kapitel 3

Auferstanden aus Staub

Das Frühstück verläuft schweigsam, so wie immer in den letzten Wochen. Jeder kümmert sich um sich selbst, es duftet nach frischem Kaffee, Brötchen, Marmelade und Megans Parfum. Trotzdem hat das Frühstück nichts mit Familie zu tun. Der Duft hängt schwer in der Luft und kommt mir so fremd und weit entfernt vor, wie selten etwas anderes in meinem Leben, als würde ich mich meilenweit vom Tisch entfernt befinden. Ich bin ein gelangweilter Zuschauer meiner eigenen Tragödie. Vielleicht benutzt Megan ein neues Parfum, und ich habe es bisher lediglich nicht bemerkt. Wir hätten auch in einem fremden Café in einer fremden Stadt sitzen können. Es hätte keinen Unterschied gemacht.

Man kann die kleine Uhr über dem Kühlschrank ticken hören. Irgendwo in der Nachbarschaft wird ein Wagen gestartet, dann zwei Türen zugeschlagen. Nachdem der Motor wie das Summen einer Biene verstummt ist, wird es wieder still. Nur das Ticken der Uhr, das mir deutlich macht, wie unendlich langsam die Zeit in diesem Haus verstreicht.

Ich beobachte meinen Sohn, der seine Ellbogen auf dem Tisch liegen hat, einen Buckel wie eine Katze macht und scheinbar interessiert die Aufschrift auf dem Marmeladenglas studiert. Dabei bewegt sich sein Kiefer wie Seile unter der Haut.

David kommt mir mit jedem Tag weiter entfernt vor, als hätten wir verschiedene Ziele im Leben und würden in verschiedenen Welten leben. Manchmal denke ich, wir treffen uns nur zufällig in diesem Haus, wie zwei Fremde, die sich auf der Straße anrempeln, sich entschuldigen und anonym weitereilen. Wir entfernen uns immer mehr voneinander. Mitzuerleben, wie er immer kleiner wird und dabei ganze Kontinente zwischen uns bringt, schmerzt so sehr, dass ich an diesem Morgen kaum etwas frühstücke.

Im Grunde bin ich stolz auf meinen Sohn, so absurd sich das auch anhören mag. Er ist erst zwölf, doch er hat genau verstanden, dass sein Vater vor einiger Zeit das Wohl der Familie und seine Ehe für einige schnelle Nummern aufs Spiel gesetzt hatte. Anderen Jungen in seinem Alter wäre es egal, was sich in ihrer unmittelbaren Umgebung abspielt, nicht so David. Er ist einer der empfindsamsten Menschen, die ich kenne. Sicher wäre es leichter für uns beide, wenn mein Junge einer dieser ignoranten Bengel mit Handy in der Hand und Kopfhörern auf den Ohren wäre und sich einen Scheiß drum kümmert, was sein Vater treibt. Aber David ist nicht auf den Kopf gefallen, ein stiller, introvertierter Junge, der es vorzieht, seine Umgebung zu beobachten und seine eigenen Schlüsse aus den Eindrücken zu ziehen, anstatt zu reden, ohne vorher gründlich darüber nachgedacht zu haben.

Mit seinem Verständnis von der Situation, die Megan und mich belastet, baut er eine schier unüberwindbare Mauer zwischen uns auf, hinter der er immer mehr verschwindet. Den Zutritt in seine Welt hat er mir schon lange verwehrt, das Tor in der Mauer verrammelt und verriegelt. Manchmal sehe ich ihn an und frage mich, wo der kleine Junge geblieben ist, der mir vor einigen Jahren noch hoch oben in den Ästen an einem Baumhaus geholfen hatte, das es mit jedem gottverdammten Baumhaus im ganzen Staat aufnehmen konnte. David hatte das Baumhaus damals »Palast« getauft, was einiges über die Baukunst von Vater und Sohn aussagte, und in den Sommerwochen so manche Nacht darin verbracht. Ich erinnere mich noch gut an das Gefühl, dass ich beim Anblick des Lichtschimmers hinter den von seiner Mutter genähten Gardinen seines »Palastes« hatte. Die Tage erschienen mir damals unvergänglich, und doch waren sie so schnell zerbrochen, als würde man Zweige über dem Knie brechen.

Der Junge von damals, der mir lachend und schwatzend Bretter und Nägel angereicht hatte, und am Abend mit bunt bemaltem Gesicht und mit Farbe verklebter Hose nach Hause gekommen war, ist schon lange verschwunden. Entweder liegt er tot hinter der Mauer, erstickt an dem, was er tagtäglich sehen und anhören muss, oder ich bin ein so lausiger Vater, dass ich einfach nicht mitbekommen habe, wie sich mein Sohn ganz allmählich zu einem jungen Mann entwickelt hat und sich seine eigene Welt aufbaut.

Ein junger Mann mit zu viel Verständnis und zu vielen Ziegelsteinen, die er fleißig und unbeirrt aufeinanderstapelt.

Megan wirft ihm ab und zu einen Blick zu, wie es eine Mutter nun mal tut, die nicht die Kontrolle über ihr Kind verlieren will. Die Augen blicken ebenso kalt, wie sie es bei mir immer tun. Immerhin ist David mein Sohn, eine Tatsache, die Megan nie vergisst. Mich beachtet sie nicht, doch ich sehe ihr an, dass irgendetwas an ihr nagt. Die Art, wie sie Stücke aus dem Brötchen reißt und darauf herumkaut. Der ernste Blick, der nicht zu einem gemütlichen Frühstück passen will. Und nicht zuletzt ihre Finger, die, wenn sie einmal nichts zu greifen haben, einen leisen Trommelrhythmus auf dem Tisch veranstalten, obwohl das Radio ausgeschaltet ist. Ich kenne Megan seit über fünfzehn Jahren und weiß, dass unter ihrer scheinbar ruhigen Fassade ein Vulkan brodelt. Ich frage mich, wie lange es wohl dauern mag, bis mich oder David die Wucht der Eruption trifft.

Eine Weile lausche ich dem steten Ticken der Uhr. Es hat etwas Beruhigendes und Beängstigendes zugleich an sich, denn ich höre dabei zu, wie mein Leben in stiller Verzweiflung an mir vorüberfliegt, ohne dass ich etwas dagegen tun oder es auch nur einen Augenblick lang festhalten kann. Irgendwann wird die Uhr – *meine* Uhr – stehen bleiben, es wird noch stiller werden, und niemanden kümmert es. Vielleicht würde Megan kurz aufblicken und mich zum ersten Mal seit Monaten bewusst wahrnehmen. David würde das Marmeladenglas zur Seite stellen und über den Rand seiner Mauer auf seinen Vater hinabschauen und sich fragen, wer dieser fremde Mann ist, der jeden Morgen mit ihnen zusammen frühstückt und aus einer anderen Welt, einem anderen, lange zurückgelassenen Leben zu stammen scheint. Dann würden sich beide wieder ihren Tellern widmen und den merkwürdigen Fremden vergessen haben.

Solange die Uhr tickt, lebe ich noch. So sehr ich mir manchmal auch wünsche, dass das Ticken aufhört. Ein schwacher Trost, doch was kann ein Mensch wie ich mehr vom Leben erwarten?

Als das Frühstück beendet ist und David wortlos in seinem Zimmer verschwindet, bricht der Vulkan endlich aus.

Um Megan nicht vollends zu verärgern, habe ich es mir zur Aufgabe gemacht, nach unseren wenigen gemeinsamen Mahlzeiten den Tisch abzuräumen. Megan verschwindet meistens mit einer weiteren Tasse Kaffee im Wohnzimmer und setzt sich an ihren Computer um E-Mails zu checken oder sonst was zu machen, was ich nicht verstehe und auch nicht verstehen will. Ein Mann sollte nicht gezwungen sein, so über seine Frau zu reden, aber was soll ich tun? Unser Leben hat nun mal diese Ausfahrt gewählt, und eine Umkehr erscheint unmöglich.

Diesmal jedoch bleibt Megan mit ihrem Kaffee im Türrahmen stehen, lehnt sich gegen das lackierte Holz und beobachtet mich beim Einräumen der Spülmaschine.

Ich kann ihre Blicke wie feine Nadeln im Rücken spüren, als würde irgendwo ein Fenster offen stehen und die Kälte des Winters durch die Räume kriechen. Unter ihren Blicken komme ich mir wie auf der Liege eines Arztes vor, der mir eine Akkupunktur verpasst. Aus Davids Zimmer dringt Musik bis hinunter in die Küche, aber ich kenne weder Song noch Interpret. Ich scheine wirklich ein miserabler Vater zu sein.

»Ich habe heute deine Schlampe gesehen.«

Ein einfacher, lapidarer Satz. Worte, die ohne Betonung heruntergeleiert werden, als würde ein schlechter Schauspieler ein Bühnenstück proben und ein Kater vom Vortag seine Gedanken lähmen.

Doch genau dann ist Megan am gefährlichsten.

Ich halte kurz inne. Gerade lang genug, um zu wissen, dass sich ein süffisantes Lächeln auf ihrem Gesicht gebildet hatte. Ihre Stimme kann noch so ruhig klingen, ihre Mimik verrät Megan immer.

»Von welcher Schlampe redest du, verdammt?«

Ich stelle mich dumm, eine Taktik, die mir schon oft wertvolle Sekunden beschert hat. Währenddessen schließe ich die Spülmaschine und drücke einen Knopf. Als das Wasser zu rauschen beginnt und ich mich zu Megan umdrehe, kommt sie mir wie ein diktatorischer Herrscher vor, der das niedere Volk betrachtet und sich nicht schlüssig ist, was mit dem Pöbel zu geschehen habe.

»Das weißt du genau, Jackson. Stell dich nicht immer dümmer als du bist. Oder hast du noch andere Nutten, von denen ich bisher nichts weiß? Zutrauen würde ich es dir ja.«

Ein letzter Blick, ein demonstrativer Schluck aus der Kaffeetasse, dann dreht sie sich um und verschwindet im Wohnzimmer. Wieder einmal ein perfekter Auftritt und ein ausgefeilter Abgang. Ein paar Worte nur, und doch ist die Temperatur im Haus plötzlich in den Minusbereich gesunken.

Ich gehe ihr einige Schritte nach, bleibe dann jedoch vor der Tür stehen und denke über ihre Worte nach. So schwer es mir fällt, aber ich muss zugeben, dass sie mich vollkommen unerwartet und wie eine Faust in die Magengrube getroffen haben. Judith hatte vor einem halben Jahr die Stadt in Richtung New Orleans verlassen, und seither habe ich keine Nachricht mehr von ihr erhalten. Sie war aus meinem Leben und meinen Gedanken verschwunden und hatte einen Scherbenhaufen zurückgelassen.

Megan hat sich vor den Computer gesetzt, nippt an ihrem Kaffee und wartet, bis der Rechner hochgefahren ist. Das Summen der Lüftung dringt wie schwerfälliges Atmen aus dem Wohnzimmer. Während sie wartet, mustert sie ihre Fingernägel. Irgendwann würde Megan den Fernseher einschalten und eine Talkshow im Hintergrund laufen lassen, sich auf diversen Foren herumtreiben und ihren Kummer mit Menschen teilen, die sie noch nie in ihrem Leben gesehen hat und die sie in ihrem Leid unterstützen.

Ein ganz normaler Morgen im Leben von Big Jackson und der armen Megan, die so viel Schmerz ertragen muss.

Ich steige die Treppe hinauf, vornübergebeugt wie ein alter Mann, während im Hintergrund die Spülmaschine ihre Arbeit aufnimmt.

Als ich an Davids Zimmer vorbeikomme, kann ich das helle Kreischen einer Frau durch die geschlossene Tür hören.

In seinem Alter hörten wir Foreigner oder Survivor. Vielleicht noch Simply Red, und die Mutigsten unter uns bekannten sich zu Culture Club. Wenn ich Davids Musik höre, denke ich oft, dass die Zeit mich irgendwann überholt haben muss, ohne dass ich die Rücklichter gesehen habe. Ich blieb benommen und verwirrt auf dem Highway zurück und weiß nicht, in welche Zeit ich gehöre. Die alten Tage meiner Kindheit wären mir lieber. Beschissene Geburtstage, Cecilia mit dem

Zaumzeug, Hochglanzmagazine mit barbusigen Mädchen und die Falltür im Geräteschuppen. Aber man kann sich die Zeit, in der man eines Tages strandet, nun mal nicht aussuchen. Man wacht eines Tages auf und ist entweder eins mit der Zeit oder bleibt ein Ausgestoßener, der von seinem Leben auf den Boden gespuckt wurde.

In einer Zeit, in der ich mir so fremd wie der erste Mensch auf dem Mond vorkomme, gehe ich ins Schlafzimmer – ich schaffe es kaum noch, den Raum als *unser* Schlafzimmer zu bezeichnen – setze mich vor den Computer und starre auf den dunklen Monitor.

Ein alter Mann stiert mir entgegen, dessen Haare ungekämmt sind, der sich nicht rasiert hat und nach Schweiß stinkt. Vielleicht sollte ich mich wirklich zusammenreißen und Megan etwas Besseres bieten. Etwas, das sie irgendwann einmal vor langer Zeit geliebt haben muss. Doch noch in derselben Sekunde frage ich mich, wer oder was mich dazu veranlassen sollte.

Der Typ auf dem Monitor gefällt mir selbst nicht. Doch so sieht man nun einmal aus, wenn man von der Zeit überholt wurde und nicht weiß, wie man ihr folgen soll. Es ist ja nicht so, dass man Tausende von Mitfahrgelegenheiten bekommt. Irgendwann hört man auf, alles und jedem hinterherzulaufen, bleibt einfach stehen und setzt sich an den Straßenrand. Das Beste, worauf jemand wie ich hoffen kann, ist, dass man mitten auf dem Highway des Lebens, wie die dunkle Gasse, durch die wir stolpern, gerne prosaisch genannt wird, von jemandem überfahren wird, der selbst noch nicht gemerkt hat, dass er schon lange den Anschluss verloren hat.

Während ich den Rechner einschalte und warte, bis er in die Gänge kommt, nehme ich mir die wenigen ausgedruckten Seiten meines Romans vor.

Meine Geschichte spielt in einem abgeschiedenen Dorf inmitten der Rocky Mountains, das auf keiner Karte verzeichnet ist. Die wenigen Menschen, die dort leben, sind degenerierte Psychopathen, die sich darauf spezialisiert haben, Touristen zu überfallen, in ihr Dorf zu verschleppen und so lange am Leben zu erhalten, wie sie ihnen in irgendeiner Form von Nutzen sind.

Manchmal wünsche ich mir, ich würde selbst in dem Dorf leben, fernab jeglicher Zivilisation, die einen Mann um den Verstand bringen kann. Ich glaube, unter all den entarteten Bewohnern würde ich nicht sonderlich auffallen. Vielleicht würde ich irgendwann einmal auf einem meiner Streifzüge durch die Rockys über Megan stolpern und sie ins Dorf schleppen. Das perfekte Ende für mein Projekt …

Nachdem ich die ersten beiden Seiten gelesen und für schlecht befunden habe, lege ich sie auf den Stapel zurück, der in den letzten drei Wochen kaum angewachsen ist, und denke an Judith.

Megan nennt sie nur »die Schlampe«, und tut dies wahrscheinlich auch jetzt im Moment, während sie den fremden Leuten im Netz ihr ach so schweres Herz ausschüttet. Vielleicht chattet sie aber auch gerade mit ihrer Freundin Clara, während diese lautstark ihren Fitnesstrainer auf dem Esszimmertisch reitet und Megan nebenbei moralische Leitsätze mitteilt.

Als die Sache mit Judith damals aufflog, hatte ich den Kontakt zu ihr abgebrochen, auch wenn ich unsere kleinen Abenteuer fortan sehr vermissen sollte. Judith schrieb mir noch ab und zu eine E-Mail, hinterließ Nachrichten auf dem Handy oder stöberte mich in diversen Foren auf, als ob sie gezielt nach mir gesucht hätte. Ich antwortete ihr selten und in äußerst schlichten Sätzen und versuchte sie auf diese Weise aus meinem Kopf zu verbannen. Aber es war mir nie gelungen, was mit Sicherheit auch damit zu tun hatte, dass ich nicht über meinen Schatten springen konnte. Ich musste ihr einfach auf die eine oder andere Mail antworten und fragen, wie es ihr denn ginge. Für Judith waren diese kurzen Nachrichten von mir Anlässe, mir noch am selben Tag mehrfach zurückzuschreiben. Für mich bedeuteten diese Verfehlungen, dass ich es die ganzen zwei Jahre nicht geschafft hatte, sie zu vergessen, was mich auf der einen Seite freute, mich gleichzeitig aber auch den Kopf gegen die Wand schlagen ließ. Judith war immer da. Entweder fand ich sie in Megans Blick oder in meinem Kopf. Aber Judith war nie völlig weg gewesen.

Auch nicht, als sie vor etwa sechs Monaten die Stadt verließ. Sie hatte mir nie mitgeteilt, warum sie das tat, oder wohin es sie genau in New Orleans verschlug. Sie hielt es auch nicht für notwendig, sich bei mir zu melden und zu verabschieden, was mich zu Beginn mehr schmerzte, als ich mir heute eingestehen will.

Sie hat einfach den Kontakt abgebrochen – was sie besser konnte als ich – und war gegangen, als hätte es in meinem Leben nie eine Judith gegeben. In meinen Erinnerungen hatte sie ein altes Foto zurückgelassen, auf dem sie lächelte und auf ihre ganz spezielle Weise, der kein Mann widerstehen konnte, mit mir flirtete.

Mir war immer klar gewesen, dass es für mich besser war, wenn ich nichts mehr von ihr höre.

Und trotzdem hatte ich mich immer danach gesehnt. Es war eine innere Zwiespältigkeit. Die eine Seite wollte mein altes Leben zurück, mit einer Frau, die ich nie geliebt habe, und einem Jungen, der das Verbindungsglied in dieser unheiligen Gemeinschaft darstellte. Eine andere Seite jedoch, irgendetwas tief in mir drin, vielleicht in der Gegend meiner Lenden, wo es keinen Verstand gab, schrie nach Judith. Nur sehr leise, als wäre dieses Etwas in mir geknebelt und gefesselt, doch die Stimme war immer da.

Ich lehne mich in dem alten Bürostuhl zurück und starre auf den Monitor.

Wieso ist Judith plötzlich wieder hier?

Der Stuhl quietscht leise, als ich mich umdrehe und unser Ehebett betrachte. Mit Megan läuft hier schon lange nichts mehr, aber Judith hatte sich zwischen den Laken in eine unersättliche Stute verwandelt und es geliebt, wenn ich sie als solche bezeichnet hatte. Mit einem Schlag sind all die Erinnerungen an unsere Treffen wieder da, als wären sie nie weg gewesen und hätten sich nur in der Dunkelheit meiner Gedanken versteckt.

Judith in sündigen roten und pinkfarbenen Strapsen, High Heels und sonst nichts, das die fleischgewordene Sünde bedecken könnte. Judith in einem knappen Nikolauskostüm mit roten Stiefeln und perfekten Schenkeln dazwischen, und Judith, die nymphomane Krankenschwester, die, entgegen ihres Berufsstandes, stets ein paar Handschellen mit sich trug und wusste, wie man die diversen Leiden eines Mannes heilen konnte. Judith hatte immer gewusst, was Big Jackson brauchte, oh ja.

Ich frage mich, was Megan mit ihrer knappen und spitzen Aussage in der Küche zu erreichen hoffte. Mit Sicherheit hatte sie nicht beabsichtigt, dass ich Judith plötzlich splitternackt vor mir sehe, mit Händen und Füßen ans Bett gefesselt, während ich ihren prallen Körper schände, bis sie vollkommen erschöpft meinen Namen schreit.

Ich drehe mich wieder zum Rechner, schalte ihn aus, ohne auch nur ein Wort an meinem »Projekt« geschrieben zu haben, und mustere erneut den Mann auf dem Monitor.

Irgendwie erinnert er mich an den Typen, der alle zwei Wochen seinen Spaß hatte, während seine Frau auf der Arbeit und sein Sohn in der Schule waren. Derselbe Glanz wie damals steht in seinen Augen und funkelt wie zwei kleine Sterne auf dem Monitor. Der Glanz war lange verschwunden, doch jetzt ist er wieder da, auch wenn das ganz sicher nicht in Megans Absicht lag.

Ein ganzes Universum, das danach giert, sich ausbreiten zu können.

Alles, was der Typ im Monitor noch braucht, sind eine Rasur und eine Dusche.

Ich stehe auf, gehe in den Flur und lausche. In Davids Zimmer ist die Musik verstummt, dafür dringen jetzt die albernen Klänge irgendeines Videospiels durch die Tür. Von Megan ist nichts zu hören. Sie offenbart immer noch ihr Leben im Netz und wartet darauf, dass sich ihrer irgendein Perverser annimmt. Scheinbar ist für sie alles besser als Big Jackson.

Mit Judiths Foto im Kopf verschwinde ich im Badezimmer, nehme eine lange, heiße Dusche, die ich zum Schluss auf kalt drehe, und rasiere mich. Es tut verdammt gut, den Dreck dieses Lebens abzuwaschen und im Abfluss verschwinden zu sehen. Wenn es doch nur immer so einfach wäre.

Der Kerl, der mir daraufhin im Spiegel zuzwinkert, sieht schon etwas besser aus, als der Typ im Monitor. Nicht perfekt – das hat er noch nie getan – aber besser. Bereit für jede Schandtat.

Als ich das Badezimmer verlasse und ins Schlafzimmer zurückgehe, pfeife ich einen Song aus meiner Vergangenheit vor mich hin. Ich habe niemals um dieses Leben gebeten, auch meinen Vater damals nicht. Aber zum ersten Mal seit Langem bin ich froh, dass ich es habe.

Es ist Sonntag … *and Big Jackson is going to town.*

***

Ich gehe ziellos durch die Stadt, habe den Kragen meiner Jacke hochgestellt, den Blick zu Boden gesenkt und sehe wohl aus wie jemand, der auf der Flucht ist. Im Grunde bin ich auch genau so jemand.

Mein Weg führt mich am Park vorbei, wo ich früher mit David oft gespielt habe, als der Junge noch mit seinem Vater redete und etwas anderes als Unverständnis für seinen alten Herrn empfinden konnte. Wir hatten so manchen Sommertag auf den großen Rasenflächen verbracht und Bälle geworfen, während seine Mutter entweder auf einer Decke saß und uns scheinbar interessiert zuschaute, oder zu Hause geblieben war und uns einen »Snack für Männer« versprochen hatte, wenn wir wieder völlig verdreckt und nach Schweiß und Erde stinkend zurückkamen. Viel wahrscheinlicher war wohl gewesen, dass sich Megan in der Zeit, die wir im Park verbrachten, bei ihrer Freundin Clara Informationen über die Gelenkigkeit von Fitnesstrainern auf Esstischen und diversen anderen Möbeln eingeholt hatte.

Als ich ein Kind war, befanden sich hier nur ein Spielplatz und eine ungepflegte Wiese, auf der einige Bänke standen. Meine Eltern waren oft mit mir hierher gegangen und hatten sich Händchen haltend auf eine der Bänke gesetzt, während ich mich auf dem Spielplatz tummelte. Damals mochte ich Kinder ebenso wenig wie sie mich. Ich hatte so lange im Sand oder auf dem Klettergerüst gespielt, bis weitere Kinder auftauchten. Dann war ich zu meinen Eltern gelaufen, hatte mich zwischen sie gedrängt und ihre leisen, verliebten Gespräche unterbrochen.

Den Spielplatz gibt es heute nicht mehr. Vor ein paar Jahren hatte ich festgestellt, dass sich dort, wo einst die verrostete Schaukel mit den quietschenden Ketten, der große Sandkasten, in dem ich mehr als einen Hundehaufen gefunden hatte, und das riesige Klettergerüst in Form eines Segelschiffs gestanden hatten, jetzt eine weitere Wiese befand, in deren Mitte die alte Eiche stand, die damals schon dem Spielplatz Schatten spendete. Der Baum war das Einzige, das meine Kindheit überdauert hatte. So viel zum Thema Zeit. Sie vergeht einfach schneller, als man denken kann, und bevor man sich versieht, steht man alleine da und weiß gar nichts mehr.

Eines Morgens werde ich wahrscheinlich aufwachen, und die ganze Welt hat sich verändert, ohne dass ich irgendwann auch nur das kleinste Anzeichen dafür bemerkt hätte.

Ich wünsche mir, ich könnte noch einmal mit David Bälle werfen oder einfach nur auf einer der Bänke sitzen und über irgendeinen Mist quatschen, Dinge eben, die nur für einen Vater und seinen Sohn von Interesse sind. Doch derartige Bilder werden nur Illusion bleiben.

In der Stadt ist es ziemlich ruhig. Obwohl die Sonne scheint, liegt eine beißende Kälte in der Luft. Die Bäume und kleinen Vorgärten wirken wie erstarrt und sind mit einer dünnen, weißen Schicht überzogen, die im Sonnenlicht wie Puderzucker glitzert.

Ich gehe am Kino vorbei, in dem ich damals oft mit Megan gewesen bin, als wir noch *wir* waren. Mein Blick fällt auf Filmplakate, bunt und chaotisch, die ich nicht kenne. Früher haben wir uns an Samstagabenden oft Filme mit Tom Hanks und Meg Ryan angesehen. Filme, von denen wir uns einbildeten, dass sie wie für uns geschaffen und nur für uns gedreht worden waren. Filme, über die wir anschließend diskutierten, und die uns sentimental und manchmal auch ziemlich heiß aufeinander gemacht hatten. Oft fühlte ich mich wie Tom Hanks. Nein, ich *war* Tom, aber Megan war nie Meg, auch wenn ihre Namen fast gleich klangen.

Die Namen der Schauspieler auf den Ankündigungen von heute kann ich kaum aussprechen.

Ohne auch nur einmal an die Zeit mit Megan zu denken, gehe ich an dem Kino entlang, komme an der kleinen Buchhandlung vorbei, in der ich mir die Bücher von Lee gekauft und wo ich als Kind schon die neuesten Comics direkt auf den Stufen des Ladens gelesen hatte. Das Bild eines kleinen Jungen in kurzen Hosen und T-Shirts mit Eisflecken auf der Brust schießt mir so schnell ins Gedächtnis, dass ich kurz stehen bleibe und das kleine Schaufenster betrachte. Der Kerl in der Scheibe wirkt hilflos, überhaupt nicht mehr wie ein kleiner Junge. Eher wie jemand, der schon vor langer Zeit aufgehört hat zu leben.

Ich weiß immer noch nicht, wohin ich gehe. Und im Grunde weiß ich auch nicht, warum ich das Haus überhaupt verlassen habe. Ich hätte den Sonntag dazu nutzen können, das Dorf in den Rockys zu abartigem und degeneriertem Leben zu erwecken. Oder mich mit Karen beschäftigen können. Oder … es gibt so viel, was ein Kerl wie ich an einem kalten Sonntag tun kann. Stattdessen spaziere ich ziellos durch stille Straßen, spüre das Schaben der Kälte auf meinen Wangen, die versucht, mir das Fleisch von den Knochen zu schälen, und suche nach irgendeinem Ziel.

Ich komme mir vor, als würde ich durch einen Traum wandern, einer von der Sorte, in denen es weder einen Ausgang noch ein Ziel gibt. Als ich ein kleines Café erreiche, weiß ich, dass ich es gefunden habe.

Den ganzen Tag schon, seit ich vom Frühstückstisch aufgestanden und die Spülmaschine eingeräumt habe, seit Megan mit ihrer Kaffeetasse gegen den Türrahmen lehnte und mir nebenbei mitteilte, dass sie meine »Schlampe« gesehen hätte, und seitdem ich das Funkeln dunkler Sterne im Monitor des Computers gesehen hatte. All diese kleinen Faktoren waren es gewesen, die mich aus dem Haus in eine schlafende und frierende Stadt gelockt und mich wie einen Schwachsinnigen gelenkt haben, der das Leben nie verstanden hat. Seitdem hatte ich ein Ziel gehabt, es jedoch erst jetzt so richtig wahrgenommen und gefunden.

Das Café hat sonntags bis fünfzehn Uhr geöffnet. Es bleiben also noch vier Stunden.

Als ich eintrete, heißt mich ein Potpourri aus Kaffeeduft, frischem Brot, Kuchen mit Sahne und etwas, das mich an melancholische Weihnachtsabende erinnert, willkommen.

Dazu die Erinnerungen an Tage, die so lange zurückliegen, dass sie sich in einem anderen Zeitalter abgespielt zu haben scheinen. Doch als ich auf einen kleinen Tisch in der Ecke zusteuere, sind die Bilder alle wieder da. So als seien sie nie weg gewesen. Ein Album, das man kurz mal auf den Tisch gelegt hatte, und das dann unter Zeitungen, Rechnungen und anderem Alltagskram verschwunden war. Ich krame es unter all dem Mist hervor und öffne es behutsam, Seite für Seite, und starre auf Fotos, von denen ich glaubte, sie vergessen zu haben.

Die Bedienung ist noch dieselbe, wie vor über zwei Jahren, ein junges Ding mit schüchternem Gesicht und blonden Haaren, die zu zwei Zöpfen geflochten sind. Die Haare sind länger als damals und das Lächeln, mit dem sie mich bedient, nicht mehr so strahlend. Zwei Jahre, in denen mit Sicherheit viele ihrer Träume mit lautem Knall zerplatzt sind, gehen auch an hübschen Mädchen nicht spurlos vorüber. Sie hatte mir einmal erzählt, dass sie Probleme mit ihrem Freund hätte und darüber nachdächte, sich von dem Kerl zu trennen. Damals redeten wir oft miteinander, als seien wir gute Freunde, und ich hatte sie in ihrer Entscheidung bestärkt, weil ich sie nett fand und sie etwas Besseres verdiente als einen Typen namens Buck. Einen Kerl, der ihr Konto leerräumte und sie mit ihrer Schwester hinterging, die kaum älter als siebzehn war. Aber wer weiß, was in der Zwischenzeit wirklich alles passiert ist. Oft denke ich, dass sich das Leben im Laufe der Zeit nur zum Schlechteren wandeln kann. Vielleicht hat sie es Buck inzwischen heimgezahlt und ihn mit seinem Bruder betrogen.

Sie erkennt mich nicht, als ich einen Cappuccino bestelle, aber das habe ich auch nicht erwartet. Ich war so lange nicht mehr hier gewesen, und in der Zeit muss sie ein paar Tausend Menschen bedient haben. Außerdem bin ich etwas rundlicher und mein Haar schütterer geworden. Vielleicht hat sie mich damals attraktiv gefunden und mit dem Gedanken gespielt, es Buck mit mir heimzuzahlen. Heute bin ich nur ein alter Durchschnittstyp für sie, der an einem gemütlichen Sonntagmorgen alleine ins Café geht und ihr Mitleid verdient.

Während ich warte, beobachte ich die wenigen Gäste, die an diesem Sonntag ebenfalls ihren Weg in das kleine Café gefunden haben. Ein älteres Ehepaar, das in einer Nische sitzt, sich nicht viel zu sagen hat, aber dennoch über der Tischplatte Händchen hält. Wenn man lange genug ein Paar ist, gehen einem irgendwann die Worte aus. Zwei junge Frauen, die Studentinnen sein könnten und sich angeregt über etwas unterhalten, das wohl zu ernst ist, um ab und zu lachen zu können. Mit Sicherheit geht es um Männer. In der Beziehung sind alle Frauen gleich.

Mein Blick fällt auf den Tisch in der Ecke, dort wo das Café in den kleinen Gang mit den Toiletten mündet.

Der Platz ist leer, und ich will nicht an die Zeit denken, als das *unser* Tisch gewesen war.

Demonstrativ lehne ich mich zurück, verschränke die Arme vor der Brust und blicke zum Fenster hinaus. Ein Mann in feinem Anzug geht am Café vorbei, ohne einen Blick durch die hell erleuchtete Scheibe zu werfen, und verschwindet gleich darauf wieder aus meinem Leben. Ich frage mich, warum jemand am Sonntag einen Anzug trägt. Auf der anderen Straßenseite führen zwei Mädchen einen Hund an der Leine, der fast so groß ist wie sie selbst. Ein roter Wagen fährt vorbei und spiegelt das Sonnenlicht in Chrom und Glas. Ansonsten ist die Stadt tot.

Ich will nicht an die Zeit von damals denken, obwohl ich eigentlich genau deswegen hier sitze. Ich will der Stimme, die nach Judith schreit, nicht die Genugtuung geben, ihr zuzuhören.

Stattdessen gehe ich noch einen Schritt weiter in meiner Erinnerung zurück als nur zwei Jahre. Noch viel weiter, ein paar Jahre mehr. Ein ganzes Leben weiter zurück. Damals, als ich Indy-Car Weltmeister Mario Andretti war, mein Vater auf der obersten Stufe der alten Holztreppe saß und mich anlächelte.

***

»Man kann auch nichts vor dir geheim halten, was?«

Er lächelte und schien nicht im Mindesten verwundert zu sein, mich hier unten anzutreffen. Die nackte Frau auf dem Metalltisch schien er nicht zu bemerken.

Ich leuchtete ihm mit der Taschenlampe in die Augen, sodass sie fast so rot wie die des Teufels wirkten. Er hielt sich lachend die Hand vors Gesicht.

»Hey, mach das Ding aus. Glaubst du, wir leben hier im Mittelalter?«

Mit der freien Hand griff er neben sich an die Wand und drückte einen Schalter. Im nächsten Moment erwachte eine fleckige Glühbirne über mir zum Leben und ließ ein gelbstichiges, krankes Licht über den Raum sinken.

Mit einem Schlag kam mir der Bereich wie die Kulisse eines grauenvollen Films vor, und ich befand mich mittendrin. Ich war nicht nur ein Zuschauer, der vor der Leinwand sitzt, Popcorn in sich hineinstopft und sich gruselt – so wie ich es die ganze Zeit über getan hatte. Ich war Teil des Ganzen, ein wichtiges Requisit, das für den Film unverzichtbar war. Ich wollte überall sein, nur nicht hier. In meinem Magen hatte sich ein tiefes Loch aufgetan, das mich zu verschlingen drohte.

Mein Blick wanderte zwischen dem Mädchen und meinem Vater hin und her. Ich erwartete, dass er voller Entsetzen auf den nackten und gefesselten Körper blicken, die Hände vor den Mund schlagen und um Hilfe schreien würde. Ich sah ihn sogar förmlich vor mir und hörte seinen Schrei in meinen Ohren. Oder war ich es, der schrie?

Aber er tat nichts von alledem, und irgendwie wusste ich das, noch bevor mir der Gedanke gekommen und der Schrei in meinem Kopf verhallt war.

Er saß einfach nur da, musterte mich, als würde er mich zum ersten Mal in seinem Leben sehen, und schien sich über meinen Gesichtsausdruck zu amüsieren. Er hätte ein Mann sein können, der am Strand sitzt und sich den Sonnenuntergang über dem Meer ansieht.

»Was ist das alles hier?«, fragte ich irgendwann mit einer Stimme, die viel zu hell war, als dass sie meine eigene hätte sein können. Die Worte wurden in dem engen Raum von den Wänden zurückgeworfen. Mein Blick wanderte zu der Frau, dann wieder zu meinem Vater. Ich schaffte es kaum, ihm in die Augen zu schauen.

»Was denkst du denn, was es ist?«

Diese Frage war eine typische Reaktion meines Vaters. Wann immer er sich vor einer Erklärung zu drücken versuchte, begann er, Gegenfragen zu stellen. Das hatte er schon immer getan, besonders wenn meine Mutter ihn etwas fragte. Doch noch nie fand ich seine Frage so unpassend, wie in diesem Moment. Sein Lächeln wollte ebenfalls nicht zu der Situation passen. Ich bekam immer mehr das Gefühl, dass *er* der Zuschauer und *ich* der Hauptdarsteller in diesem grotesken Drama war.

Die Haut an meinem Körper schien zu eng für mich zu sein und hinderte mich sowohl am Atmen, als auch daran, mich zu bewegen. Ich stand zwischen Treppe und Metalltisch und kam mir vor, als sei ich mit dem harten Betonboden des Kellerraums verwachsen. Damals war ich mir sicher, dass ich mich nie wieder würde bewegen können. Ich war ein Gefangener meines eigenen Körpers, und wenn ich auf meine Füße blicken würde, hätte ich feststellen können, dass sie im Boden versunken waren. Meine alberne, kindliche Neugierde, die mich aus der Sicherheit meines Bettes hier in den Keller geführt hatte, würde mich in dieser Nacht das Leben kosten, das wurde mir mit einem Schlag bewusst, als hätte mir jemand mit einer Leuchtreklame eins übergezogen.

»Ich glaube, es wird Zeit, dass ich dir einiges erkläre.«

Mit jedem Wort, das meinen Verstand erreichte, wurde mir mein Vater ein Stück fremder.

Ich sah, wie er sich ächzend erhob und am wackeligen Geländer festhielt. Die Treppe wuchs dabei in die Höhe und trug meinen Vater immer weiter von mir weg. Er trug eine Jeans und einen Pullover, dessen Ärmel hochgerollt waren. Als hätte er nur darauf gewartet, dass sein Sohn mitten in der Nacht das Haus verließ, um ihm dann unauffällig zu folgen.

Er kam die Treppe herunter, immer noch lächelnd, und legte mir eine Hand auf die Schulter. So, wie es jeder Vater bei seinem Jungen tun würde. Nur, dass dieser Mann nicht mehr mein Vater war. Zumindest nicht in dieser Nacht.

Endlich schien er auf die Frau aufmerksam zu werden. Doch als ich ihm ins Gesicht blickte, fand ich darin weder Abscheu noch Entsetzen. Erneut zerbrach ein Teil meiner Wirklichkeit und wurde von etwas Fremdartigem ersetzt. Seine Augen hatten einen merkwürdigen Glanz angenommen, wie ich ihn zuvor noch nie bei meinem Vater gesehen hatte. Sie glitzerten fast so wie Cecilias Zaumzeug. Die Welt kippte für mich immer mehr zur Seite und riss mich mit sich.

Als er die Hand von meiner Schulter nahm, spürte ich es kaum. Mir wurde schwindlig, und ich taumelte einen Schritt von ihm und dem Tisch weg. Ich war wie betäubt, als hätte ich zu lange unter einer kalten Dusche gestanden. Die Bewegungen um mich herum erschienen mir wie Traumfetzen. Bunte, schillernde Schlieren, die sich durch mein Blickfeld bewegten, tanzende Regenbogen ohne Farbe.

Mein Vater trat an den langen Tisch und betrachtete das Mädchen von oben bis unten. Er erinnerte an einen Gelehrten, der sein Studienobjekt musterte.

Dann drehte er sich zu mir um, immer noch mit jenem unheimlichen Leuchten in den Augen und dem Lächeln im Gesicht, das mir jetzt eher wie das Grinsen eines drogenabhängigen Clowns vorkam. Seine Bewegung schien nur aus Schatten zu bestehen. Er winkte mich mit einem schelmischen Nicken zu sich heran, doch ich schaffte es nicht, mich zu bewegen. Weder auf ihn zu, noch fort von ihm, die Treppe hinauf und in die kalte Freiheit einer Winternacht.

Hätte ich damals den Mut aufgebracht, oder nur einen kleinen Lebensfunken in mir gespürt, so wäre mein Leben von jener Nacht an in völlig anderen Bahnen verlaufen. Vielleicht würde ich dann auch nicht in diesem Café sitzen und mich daran zurückentsinnen, wie mein altes Leben in diesem Kellerloch endete und ein neues geboren wurde. Doch damals besaß ich weder Mut noch irgendetwas Lebendiges in mir. Es hing nur an einer gottverdammten Sekunde. Der schmale Grat zwischen erloschener Kindheit und Schuld, über den ich stolperte.

Mein Vater streckte seine Hand nach mir aus und bewegte die Finger, als versuchte mich jeder Einzelne von ihnen, zu sich zu locken. Und endlich schaffte ich es auch, mich zu bewegen, obwohl ich bis heute nicht nachvollziehen kann, wie mein Verstand dazu noch in der Lage sein konnte.

Ich ging auf meinen Vater zu, bis seine Hand mich berührte und ich ihr Gewicht erneut auf meiner Schulter spürte, tonnenschwer, als hätte der Teufel persönlich seine Krallen in mein Fleisch geschlagen. Er zog mich sanft zu sich heran, und schließlich standen wir beide vor dem Tisch, spürten die Kälte des Metalls durch den Stoff unserer Hosen und starrten auf den nackten und gefesselten Körper des Mädchens.

Es war ein merkwürdiges Gefühl, eines von der Sorte, an das man sich den Rest seines Lebens erinnert. Ich glaube, die vorherrschende Emotion war die Angst, sich in einem grauenerregenden, surrealen Albtraum zu befinden und nie wieder daraus erwachen zu können. Mein Vater hatte sich in ein Monster verwandelt, und er war dabei, mich in eine dunkle Gasse jenseits dieses Raumes zu führen, um mich dort auszuweiden und genüsslich zu verspeisen. Aber da war noch eine andere Empfindung. Eine, die mich nicht schreien oder weglaufen ließ. Etwas Junges und frisch Geborenes in mir, nicht mehr als eine Knospe, die es zu behüten galt. Ein Gefühl, das letztendlich den ersten Tag meines neuen Lebens einläutete.

Mein Vater sagte etwas, das ich zuerst nicht verstand. Laute, die nicht in meine Welt gehörten und wie eisiger Wind an mir entlang strichen. Doch dann fanden seine Worte ihren Weg in meinen Kopf, ganz langsam, als würde jemand zähflüssigen Sirup in meinen Verstand laufen lassen.

»Ist sie nicht schön?«

Seine Stimme klang, als würde er ein neues Auto betrachten, oder an Weihnachten die Geschenke auspacken. Aufgeregt und voller Ehrfurcht. Ich stand da, immer noch so betäubt, als würde ich in einer Wanne mit Eis liegen, und ließ meinen Blick über den Körper auf dem Tisch gleiten.

Die Haut war fast so weiß wie Schnee oder poliertes Porzellan, sah man von dem Dreck und dem Blut einmal ab. Über manchen Wunden hatte sich Schorf gebildet, andere sonderten ein gelbliches Sekret ab, das im Schein der nackten Glühbirne glänzte und mich an Honig erinnerte.

Das Mädchen atmete in kurzen, hektischen Zügen, doch sie schien zu schlafen, oder war weggetreten, oder vielleicht tot, und ich bildete mir das Heben und Senken ihrer Brust nur ein.

Ich wusste nicht mehr, was ich denken sollte, was real und was Traum war. Irgendetwas in mir schrie die ganze Zeit über, dass das alles hier die fürchterliche Wahrheit war. Kein beschissener Traum, aus dem ich am Morgen in ein halbwegs normales und behütetes Leben entlassen wurde. Warum konnte diese Stimme nicht einmal die Klappe halten?

Ich sah, wie mein Vater die Hand ausstreckte und mit dem Zeigefinger über die Wange des Mädchens strich. So etwas hatte er früher bei mir oft getan, wenn er an meinem Bett saß und ich am Einschlafen war. Selbst diese banale Bewegung kam mir unwirklich vor.

Die Augenlider des Mädchens begannen zu flackern, doch sie erwachte nicht. Ihr Atem ging etwas schneller. Sie spürte die widerliche Berührung.

Die Hand meines Vaters strich an ihrem schmutzigen Hals entlang zur Schulter und von dort über den Arm bis hinunter zur Hand. Erst jetzt fielen mir Schnitte im Oberarm auf, als wäre sie dort von einem Tier zerkratzt worden. Oder jemand hatte ihr mit einem scharfen Gegenstand diese Wunden zugefügt.

Mein Vater sagte wieder etwas, doch diesmal hielten die Barrikaden meines Verstandes, sodass seine Stimme nur ein undeutliches Rauschen in meinen Ohren blieb.

Seine Hand glitt wieder den Arm hinauf bis zur Schulter, zärtlich und zaghaft, als bestünde die Gefahr, das kostbare Porzellan zu zerbrechen.

Dann ließ er einen Finger um die Brust kreisen, zog immer engere Bahnen, bis eine braune, blutbesudelte Warze den Mittelpunkt des kreisenden Fingers darstellte. Fasziniert stellte ich fest, wie die Brustwarze sich aufrichtete und wie eine

Knospe im Frühjahr in die Höhe spross. Das Mädchen schlief weiter – oder war tot – doch ihr Körper war eindeutig wach.

Der Geruch von Schweiß, Dreck und der Toilette in unserer Schule stieg mir in die Nase.

Wiederum sagte mein Vater etwas, das mich nicht erreichte. Im Nachhinein betrachtet glaube ich aber, dass er in diesem Moment nichts in Worte zu fassen versuchte, sondern ein wohliges Stöhnen von sich gab. Eines von der Art, wie ich es vor zwei Jahren im Schlafzimmer gehört hatte, als meine Mutter ihn anflehte, »ihr den Rest zu geben«.

Sein Finger umlief die Knospe des Mädchens einige Male, dann zog er sich wieder zur Schulter zurück, strich einige fettige Haare aus ihrer Stirn und verschwand schließlich aus meinem Blickfeld. Gleich darauf spürte ich, wie etwas meine Hand packte und in Richtung Tisch drängte.

Ich ließ es geschehen, kam mir vor wie eine Marionette auf der Bühne eines kleinen, schlecht ausgeleuchteten Theaters, und sah dabei zu, wie die Hand meines Vaters meine Hand in Richtung der straffen, schmutzigen Brust des Mädchens bewegte. Meine Finger zitterten nicht, obwohl sie sich kalt und steif anfühlten, als seien sie erfroren. Mein Bewusstsein hatte sich zu einem kleinen, finsteren Punkt zusammengezogen, der sich irgendwo in der Mitte meines Körpers versteckt hielt und zusah, wie meine Hand auf die Brust des Mädchens gelegt wurde.

Mein Vater drückte die Finger sanft auf die kalte Haut, dann verschwand seine Hand aus meinem Blickfeld, und meine Finger berührten zum ersten Mal in meinem Leben die nackte Haut einer Frau.

Ich zog meine Hand damals nicht zurück, auch nicht, als mein Vater mich freigab und ich die Gelegenheit dazu hatte. Das Schreien in meinem Kopf verstummte. Die Stimme gab es auf, mich zum Weglaufen bewegen zu wollen. Stattdessen überkam mich eine unheimliche Ruhe. Plötzlich standen meine Gedanken still, die ganze Welt schien innezuhalten, selbst die Zeit. In dem kleinen Raum tief unter dem Boden des Geräteschuppens wurde es so still, wie wohl an keinem anderen Ort der Welt. Die Zeit hatte den Atem angehalten, um mich, den *Hauptdarsteller,* zu beobachten. Ich spürte ihre Blicke in meinem Nacken wie kalte Finger.

Mein Vater sagte wieder etwas, doch ich verstand ihn auch diesmal nicht.

Ich war alleine mit dem gefesselten Mädchen, das nackt und schön war, und sich mir auf brutale Weise auslieferte.

Irgendwo tief in mir drin schlug mein Herz hart und schmerzhaft in seinem Gefängnis aus Knochen und pochte hinter meiner Stirn, während meine Hand begann, zögerlich über das dreckige Porzellan des Mädchens zu reiben.

Sie war so kalt wie eine Leiche, doch ich spürte ihren Atem unter meinen Berührungen, sah die Spur, die meine Finger auf der besudelten Leinwand hinterließen.

In mir wurde es noch ein klein wenig stiller …

***

Die Bedienung bringt mir den Cappuccino, und ich habe das Gefühl, dass sie mich für einen kurzen Moment erkennt. Sie zögert, als sie mit einem freundlichen Lächeln die Tasse vor mich auf den Tisch stellt, sieht mir in die Augen und scheint irritiert. Ihr Blick flackert kurz im Wiedererkennen.

Doch dann dreht sie sich um und verschwindet hinter der Theke, auf der sich ein kleines Karussell mit verschiedenen Kuchen und Torten dreht.

Für sie war es einer jener Momente, in denen man glaubt, sich an irgendein Gesicht oder einen Geruch erinnern zu können, dann jedoch gleichmütig die Schultern hebt und die Täuschung als Einbildung überreizter Fantasie abtut. Für mich hingegen war es ein kleiner Schritt zurück in eine Zeit, als ich mich glücklich fühlte und dabei unbewusst meine Ehe, und damit verbunden mein Leben, in den Sand setzte.

Während ich an meiner Tasse nippe, denke ich darüber nach, was mich überhaupt hierher, ausgerechnet in dieses Café geführt hatte. War es tatsächlich möglich, dass Megans Äußerung nach dem Frühstück etwas in mir wachgerüttelt hatte, das mich nun unbewusst durch den Tag steuert?

Wieso war ich erst ziellos durch die Stadt gelaufen, um dann an diesem Ort – *unserem* Café – zu landen? Das Gefühl, dass mein Leben kurz davor steht, sich erneut in eine mir unbekannte Richtung zu drehen, ist so greifbar, als wäre der Raum damit erfüllt. Es ist, als hätte ich das Ende eines Weges erreicht und betrete nun einen neuen, unbekannten und im Dunkel liegenden Pfad.

Während ich das ältere Ehepaar dabei beobachte, wie sie jeder ein Stück Kuchen essen und sich dabei immer wieder lächelnd und stumm in die Augen schauen, höre ich die feine Klingel über der Eingangstür. Dieselbe Klingel wie damals. Dieselbe alberne Melodie.

Manchmal bringen uns Gedanken, Bilder oder auch kleine Geräusche wie das Ertönen einer Türklingel Schritt für Schritt in die Vergangenheit zurück, ohne dass wir etwas dagegen tun könnten. Wir können uns nur wie ein im Wald verirrtes Kind an der Hand nehmen lassen und versuchen, uns in der guten, alten Zeit nicht vollends zu verlaufen.

Was mich an diesem Sonntag in die Vergangenheit driften lässt, sind nur zum Teil die Klingel, die bei meinem Eintreten ihren Weg nicht in meinen Verstand gefunden hatte, oder die Bedienung, die damals schon hier gearbeitet hat.

Es ist vielmehr die Frau, die das Café betritt und zielstrebig auf den kleinen Tisch am Gang zu den Toiletten zusteuert. Ein

Schwall kalter Winterluft weht hinter ihr her und lässt das ältere Ehepaar aufblicken. Für den Bruchteil einer Sekunde ist ihre Idylle zerstört. Die beiden Studentinnen beachten sie nicht. Vor dem Schaufenster bleibt ein junges Paar stehen, und während sie auf etwas in der Auslage deutet, lächelt er nur nachsichtig und schüttelt den Kopf. Dann verschwinden sie wieder.

Die blonde Bedienung kommt fast augenblicklich hinter der Theke hervor und bringt der Frau eine kleine, bunte Speisekarte. Sie erkennt die Fremde genauso wenig wie mich zuvor.

Während sich das Mädchen wieder zurückzieht, schält sich die Frau aus einem roten Mantel, den sie auf den freien Stuhl neben sich legt, und setzt sich.

Sie scheint mich noch nicht gesehen zu haben, doch wenn sie zufällig den Blick erheben würde, könnte sie einen schwitzenden Mann erkennen, der sie hemmungslos anstarrt, und dessen Herzschlag im ganzen Café zu hören sein muss.

Die Zeit hat sich plötzlich um zwei Jahre zurückgedreht.

Hier hatten wir unser erstes Treffen – unser erstes *Date,* wie man es ja heutzutage nennt.

Genau an jenem Tisch, an dem sie jetzt sitzt. Als wüsste sie, dass ich sie hier in diesem Café suchen würde.

Dieselbe Frisur, dieselben Augen. Und dasselbe Gefühl wie damals, das ich immer in ihrer Nähe verspürt hatte.

Sie sagte mir einmal, dass ich ihr in ihrer Gegenwart wie ein kleiner Junge vorkäme, der vom Weihnachtsmann eine Einladung zum Nordpol erhalten hatte. Das muss bei unserem dritten Date gewesen sein, dem für einen Mann *wichtigen* dritten Date. Ich fühlte mich damals ertappt, doch als sie mir sagte, wie niedlich sie diesen Zug an mir fand, wusste ich, dass ich mich auf der Siegerstraße befand und fühlte mich tatsächlich wie ein Junge, vor dem sich der Weihnachtsmann niedergekniet hatte.

Was würde sie jetzt wohl sagen, wenn sie wüsste, dass in mir immer noch dasselbe Gefühlschaos tobt, wie bei unserem ersten Treffen?

Ob sie es immer noch niedlich findet?

Ob sie überhaupt noch weiß, wer ich bin? Eine andere Stadt, neue Freunde und zwei Jahre können einen Menschen verändern.

Andererseits ist sie zurückgekehrt. Vielleicht hat sie sich nicht verändert, *wollte* sich nicht verändern lassen.

Ich trinke meine Tasse zur Hälfte leer, nur um etwas zu tun zu haben. Dass ich mir meine Zunge am Cappuccino verbrenne, bemerke ich nicht einmal.

So war es früher schon gewesen. Judiths Nähe hatte mich den Rest der Welt stets vergessen lassen. Selbst wenn ich gebrannt hätte, hätte ich es nicht gemerkt. Und ich stand bei dieser Frau immer in Flammen.

Vielleicht sollte ich zu ihr gehen und sie begrüßen? Eine simple Geste, wie sie unter Bekannten und Freunden, selbst unter ehemaligen Matratzenpartnern üblich ist.

Der Gedanke erscheint mir so simpel, banale Worte, die wie Zuckerwatte durch meinen Kopf wehen und meinen Körper in einem eisigen Schauer erzittern lassen. Doch bevor ich sie in die Tat umsetzen kann, blickt sie auf, mustert das alte Ehepaar, die beiden Mädchen und sieht dann zu mir. Ihre Bewegung kommt mir einstudiert vor, als befände ich mich bei einer Theaterprobe.

Für eine Sekunde kommt mir ihr Gesichtsausdruck so irritiert vor, wie jener der jungen Bedienung, als sie mir den Cappuccino gebracht hatte. *Ich bin ein Fremder für sie,* denke ich niedergeschlagen und balle unbewusst meine Hände zu Fäusten.

Doch dann stiehlt sich ein strahlendes Lächeln auf ihr Gesicht. Dasselbe Lächeln wie damals, dieselben Lippen, dieselben blendenden Zähne. Mein Herz ist jetzt in der ganzen Stadt zu hören.

Bevor Judith meinen Namen rufen kann, winke ich ihr zu und deute ihr per Handzeichen an, mich zu ihr zu gesellen. Sie nickt, ich nehme meinen Cappuccino und schlendere betont unaufgeregt zu ihrem Tisch herüber, der einmal unser Tisch gewesen ist. Lächelnd setze ich mich ihr gegenüber und greife nach ihrer Hand, die immer noch so schlank und kühl wie früher ist.

»Bitte entschuldige. Ich war nicht sicher, ob du es bist, als du reingekommen bist. Es ist schön, dich zu sehen«, beginne ich und frage mich in derselben Sekunde, ob ich meinen eigenen Worten Glauben schenken darf. Sie klingen naiv und abgedroschen. Worte für einen Fremden.

»Ich dachte, du bist nach New Orleans gegangen. Wann war das noch mal? Vor ein paar Monaten?«

Welch ein Heuchler ich doch bin.

»Vor einem halben Jahr«, antwortet sie, ohne ihr Lächeln dabei einzubüßen. Ihre Stimme ist der Gesang eines Engels.

Natürlich weiß ich, dass es ein halbes Jahr her ist. Immerhin hat sie mir damit das Herz ein zweites Mal gebrochen, auch wenn das nie jemand gemerkt hatte.

»Und jetzt bist du …?«

Sie nickt und sieht unter sich, betrachtet scheinbar interessiert die Maserung des Tisches.

»Aber ich freue mich auch, dich wiederzusehen«, sagt sie schließlich, als sie wieder aufschaut. Ihre Augen sind immer noch kleine Sonnen, in denen Sterne geboren werden.

»Und dann ausgerechnet hier, in unserem Café.«

Sie breitet die Arme aus, als versuche sie, den ganzen Raum zu umarmen. In dem Moment frage ich mich, ob es wirklich Zufall ist, dass wir uns hier treffen. Sie weiß, dass ich immer noch in der Stadt lebe, und sie weiß, wie sehr ich an ihr gehangen und sie mir wehgetan hatte, als sie die Stadt, und somit mich, hinter sich zurückließ.

Was liegt also näher, als in dem kleinen Café nach dem Mann Ausschau zu halten, mit dem man einst die abartigsten Fantasien ausleben konnte?

Hatte ich nicht dasselbe getan, als ich scheinbar ziellos durch die Stadt gelaufen war? Plötzlich verstehe ich meine rastlose Suche.

Die Bedienung kommt an den Tisch und nimmt Judiths Bestellung auf, einen Kaffee schwarz, ohne Zucker, so wie damals. Jetzt endlich erkennt die junge Frau uns, doch sie sagt kein Wort. Ihr Lächeln ist Beweis genug, dass sie mein Bild in Gedanken mit dem von Judith zusammengefügt hat.

»Wie ist es dir ergangen?«, fragt sie und macht Anstalten, nach meiner Hand zu greifen. Doch ich nehme meine Tasse und leere sie in winzigen Schlucken, die mir Zeit verschaffen sollen.

»Oh, du weißt doch. Schlechten Menschen geht es immer gut.«

Wir lachen beide, doch ihre Augen verraten, dass sie auf eine andere Antwort gehofft hatte.

»Ich habe angefangen, einen Roman zu schreiben.« Ich weiß nicht, warum ich das sage. Es ist das Erste, was mir einfällt.

Judith hebt die Augenbrauen und sieht mich fasziniert an. Ihr Gesichtsausdruck kommt mir in etwa so vor, als sei ich ein kleiner Junge, der gerade mit seiner Sammlung toter Mücken prahlt.

»Du hast es also tatsächlich getan, Jackson? Hast du mir nicht schon immer gesagt, dass du irgendwann einmal ein Buch schreiben willst?«

»Ich hab´s getan. Oder besser gesagt, ich bin dabei.«

Ich zucke entschuldigend mit den Achseln und verdrehe die Augen.

»Aber ich bin noch am Anfang. Wenn ich sechzig bin, werde ich wohl damit fertig sein.«

Judith lacht und winkt ab. »Ach, mach dich nicht immer so runter. Du schaffst es, das weiß ich.«

Dann wird ihre Stimme leiser und sinnlich.

»Wenn es jemand schafft, dann du. Dafür kenne ich dich zu gut.«

Sie nippt an ihrem Kaffee, und ich gebe der Bedienung ein Zeichen, dass ich einen weiteren Cappuccino möchte. Irgendwie ist mit einem gewaltigen Schlag wieder alles wie früher. Wir sitzen an unserem Tisch, sehen uns in die Augen und überlegen krampfhaft, was wir uns zu erzählen haben. Es gibt so viel, was ich sie fragen könnte. Über ihre Zeit in New Orleans, zum Beispiel, mit einem Kerl, der Roger hieß. Ob sie mich vermisst hatte, und wie es ihr erging, nachdem unsere kleine Affäre aufgeflogen war. Die Nachrichten, die wir uns danach geschickt hatten, waren alle ziemlich oberflächlich gewesen, sodass ich nie richtig wusste, wie es im Innern von Judith ausgesehen hatte.

Doch ich frage sie nicht danach, obwohl mir die Worte auf der Zunge liegen. Stattdessen sehen wir uns die meiste Zeit nur an, nippen an unseren Tassen und versuchen zu erfassen, was damals alles schief gelaufen ist. Der Vormittag dehnt sich zur Ewigkeit, die ich mit beiden Händen festzuhalten versuche.

Als die beiden Alten sich am Nebentisch stöhnend erheben und er ihr in den Mantel hilft, blickt Judith auf die Uhr und stöhnt ebenfalls.

»So spät?«

Sie sieht mich traurig an und ergreift dann endlich meine Hand, die wie zufällig auf der Tischplatte liegt.

»Ich muss leider los. Habe einen Termin für eine Wohnungsbesichtigung.«

Sie scheint zu überlegen und neigt dann fragend den Kopf zur Seite.

»Sehen wir uns mal wieder?«

Mir ist bewusst, was diese Frage bedeutet. Menschen, wie wir sehen uns nicht einfach nur wieder, plaudern und trinken Kaffee.

»Natürlich.« Ich nicke und zücke meine Geldbörse. »Ich könnte mir nichts Schöneres vorstellen.«

Während sie mir ihre Nummer aufschreibt, zahle ich unsere Getränke und gebe der Bedienung ein großzügiges Trinkgeld. Genau, wie damals.

»Ich wohne im Moment in einem Hotel. Ich habe dir alles hier auf die Karte geschrieben.«

Sie steht auf und zieht ihren Mantel an, bevor ich reagieren und ihr helfen kann. Danach umarmt sie mich. Selbst ihr Parfum ist das gleiche wie damals und füllt plötzlich meine Welt wie der Atem eines Engels aus. Ich spüre, wie mir erst warm wird, dann heiß.

»Ruf mich an«, flüstert sie mir zu, dann verlässt sie das Café, nicht ohne sich an der Tür noch einmal zu mir umzudrehen.

»Ich freue mich darauf.«

Ihre letzten Worte, dann lässt sie mich allein in unserem Café zurück.

Ich setze mich, starre in meine leere Tasse und bestelle einen weiteren Cappuccino. Neben der Tasse, mitten auf dem Tisch, liegt ihre Karte. Sie erscheint mir wie ein seltenes Relikt, das man kaum anzufassen wagt, aus Angst, es könnte unter der Berührung zu Staub zerfallen.

Judith war in meiner Erinnerung vor sechs Monaten zu Staub zerfallen.

Doch jetzt ist sie wieder da, auferstanden und schöner, als je zuvor.

Als die Bedienung kommt, zahle ich meinen Cappuccino und stecke Judiths Karte in meine Geldbörse, zwischen Führerschein und Versicherungsausweis, wo Megan sie nie finden würde.

Eine Weile sitze ich noch da, einfach so, ohne an etwas Bestimmtes zu denken, und lasse den Tag auf mich wirken. Das Ende von etwas, und der Beginn von ... *was?*

Dann verlasse ich ebenfalls das Café und lausche der Türklingel in meinem Kopf. Alles sieht so aus wie früher, und alles riecht auch danach.

***

Den Rest des Tages sitze ich am Computer und starre auf einige Zeilen, die ich vor gut einer Woche getippt hatte. Seither ist kein Wort mehr dazu gekommen.

Mein Kopf ist voll, jedoch nicht von dem kleinen, versteckten Dorf in den Rocky Mountains, sondern mit den Ereignissen des Tages. Ich sehe Judiths Blick, als sie sich an der Tür des Cafés noch einmal zu mir umgedreht hat, dieser eine Moment, in dem sich der Himmel öffnete. Ihre Augen flehten mich förmlich an, sie in ihrem Hotel anzurufen. Derselbe Blick, mit dem sie mich damals dazu gebracht hatte, meine Familie aufs Spiel zu setzen. Mir kommt es vor, als hätte es die letzten zwei Jahre nicht gegeben.

Die Karte mit ihrer Nummer liegt neben dem Stapel ausgedruckter Blätter.

Es ist ihre eigene, ganz persönliche Visitenkarte, mit kleinen Engeln in den Ecken, die Trompete spielen, und einem Augenpaar als Hintergrund. Ihre Augen? Darüber stehen ihr Name sowie die E-Mail-Adresse. Auf die Rückseite hat sie in graziler Handschrift die Telefonnummer ihres Zimmeranschlusses im Hotel geschrieben, sowie die Adresse.

Ich habe heute deine Schlampe gesehen.

Wenn du wüsstest, dass ich sie heute auch gesehen habe.

Ich werfe Big Joe G.I., der neben dem Monitor steht, einen Blick zu. Ein debiles Grinsen liegt auf seinem Kunststoffgesicht, als würde mein Kumpel sich mit mir freuen.

Irgendjemand hat mal gesagt, dass man im Leben irgendwann von der Zeit eingeholt wird und sich alles wiederholen kann. Heute hat mich *unsere* Zeit nicht nur eingeholt, sondern bei der Hand genommen und hinter sich hergerissen. Und ich habe nicht vor, mich dagegen zu wehren.

Als es Abend wird und die heranziehende Nacht sich wie eine schwere Wolke über den Garten legt, stecke ich die Karte ein – wieder zwischen Führerschein und Versicherungskarte – ziehe eine Jacke an und gehe nach unten. Bis zum Abendessen bleibt noch etwas Zeit.

Megan sitzt im Wohnzimmer vor dem Computer und tippt etwas auf der Tastatur. Wahrscheinlich chattet sie mit Clara oder irgendeinem perversen Spinner, der sich daran aufgeilt, dass ihm jemand seine intimsten Gedanken verrät.

Sie kommt mir wie ein unreifer Teenager vor, wie sie da sitzt, eine Zigarette im Aschenbecher und eine Tasse Kaffee auf der anderen Seite des kleinen, überladenen Schreibtischs. Eines Tages wird sie jemanden finden, der sie im Wald verscharrt. Im Hintergrund läuft leise Bryan Adams. Keine erwachsene Frau sollte sich so benehmen.

Ich gehe in die Küche, stecke mir eine halbvolle Zigarettenschachtel in die Jacke und gehe in den Garten hinaus. David war am Nachmittag zu einem Freund gegangen. Wahrscheinlich sitzen sie jetzt in dessen Zimmer und zocken irgendein albernes Videospiel, das für ihr Alter mit Sicherheit ungeeignet ist. Niemand würde mich also vermissen.

Als ich vor der Tür zum Schuppen stehe, krame ich die Zigaretten hervor und stecke mir eine an.

Ich nehme zwei lange Züge und blase den Rauch übers Wellblechdach der Baracke, wo er wie weißer Nebel in der aufziehenden Nacht verschwindet. Von irgendwoher, ein paar Häuser weiter, kann ich Gelächter hören. Dazu laute Musik. Ein Hund bellt, und jemand bringt ihn mit barscher Stimme zum Schweigen.

Während meine Hand nach dem Schlüssel in der Hecke greift, blicke ich zum Haus zurück.

Es ist ein altes Haus, das bereits dem Vater meines Vaters gehört hatte. Die Fassade ist fast schwarz, obwohl die Farbe vor langer Zeit einmal blau gewesen war. Das Dach müsste neu gedeckt werden, und am Giebel hat sich durch Feuchtigkeit grauer Schimmel gebildet, der sich schnell nach oben hin ausbreitet.

Doch das alles ist jetzt nicht wichtig. Für wen sollte ich solche Mühen auf mich nehmen?

Ich stecke den Schlüssel ins Vorhängeschloss, öffne die Tür und lasse das Schloss offen in der Halterung hängen.

Ich greife nach rechts und taste mich an dem alten Holzbalken entlang, bis ich den Lichtschalter finde. In der nächsten Sekunde ist das elektrische Summen zweier Leuchtstoffröhren zu hören, die ihr milchiges Licht in den Schuppen fließen lassen. Ich hatte die alte Glühbirne schon vor langer Zeit ersetzt.

Als die Tür hinter mir ins Schloss fällt, bleibt mein Leben in der Dunkelheit draußen zurück, und ich betrete meine eigene Welt, die mich seit achtundzwanzig Jahren ernährt, und gleichzeitig aussaugt.

Ich gehe zum Sessel, lasse mich keuchend in das Polster fallen und lehne mich zurück.

Genüsslich rauche ich die Zigarette zu Ende und versuche dabei, an nichts zu denken. Mein Blick geht zur Decke, an einen bestimmten Punkt, auf den ich mich konzentriere.

Ich will nicht an Megan denken, nicht an Judith. Und auch

nicht daran, dass sie wahrscheinlich jetzt gerade vor dem Telefon in ihrem Hotelzimmer sitzt und auf einen Anruf wartet, der heute Nacht nicht mehr kommen würde. So sehr man sich auch anstrengt, aber der Kopf ist nie frei. An den Rändern schweben unablässig kleine Fetzen von Bildern, die man zu ignorieren versucht, und die sich dann doch in Erinnerungen verwandeln, auch wenn man versucht, an etwas vollkommen anderes zu denken.

Nachdem ich die Zigarette unter meinem Stiefel ausgedrückt habe, zünde ich mir eine weitere an und betrachte den eisernen Griff der Falltür. Immer wenn ich ihn ansehe, kommt er mir wie das liebste Spielzeug aus meiner Kindheit vor. Wie ein guter Freund, der einen durchs Leben begleitet, und den man auf gar keinen Fall missen möchte.

Mit der Zigarette im Mundwinkel stehe ich auf, knie mich vor der Falltür nieder und lege meine Hand um das kalte Eisen des Griffs. Meine Finger verschmelzen mit ihm wie mit der warmen Hand einer Geliebten.

Als ich die Luke öffne, protestieren die Scharniere leise, und es kommt mir fast wie ein Akt unerwiderter Liebe vor. Der Geruch abgestandener Luft schlägt mir entgegen, als würde sich etwas Kaltes, lange Begrabenes aus seinem Kerker befreien. Ich drehe meinen Kopf zur Seite, bis ich mich an den Gestank gewöhnt habe, und ziehe dabei an der Kippe. Der ausgestoßene Rauch steht eine kurze Weile wie ein konturenloser Dämon vor meinen Augen, bevor er sich auflöst und den Gestank des Kellerraums mit sich fortträgt. Dann steige ich auf die oberste Stufe, taste nach dem Lichtschalter, den mein Vater vor so vielen Jahren dort angebracht hatte, und schalte eine nackte, verstaubte Glühbirne ein, die in einem Drahtkäfig von der Decke hängt. Spinnweben haben sich an dem verrosteten Geländer gebildet, das immer noch so schwankt wie damals.

Vor einigen Jahren hatte ich einmal die Schrauben am Boden ausgetauscht und die Streben im Beton neu verankert. Doch mittlerweile ist das Geländer genauso locker wie an jenem Tag, an dem ich zum ersten Mal in den Keller stieg. Manche Dinge wollen nicht verändert werden, so sehr man sich auch bemüht. Die Vergangenheit besitzt ihr eigenes Leben.

Langsam steige ich unter die Erde, während der Qualm der Zigarette in meinen Augen brennt. Die morschen Holzstufen knarren unter meinen Schritten. Das absurde Gefühl, dass mich die Kälte wie gekrümmte Klauen ergreift und nach unten zu zerren versucht, packt mich wie jedes Mal, wenn ich hierher komme.

Alles ist so, wie es immer gewesen ist, und ich genieße es.

Der alte Stuhl, der in der Mitte des kleinen Raumes steht. Die Werkbank an der Wand mit den Werkzeugen darauf. Einige habe ich im Laufe der Jahre gegen neuere ausgetauscht.

Und natürlich der lange, glänzende Metalltisch, wie ihn Pathologen in der Rechtsmedizin für Obduktionen verwenden. Mit Ablaufrinnen am Rand und in der Mitte und einem Ablagefach unter der Liegefläche. Zudem befindet sich ein Waschbecken am Kopfende des Tisches, das allerdings nie angeschlossen wurde. Darin liegen alte Lappen, eine leere Bierdose und ein Päckchen Kaugummi.

Alles ist so wie früher, als ich mit meinem Vater vor dem Tisch gestanden und er mir die Hand auf die Schulter gelegt hatte. Damals, als mein Vater erst ein Monster, dann wieder mein Vater war.

In all den Jahren hat sich nichts verändert. Selbst das ergreifende, fast lähmende Gefühl und die kalte Faszination dieses Ortes sind dieselben.

Nur das Mädchen ist ein anderes …

***

Sie sieht dem Mädchen aus der Zeitung kaum noch ähnlich.

Karen Cummings, zweiundzwanzig Jahre alt, geboren in New Orleans, wohnhaft in Baton Rouge. Auf dem Weg zwischen Denham Springs, wo sie ihren Vater besucht hatte, und ihrer Wohnung in Baton Rouge verschwunden, irgendwann am 24. Januar. Zuletzt gesehen gegen 18 Uhr, wo sie an einer Tankstelle außerhalb von Denham Springs vom Personal dabei beobachtet wurde, wie sie zu ihrem Wagen ging, einem silberfarbenen Fiat Punto. Seither gilt Karen Cummings als vermisst. Für konkrete Hinweise wenden Sie sich bitte …

Mein Blick fällt auf das Kalenderblatt vom Januar 1986. Der Tag, an dem ich zum ersten Mal hier unten war, ist mit einem schwarzen Kreis markiert. Das Papier ist vergilbt und an den Rändern eingerissen. Die rechte, obere Ecke wölbt sich nach vorn und ist im Laufe der Jahre so hart und trocken wie ein Dorn geworden. Doch ich habe das Blatt nie von der Wand genommen. Januar 1986 ist meine ganz persönliche Religion, ein Relikt, das mich mein Leben lang begleitet und all das in Papier und Druck zu vereinen scheint, für das die letzten achtundzwanzig Jahre gestanden haben.

Ich ziehe die Jacke aus und hänge sie über die Lehne des Stuhls. In der Ecke des Raumes steht ein elektrischer Heizlüfter, den ich auf die morsche Sitzfläche stelle und einschalte. Für einige Sekunden halte ich die Hände in den Wirbel aus heißer Luft und reibe mir damit anschließend durchs Gesicht. Der Ventilator im Gehäuse des Lüfters schabt leise gegen das Metall, doch das tut er seit Jahren. Ein weiterer Aspekt, der sich nicht ändern lässt. Ich bin mir sicher, selbst wenn ich einen neuen Heizlüfter kaufen und auf den Stuhl stellen würde, könnte ich das altbekannte Schaben im Innern des Gerätes hören. Hier unten ändert sich das Leben nie.

Während ich mich in den warmen Luftstrom stelle, lasse ich meinen Blick über Karens Körper gleiten. Bei ihrem Anblick würde niemand vermuten, dass das Mädchen auf dem Foto im *Daily Telegraph* und die Gestalt auf dem Metalltisch ein und dieselbe Person sind.

Als ich Karen fand, war sie eines der schönsten Exemplare gewesen, die ich je in meinem Leben gesehen hatte. Ich sah sie, wollte sie – *verzehrte* mich tagelang nach ihr – und bekam sie schließlich. Mein ganz persönliches Geschenk für Big Jackson.

Doch nichts hält ewig in unserer schnelllebigen Zeit, erst recht keine äußere Schönheit. Sie ist das Erste, das an einem Mädchen verdirbt, und ist sie erst einmal erloschen; was bleibt dann noch? Ohne oberflächliches Stilempfinden kann es keine Kunstwerke geben. Sie verblühen wie eine Rose in der Kälte und lassen nur Fäulnis zurück.

Karens Körper hätte der einer alten Frau sein können. Ihre Haut ist trocken, als wäre Pergament über die Knochen gespannt. Die Augen sind tief in den Schädel eingesunken und erinnern an schwarze Schluchten. Die Haut um die Lider und an den Wangenknochen ist so dünn, dass man ein feines Geäst von Äderchen darunter erkennen kann, und hat eine violette Färbung angenommen. Zwischen ihren durch die Fesseln gespreizten Schenkeln liegen die getrockneten Ausscheidungen der letzten fünf Tage wie ein finsterer, kauernder Fötus. In der mittleren Ablaufrinne sind die Rückstände getrockneten Urins und Wundsekrets zu erkennen. Manchmal, wenn die Mädchen ihre Periode haben, vermischt sich ihr Blut mit dem Urin zu einer widerlichen Pampe, die mich an verdorbenen Pudding erinnert. Karen hat nicht geblutet. Zumindest nicht zwischen ihren Beinen.

Zahlreiche kleine Wunden haben sich in schwarz geränderte Krater verwandelt, als hätte man Löcher in trockene

Erde gegraben. Einige der Läsionen, besonders die Brandwunden, nässen immer noch und stinken nach Eiter und verbranntem Fleisch.

Nein, es gibt nichts auf der Welt, das einem jungen Mädchen die Schönheit erhalten kann, aber es gibt umso mehr, das dazu imstande ist, ein einst perfektes und vollendetes Kunstwerk in sich zusammenfallen zu lassen.

Der Geruch, der von Karen wie eine finstere Parfumwolke aufsteigt, raubt mir fast den Atem und füllt den Raum wie etwas Lebendiges aus. Irgendwo an ihrem Körper kann ich das Summen einer Fliege hören.

Der Raum hat sich aufgeheizt, ich öffne meine Hose und sehe Judith vor mir. Ich will nicht an sie denken, doch der Tag mit ihr in unserem Café drängt sich mit jeder Sekunde unseres Zusammenseins, jedem Blick und jedem Wort in mein Bewusstsein. Ich kann selbst den Kaffee riechen.

Karens Schenkel sind gespreizt, fixiert durch weiche Lederriemen, die violette und graue Abdrücke auf der Haut hinterlassen haben. In einer Zeit, die eine andere für sie war, hatte sie sich da unten eine kecke, niedliche Frisur verpasst, über die ich am ersten Tag lachen musste. Ihr Körper knirscht wie alter Stoff, als ich auf den Tisch steige und die Kälte ihres Körpers unter meinem spüre. Etwas flackert hinter ihren Lidern, eine ganz sanfte Bewegung, als würde sie träumen. Aus den Augenwinkeln sehe ich die Fliege unter ihrem Nacken hervorkriechen und davonfliegen. Als Karen den Mund öffnet und ein krächzendes Stöhnen zwischen ihren gesprungenen Lippen hervorpresst, strömt der Geruch nach totem Fleisch und Erbrochenem aus ihrer Kehle.

Ich habe deine Schlampe gesehen.

Ich will nicht an Judith denken. Nicht an Megan oder David, nicht an Cecilia Pferdezahn und auch nicht an all die anderen.

Doch mit jedem Stoß, mit dem ich Karens Körper zerfetze, schlagen ihre Bilder wie die Wellen einer aufgewühlten See über mir zusammen und ziehen mich in ungeahnte Finsternis hinab. Bald schon habe ich einen düsteren Rhythmus gefunden. Dabei lasse ich das Kalenderblatt nicht aus den Augen.

Die mittlere Rinne füllt sich mit dunklem, stinkenden Blut.

Kapitel 4

Dump Quarter

In den nächsten Tagen sehe ich Judith überall.

Am Morgen sitzt sie mit uns am Frühstückstisch, direkt neben Megan, und abends zwängt sie sich auf der Couch zwischen David und seine Mutter, als seien die drei eine eingeschworene Gemeinschaft. Judith trägt ihr kürzestes Sommerkleid, unbeachtet der Tatsache, dass Megans Wagen bei der Kälte Probleme mit dem Anspringen hat und an den Fenstern am Morgen Eisblumen zu sehen sind. Sie hat die braungebrannten, schlanken Beine lasziv übereinandergeschlagen, das Kinn in eine Handfläche gestützt, und beobachtet mich mit strahlenden Augen beim Essen. Als ich mir die Lippen an heißem Tee verbrenne, lacht sie und schüttelt tadelnd den Kopf. Die Brüste wippen in ihrem großzügigen Dekolleté. Megan und David wirken wie Statisten, die ihre Rolle nicht gelernt haben.

Am Abend sitzt Judith im Wohnzimmer auf der Couch und sieht fern. Wenn ich in den Raum komme, lächelt sie mich an, wirft ihr Haar kokett über die Schulter und beginnt langsam ihre Bluse aufzuknöpfen, die sie jetzt anstelle des sündigen Sommerkleides trägt. Dabei lässt sie mich keine Sekunde aus den Augen. Megan sitzt neben ihr, in einen grauen Jogginganzug gekleidet, den sie gerne als ihr »Freizeitdress« bezeichnet, und bemerkt nicht einmal, dass ich wie erstarrt im Türrahmen stehen geblieben bin und mein Atem etwas schwerer geht.

In den Nächten liegt Judith zwischen Megan und mir, nackt, mit vollen, straffen Brüsten und langen, ebenmäßigen Beinen, die sie leicht gespreizt hält, so, wie Karen es für mich immer tut. Das Mondlicht schimmert auf ihrer Haut wie auf einem See bei Sonnenuntergang. Dabei hat Judith den Kopf zur Seite gedreht und sieht mich erwartungsvoll an. Immer, wenn ich sie sehe – oder *glaube* sie zu sehen – hakt irgendetwas in mir aus, als würde mir jemand eine Sicherung herausdrehen.

Judith geht mir nicht mehr aus dem Kopf. Warum musste sie zurückkommen? Ich hatte mich seit sechs Monaten an der Illusion festgehalten, dass ich, wenn ich Judith aus meinem Leben und den Erinnerungen streiche, vielleicht meine Beziehung zu Megan auf irgendeine mir unbekannte Weise retten könnte. Dass Megan alles dafür getan hat, um mir diese Täuschung zu nehmen, hat mich nie davon abgehalten, in meiner grenzenlosen Naivität dennoch daran zu glauben.

Doch jetzt hat der Pfuhl New Orleans Judith wieder ausgespien und sie, wie einen Kirschkern, zurück in meine Welt gespuckt. Und ich bin auf dem besten Wege, den Speichel aufzulecken.

Die Tage verbringe ich vor dem Computer, schreibe einige unkonzentrierte Abschnitte an meinem Projekt und lösche sie wenige Minuten später wieder. Die Geschichte über die Rockys kommt mir so unwirklich und albern vor. Alles, was noch zählt, ist die Story, die Judith und mich einmal verbunden hat. Eine erotische, fiebrige Wirklichkeit. Wenn ich zu schreiben versuche, liegt sie meist splitternackt hinter mir auf dem Bett oder räkelt sich in verführerischen Dessous zu meinen Füßen unter dem Tisch, wobei sie schnurrt wie eine Katze und sich genauso weich anfühlt. Das Zimmer ist erfüllt mit ihrem Parfum, das mich stets an frische Zitronen erinnert hat.

Ich war seit drei Tagen nicht mehr bei Karen gewesen. Normalerweise war ich jeden Tag mindestens einmal zu ihr gegangen, habe ihr etwas zu Essen und zu Trinken gegeben und sie dann wieder, wenn es mich nicht gerade nach ihrer Sinnlichkeit gelüstete, in der Dunkelheit zurückgelassen. Doch selbst das Erbe meines Vaters schafft es nicht mehr, mich zu fesseln und auf andere Gedanken zu bringen. Es ist, als hätte mein Leben eine komplett andere Richtung eingeschlagen und vergessen, mich mitzunehmen.

Ich verwandele mich immer mehr in einen kleinen Jungen, der ein neues Spielzeug geschenkt bekommen hat und das alte achtlos im hintersten Winkel des Schrankes verschwinden lässt. Der Junge weiß, dass das neue Spielzeug ihn eines Tages schneiden wird, doch er schafft es nicht, seine Finger davon zu lassen und spielt sogar in seinen Träumen damit.

Judith ist dieses neue Spielzeug, und ich bin mir darüber im Klaren, dass sie mir nicht gut tut und mein Leben noch ein kleines Stück weiter in Richtung Abgrund schiebt. Früher hatte ich mich oft dafür geohrfeigt, dass ich wie ein hormongesteuerter Teenager gesprungen bin, wenn sie gepfiffen hat. Als sie weg war, hatte ich über mein kindisches Gehabe gelacht, und jetzt bin ich auf dem besten Weg, wieder in alte Verhaltensmuster zurückzufallen.

Als ich eines Morgens, während ich das Haus für mich alleine habe, in den Kellerraum steige, ist Karen tot. Das alte Spielzeug ist zerbrochen.

Obwohl es vorhersehbar war, schockt mich ihr Anblick. Sie hat gekämpft, bevor sie starb, das ist nicht zu übersehen. Die Lederriemen haben sich tief in ihre ausgetrocknete Haut gegraben und sind mit einer Schicht verkrusteten Blutes und grauer Hautfetzen überzogen, als seien sie mit dem Körper verwachsen. Ihr Mund steht wie eine schwarze Höhle weit offen, die Lippen sind zu blutigem Gewebe zerbissen.

Etwas mehr als eine Woche hat Karen durchgehalten. Als ich sie aufsuchte, war es mein Ansinnen, sie zu benutzen, solange ich dazu die Möglichkeit habe. Ich wollte einen neuen Rekord aufstellen, auf den selbst mein Vater stolz gewesen wäre. Ich wollte mich vor ihm beweisen. Doch die Bilder von Judith, die beginnen, meinen Verstand zu vergiften, haben ein Werk wie Karen zur Nebensächlichkeit degradiert und meine Arbeit zerstört.

Ich schlage mit der Faust auf Karen ein und unterdrücke einen Schrei, der sich, Erbrochenem gleich, meine Kehle hinaufschlängelt und meinen Mund wie etwas Lebendiges ausfüllt. Es war eine der Regeln meines Vaters gewesen, die er mir einmal erzählte, während ich auf dem alten Holzstuhl saß und ihm bei der Arbeit zusah. »Ehre dein Werk und sei dir deiner Verantwortung bewusst.«

Das waren seine genauen Worte gewesen, während er sein Kunstwerk gestaltete.

Ich war meiner Pflicht mehrere Tage lang nicht nachgekommen, und mein Meisterwerk war in sich zusammengefallen, als würde Eis in der Sonne schmelzen. Ich habe nicht nur meinen Vater enttäuscht, indem ich mich nicht an die oberste Regel des alten Herrn gehalten habe, sondern habe all das, wofür er und ich je eingestanden haben, durch pure Nachlässigkeit zerstört.

Mein Blick fällt auf das Kalenderblatt an der Wand über dem Tisch. An jenem Tag hatte mein Vater all sein Vertrauen in mich gesetzt, stolz seinen Arm um meine Schulter gelegt und mich in sein Geheimnis eingeweiht, mit einer Hoffnung in den Augen, wie ich sie bis dahin noch nie bei ihm gesehen hatte. Was würde er sagen, könnte er sehen, wie leichtfertig ich mit diesem Vertrauen spiele, und wie schnell die Verantwortung in mir durch lapidare Alltagssorgen, wie das Begehren einer ehemaligen Geliebten, ersetzt werden kann. Nicht zu sprechen von der Hoffnung, deren Keim ich an diesem Morgen erstickt habe.

Meine Faust schlägt erneut auf Karen ein und verwandelt das, was von ihrem Gesicht noch übrig ist, in eine blutige, rohe Masse, die an getrockneten Lehm erinnert.

Jetzt hat sie endgültig keinerlei Ähnlichkeit mehr mit jener Karen Cummings, zweiundzwanzig Jahre alt, wohnhaft in Baton Rouge, deren Foto die Seiten des *Daily Telegraph* gefüllt hatte.

Irgendwann bin ich zu erschöpft, um noch länger auf den Leichnam einzuschlagen, und lasse mich schwer atmend auf den Stuhl sinken. Ich vergrabe mein Gesicht in den blutbesudelten Händen und versuche meinen Herzschlag zu beruhigen. Eine weitere Regel meines Vaters lautete, niemals die Ruhe und Kontrolle zu verlieren. In einem Gewerbe, wie dem unseren, musste ein Mann stets Herr der Lage sein. In den letzten Tagen hatte ich so ziemlich gegen alle Regeln verstoßen, die mein Vater aufgestellt und ich in späteren Jahren ausgefeilt hatte. Ich habe meinen Vater getötet.

Es ist still hier unten. Der kleine Raum tief unter der Erde kam mir noch nie so abgeschottet und leer vor. Das Knarzen des Stuhls, als ich mich zurücklehne und an die Decke starre, erscheint mir wie das verzweifelte Winseln einer Bestie. Ein trauriges, einsames Geräusch, als würde Wüstenwind über dunkle Felsen schaben.

Langsam atme ich tief ein und aus und schließe die Augen. Die Glühbirne bleibt als verschwommener Fleck in der Dunkelheit zurück, eine finstere Sonne inmitten meines Untergangs.

Karens Gestank ist unbeschreiblich. Dreckiger Schweiß, Pisse und Fäkalien, geronnenes Blut und der süßlich herbe Duft von verwesendem Fleisch.

Ich stelle mir Karen vor, wie sie in ihrem silbernen Fiat Punto hinter meinem Wagen hält, das Fenster herunterkurbelt und zu mir hinauflächelt.

Warme Luft und der Duft von Zigaretten kommen mir aus ihrem Auto entgegen, jedoch scheint sie an diesem Abend keine geraucht zu haben. Im Radio spielen leise die Stones, die Lüftung des Wagens speit permanent weitere heiße Luft aus, die Karens Haare ganz leicht wehen lässt.

Mir ist kalt, meine Wangen sind gerötet, und meine Augen tränen. Ich erzähle ihr, ich hätte eine Panne, lächele sie dabei an und zucke verlegen mit den Schultern. Natürlich hat ein Mann wie ich kein Handy dabei, um den Pannendienst zu verständigen, weshalb sie etwas gut bei mir hätte, wenn ich freundlicherweise und eventuell ihr Handy kurz benutzen dürfte. Natürlich würde ich die Kosten erstatten. Vielleicht bei einem Abendessen? Mit Frauen konnte ich schon immer gut, keine Ahnung warum. Vielleicht lag es an Cecilia, der ersten Frau in meinem Leben.

Als Karen aussteigt und ihr Handy aus der Tasche ihrer Jeans kramt, weiß ich, dass ich eine Göttin gefunden habe. Lange, gerade Beine stecken in einer engen, verwaschenen Jeans, die offene Jacke regt meine Phantasie, was sie wohl unter dem weißen Pullover trägt, derart an, dass ich mich von ihr abwenden muss, um mich durch meine unkontrollierte Erregung nicht zu verraten.

Ihre Augen glitzern und verraten die Gedanken, die wie ein sündiges Feuer in ihrem Kopf lodern. Ich sehe ihr an, dass sie nicht prüde ist und einem kleinen zusätzlichen Abenteuer, das sie aus dem Trott des Alltags herausreißt, nicht abgeneigt scheint. »Huren sind die Besten«, hatte mein Vater mir einmal gesagt, als ich ungefähr dreizehn war. Wie alt ist sie? Zwanzig? Höchstens einundzwanzig. Doch sie besitzt die Reife einer Vierzigjährigen und den Charme eines Kindes. Eine Mischung, die einen Mann an den Himmel glauben lässt. Ein Engel ist von seiner Wolke gestiegen, und das sage ich ihr auch mit charmantem Lächeln, als sie mir das Handy reicht und ich ihr, noch bevor sie bemerkt, dass ich ihre Nemesis bin, mit der Faust gegen die Schläfe schlage und dabei mit der freien Hand das Handy geschickt auffange, bevor es auf dem Asphalt zerbrechen kann. Ich kann es mir nicht erlauben, Spuren zu hinterlassen.

***

Sie war so zart gewesen, wog kaum mehr als ein Traum, als ich sie später die Treppe hinunter in den Kellerraum trug und auf dem Metalltisch fixierte. Karen war das lieblichste Wesen, das mir auf meiner Jagd jemals begegnet war. Ein Engel, so wie ich es ihr sagte, der vom Himmel gestiegen war. Ich hatte sie mit keinem meiner Worte angelogen. Eine weitere Regel. »Behandle deine Arbeit mit Respekt, nur so wird Kunst daraus.«

Doch auch Engel können sterben. Und sie können alles verlieren, was einen Engel ausmacht, nicht nur ihre Flügel, sondern alles Göttliche, das sie von Abschaum unterscheidet.

Ich stehe auf, trete an den Tisch und streiche Karens Haar aus den blutigen Rückständen ihres Gesichts. Sie hat den Himmel eingebüßt.

Ihr Mund kommt mir wie das zu einem letzten Schrei aufgerissene Maul einer alten Vettel vor, die Augen wie zwei ausgebrannte Krater. Der Engel in ihr hat sie längst verlassen und ist in den Himmel zurückgekehrt.

Mein Blick fällt auf meine Armbanduhr. Noch drei Stunden, bis David nach Hause kommt.

Drei Stunden, in denen ich Karens Überreste beseitigen muss.

In der Ecke, aus der ich den Heizlüfter geholt habe, steht ein kleines, altertümliches Radio, das ich einschalte. Irgendwann einmal im letzten Sommer hatte ich einen Sender eingestellt, der sich auf klassische Werke von Bach, Haydn oder Mozart spezialisiert hat. Mir war damals aufgefallen, dass mich das sanfte Streichen von Geigen und Violinen bei meiner Arbeit beruhigt, besonders wenn es darum geht, den Rückstand meiner Werke zu beseitigen. Musik kann eine mächtige Droge sein.

Ich bereite Karen für den Transport vor, indem ich die verräterischen Merkmale wie Zähne und Finger mit den Werkzeugen auf der Werkbank entferne und ihr den Rest der Haut vom Gesicht ziehe. Dieser Teil meiner Arbeit ist der undankbarste, denn ich muss aufpassen, keine Blutspritzer oder Sekrete an die Kleidung zu bekommen. Früher hatte ich dafür einen Overall aus Plastik besessen, doch mittlerweile bin ich in meiner Tätigkeit so geschult, dass ich es mir durchaus zutraue, die Reste der Mädchen ohne Schutzkleidung zu bearbeiten. Die Ablaufrinnen des Tisches sind für diese Fälle unbezahlbar, und der Eimer, den ich am Ende des Tisches auf dem Boden stehen habe, füllt sich schnell mit allerhand Flüssigkeiten, die miteinander vermischt ein widerliches Gebräu ergeben.

Nachdem ich eine Abdeckplane auf dem Boden ausgebreitet habe, stelle ich schnell fest, dass sich die Lederriemen nur schwer aus den tiefen Wunden an Händen und Füßen lösen lassen. Das Geräusch erinnert mich an alte Zeitungen, die man zerreißt.

Karen scheint schon seit mindestens zwei Tagen tot zu sein. Die Fessel an der Kehle hat sich ebenfalls tief in die graue Haut gerieben und ein entsetzliches Grinsen unterhalb von Karens Kinn zurückgelassen. Während all dem ist mein Verstand von melancholischer Geigenmusik und Klaviersonaten erfüllt. Judith ist diesmal nicht hier.

Das Mädchen wiegt nicht mehr so viel wie an dem Tag, an dem ich sie hierher gebracht habe. Das Gefühl, ein kleines

Kind auf Händen zu tragen, ist mir nicht neu, doch so schrecklich wie immer.

Ich wickle Karen sorgfältig in die Plane ein, fixiere die Enden der Abdeckung mit starkem Klebeband und werfe die Reste des Mädchens in den gut gefüllten Bluteimer, wo sie wie Ertrinkende versinken.

Dann gehe ich nach oben ins Haus zurück, dusche ausgiebig und vergewissere mich, dass ich immer noch alleine bin, indem ich einem Dieb gleich auf Zehenspitzen durchs Haus schleiche. Die wenigen Minuten, in denen ich die Mädchen in den Keller, oder später, auch wieder heraustrage, sind die gefährlichsten Momente. Ich hatte mir schon oft auszumalen versucht, was passiert, wenn Megan oder David mich dabei überraschen würden, und in Gedanken verschiedene Szenarien durchgespielt, wie ich trotzdem mein Gesicht wahren könnte.

Nachdem ich den Wagen hinters Haus gefahren habe, gehe ich zu Karen zurück, werfe sie mir über die Schulter, als wäre sie eine Puppe aus gebündeltem Stroh, und wuchte sie die Treppe hinauf in den Schuppen. Das Knarren der morschen Stufen reibt an meinen Nerven.

Als sie eine Minute später sicher verstaut im Kofferraum liegt und ich hinter dem Steuer sitze, spüre ich, wie dieses Gefühl der Beklemmung wie ein großer Felsen von mir herunterrollt. Ich hasse diese Minuten, in denen sich mein ganzes Leben ein zweites Mal verändern könnte.

Doch das Gefühl, das mich wie ein wohliger Schauer überfällt, wenn die kritischen Sekunden endlich überstanden sind, ist mit nichts auf der Welt zu vergleichen und stellt nicht selten den Höhepunkt meines Schaffens dar.

Während ich den Wagen die Auffahrt hinauf zur Straße steuere, schalte ich das Radio ein. Irgendeine Frau singt etwas von einer verlorenen Liebe in Texas.

Vor dem Haus halte ich noch einmal an, laufe die Treppe hinauf ins Schlafzimmer und nehme zwei Flaschen Wein aus einem kleinen Schränkchen unter dem Computertisch.

Es bleibt nicht mehr viel Zeit. In spätestens zwei Stunden würde David aus der Schule kommen.

Lou wartet bereits auf mich. Mein alter Kumpel Lou.

Ich springe in den Wagen, drehe die Heizung auf die höchste Stufe und fahre los. Um keine Aufmerksamkeit zu erregen, halte ich mich penibel an die Geschwindigkeit, bis ich die Stadt hinter mir gelassen habe.

***

Dump Quarter liegt ungefähr eine Meile außerhalb von Baton Rouge und wird nur von Lou so genannt, und das auch nur in den seltenen Fällen, in denen der Alte etwas von sich gibt. Ein unbefestigter Weg führt von der Straße eine weitere Meile an vertrockneten Büschen, versumpften Tümpeln und abgestorbenen Bäumen vorbei, bevor man abschüssig um einige Felsen herum fährt und die riesige Mülldeponie erreicht.

Ich weiß, dass hier die Leute schon ihren Müll abgeladen haben, als ich noch ein Kind war und gerne zum Spielen hergekommen war. Damals maß die Deponie nicht mehr als eine Grube von der Größe eines Footballfeldes, doch im Laufe der Jahre hat das Dump Quarter die Ausmaße eines eigenen Stadtteils angenommen, weshalb Lou und ich es einfach nur *das Viertel* nennen.

Als ich mit dem Wagen am Ende des Weges anhalte, habe ich das Gefühl, über ein erstarrtes Meer aus Abfall und Schlick zu blicken. So grotesk das auch klingen mag, aber für mich ist das immer wieder ein erhabener Anblick, als würde ich in einem exotischen Land am Strand stehen und aufs Meer hinausblicken. In weiter Ferne kann ich die Bäume eines Feldrains erkennen, schwarze, dürre Schatten, die sich gegen einen grauen Himmel abzeichnen. Alles zwischen mir und diesen Bäumen besteht aus weggeworfenen Kühlschränken, zerbrochenen Möbelstücken, Autoreifen, Tüten mit Abfall, Fässern und allerlei Papier und Kunststoff, das, in sich geschlossen, ein abscheuliches Kunstwerk zivilisierten Überflusses ergibt.

Ich halte mich nicht lange mit Sentimentalitäten auf, sondern fahre den Hang so weit hinunter, wie ich es dem Wagen zutraue, und steige aus. Der Gestank, der wie eine flirrende Wolke über dem Viertel hängt, ist überwältigend und erinnert mich an sonnigen und heißen Tagen an den Geruch, der aus der Falltür im Schuppen strömt. Das Summen der Fliegen klingt, als würde das Meer leben und seine Wellen gegen Felsen branden lassen.

Während ich meinen Blick über den gottlosen Ozean wandern lasse, zünde ich mir eine Zigarette an und lehne mich gegen die Motorhaube. Der Rauch brennt in meinen Augen.

Es ist einige Zeit her, dass ich das letzte Mal hier war. Seitdem hat sich die Form der bizarren Landschaft aber kaum verändert. An manchen Stellen kann ich neue Erhebungen erkennen, etwa im Westen, wo ich die Karosserie eines ausgeschlachteten Buicks erkennen kann, der beim letzten Mal noch nicht da stand. Zu meinen Füßen liegen zerfetzte Autoreifen und zwei verrostete Gartenstühle, die ebenfalls neu sind. Papierfetzen tollen im kalten Wind wie heruntergekommene Kinder an mir vorbei. Das Geschrei der Vögel, die über der Deponie kreisen, kommt mir fern und verloren vor. Manchmal stehe ich einfach nur da und beobachte sie dabei, wie sie sich immer wieder in die stinkenden Fluten stürzen und sich mit ihrer Beute im Schnabel davonmachen. Es ist eine eigene, kleine Welt, fern der Hektik von Baton Rouge. Es ist die Welt von Lou und mir und vielen meiner Kunstwerke.

Willkommen im Dump Quarter.

Ich schnippe die Kippe auf die Autoreifen, öffne die Autotür und greife nach den beiden Flaschen Wein, die im Fußraum des Beifahrersitzes liegen. Nichts Besonderes. Billiges, gefärbtes Wasser aus dem Supermarkt, doch bisher hat es immer seine Zwecke erfüllt.

Im Laufe der Zeit habe ich gelernt, mich sicher durch die Gassen des Müllviertels zu bewegen, und so dauert es nicht lange, bis ich auf die unscheinbare, heruntergekommene Wellblechhütte hinter dem gigantischen Papierstapel stoße.

Vor der Holztür, die mit dickem, verrosteten Draht an den Angeln befestigt ist, steht ein verbogener Campingstuhl mit eingerissenem Bezug. Auf dem Boden daneben liegen zwei leere Bierflaschen und ein überquellender Aschenbecher, der in seinem früheren Leben als Motorkolben gedient hatte. Schimmel und schwarzer Staub bedecken die aus zusammengezimmerten Brettern und Wellblech bestehenden Wände der Baracke. Manche der Bretter sind pinkfarben angestrichen, andere blau, eine Holzlatte, die den Türsturz darstellen soll, ist so rot wie Blut angemalt. Die meisten Bretter jedoch sind roh und mit schwarzen Flecken bedeckt. Spinnen und kleine Nester von Maden haben sich in dem Holz eingenistet.

Das einzige Fenster ist mit einer durchscheinenden Folie abgedeckt, die sich leicht im kalten Morgenwind wölbt und mich auf diese Weise willkommen heißt.

Ich bleibe einige Sekunden stehen und lausche. Das tue ich immer, und immer läuft es auf dasselbe hinaus. Lou hat mich entweder noch nicht bemerkt, oder er ist dazu nicht in der Lage.

Jedes Mal, wenn ich hierher ins Viertel komme, erwarte ich, Lou tot in seiner Hütte vorzufinden. Es sind immer diese wenigen Sekunden, in denen mich eine kalte Angst packt. Die kurzen Augenblicke, in denen ich nach dem Nagel greife, der den Türgriff ersetzen soll.

Auf irgendeine bizarre Weise bin ich mit Lou stärker verbunden, als ich mir eingestehen will.

Doch als ich nach zögerlichem Klopfen die Tür öffne, sitzt der alte Mann mitten in dem kleinen Raum auf einem spröden Korbgeflecht und mustert mit stumpfem Interesse eine leere Bierflasche in seiner Hand.

In der Hütte ist es dunkel, durch das mit der Plane verhangene Fenster sickert nur ein kränklicher Streifen Tageslicht. Es riecht nach nassem Stroh, Motorenöl und Pisse. Dazu der Gestank von Krankheit und Fieber. Der Wind lässt das durchhängende Dach vibrieren.

Als ich eintrete, wirft mir Lou aus müden Augen einen kurzen Blick zu, stellt die Flasche neben den Stuhl zu einer ansehnlichen Sammlung von leeren Whiskey-, Wein- und Bierflaschen, lehnt sich mit über der Brust verschränkten Armen zurück und schließt die Augen. So begrüßt er mich schon seit ewigen Zeiten. Sein Körper ist so ausgemergelt und hager wie sein Gesicht, das nur aus über spitzen Knochen gespannter Haut zu bestehen scheint. Rote Flecken haben sich an den Wangen und am Kinn gebildet, als wäre Lou von einem kleinen Mädchen geschminkt worden. Ein Geäst aus schwarzen Äderchen zieht sich wie feinstes Gespinst über sein Gesicht. Graues, verfilztes Haar hängt ihm einem staubigen Schleier gleich über die Schultern, als trüge er einen verrotteten Mantel, den er sich über die zerschlissene und von Löchern übersäte Kleidung geworfen hat.

»Wie mir scheint, brauchst du Nachschub, alter Freund.«

Als er das Klappern der beiden Flaschen in meiner Hand hört, öffnen sich seine Augen zu schmalen, finsteren Spalten inmitten seines vernarbten und zerfurchten Gesichts. Er nimmt die Flaschen mit vor Dreck starrenden Händen entgegen und betrachtet das Etikett, als befände er sich in einem vornehmen Restaurant oder auf einer Weinprobe. Dann nickt er anerkennend, wirft mir einen neuerlichen Blick zu und nickt erneut. Damit ist alles gesagt.

Für mich ist das unser Zeichen, dass ich ungestört meiner Arbeit nachgehen kann.

Als ich die morsche Holztür hinter mir ins Schloss fallen lasse und Lous verpestete Gruft hinter mir zurück bleibt, kommt mir der Gestank der Mülldeponie wie das Innere einer Parfümerie vor.

Ich bahne mir den Weg zurück zum Wagen, wobei ich eine alte Gefriertruhe ins Auge fasse, die wie ein umgekippter Grabstein aus dem Müllberg ragt und so weit von Lous Baracke entfernt ist, dass der Alte mich bei meinem Treiben nicht beobachten könnte, selbst wenn er dazu in der Lage wäre.

Beim Wagen angekommen, werfe ich einen letzten Blick über die Schulter, doch ich bin alleine im Dump Quarter. Die Leute, die hier ihren Müll entsorgen, würden erst in den Abendstunden oder sogar bei Nacht auftauchen. Am Tage habe ich hier selten jemanden gesehen. Nicht einmal spielende Kinder verirren sich noch zu diesem Schandfleck von Baton Rouge, so wie ich es früher getan hatte. Ich hatte es damals geliebt, mit dem Fahrrad – auch mit dem Hellraiser – über die niedergetrampelten Papierpfade und Müllberge zu fahren und mir einen eigenen Crosskurs anzulegen. Manchmal hielt ich an und zerrte etwas aus dem Abfall heraus, das mir ins Auge gefallen war, meistens alte Comics oder verbeultes Spielzeug, das ich dann mit nach Hause nahm, es wie einen Schatz hütete und ein paar Tage später wieder wegwarf.

Als ich mir Karen über die Schulter lege, habe ich das Gefühl, einen Sack mit morschen und verfaulten Knochen zu tragen. Mit dem Gewicht auf der Schulter ist es schwerer, einen festen Tritt auf dem Müll zu finden, und mehr als einmal muss ich einen Ausfallschritt zur Seite tun, um nicht das Gleichgewicht zu verlieren. Mein Blick fällt immer wieder zum nahen

Waldrand, doch zwischen den in der Kälte erstarrten Bäumen ist keinerlei Bewegung ausfindig zu machen. Ratten rascheln in Papierhaufen oder lassen leere Konservendosen über Abhänge rollen. Eine der Kreaturen, fast so groß wie eine ausgewachsene Katze und mit kleinen, tückischen Augen, stellt sich mir für einige Momente entgegen und beschnuppert das neue Beutestück, das ich über der Schulter trage. Mit einem wütenden Zischen und einem energischen Schritt in ihre Richtung scheuche ich das Biest davon. Früher oder später würden die Ratten ihre Mahlzeit ohnehin bekommen.

Die Kühltruhe entpuppt sich als ein altes Modell aus den Siebzigern. So eines, wie es auch meine Großmutter in einem dunklen Nebenraum ihres niedrigen Backsteinhauses stehen hatte. Rost und Moos haben die Truhe angegriffen und lassen sie wie ein gestrandetes Schiff erscheinen.

Ich lasse Karen auf den Boden fallen, nicht ohne mich zu vergewissern, dass keine weiteren Ratten oder Marder in der Nähe sind, und versuche, die Klappe der Truhe zu öffnen. Die Scharniere sind verrostet und mit Sand und Staub bedeckt, sodass ich all meine Kräfte aufbieten muss, um die Tür zumindest so weit in die Höhe zu stemmen, dass ich Karen in den schimmeligen und verdreckten Kühlraum werfen und die Klappe mit Mühe wieder verschließen kann. Das Geräusch erinnert mich an Müllsäcke, die ich in unsere Abfalltonne werfe. Ein kurzes Klatschen und Knistern, dann liegt Karen still.

Zusätzlich lege ich zwei Autoreifen sowie einige zerbeulte Kanister auf die Truhe. Dann trete ich einen Schritt zurück und begutachte mein Werk. Keiner würde auf die Idee kommen, dass die Kühltruhe in den letzten Monaten oder gar Jahren geöffnet worden war.

In Gedanken sehe ich Karen vor mir, wie sie aus ihrem Wagen steigt, das versprochene Abendessen eines Fremden im Hinterkopf, und vielleicht noch mehr, als nur Abendessen, und mir lächelnd ihr Handy reicht. Endlose, gerade Beine und ein Hintern, wie man ihn selten sieht. Ein Mädchen wie sie würde ich so schnell nicht wiederfinden.

Ich verdränge die Erinnerungen und auch den Zorn, den ich auf mich selbst empfinde, und blicke mich um. Das Viertel liegt immer noch ausgestorben und stinkend vor mir.

Ich muss plötzlich an einen Jungen denken, der an einem heißen Sommertag vor ungefähr vier Jahren mit seinem Fahrrad hier aufgetaucht war. Damals war ich mir sicher gewesen, dass sich bei der Hitze niemand ins Viertel verirrte, doch der Junge hatte es getan. Ich war gerade zum Kofferraum gegangen, als ich ihn plötzlich da stehen sah, auf einer kleinen Anhöhe aus alten Autoreifen, zerfetzten Möbeln und Papier; so als würde er hierher gehören, wäre Teil des Viertels. Er blickte zu mir herunter, und ich winkte ihm kurz zu. Doch der Junge reagierte nicht. Er stand einfach nur da, als wäre er ein Indianer, der auf seinem Pferd sitzend seinen Blick über die Prärie gleiten lässt. Nur dass er nicht die Müllberge betrachtete, sondern seine Augen ausschließlich auf mich fokussiert hatte. Ich kann mich noch daran erinnern, dass in meinem Kopf plötzlich ein Bild aufflammte, das mich und den Jungen zeigte, wie ich ihn durch das Viertel jagte, hinter irgendeinem Müllhaufen zu fassen bekam, und ihm die Kehle durchschnitt, während er in meinem Griff zappelte und keuchte und seine Augen vor Angst aus den Höhlen zu quellen drohten, bis seine Bewegungen schwächer wurden, frisches, pulsierendes Blut sein T-Shirt besudelte, und er schließlich still auf einem Bett aus Kartons, Papier, leeren Verpackungen und vermodertem Leder lag. Unter ihm breitete sich ein roter See aus und das Sonnenlicht spiegelte sich im Blut des Jungen wieder. Das Bild verschwand so schnell, wie es entstanden war, und hinterließ einen bitteren Geschmack in meinem Mund. Ich sah den Jungen an, winkte erneut und ging wieder nach vorn. Nachdem ich mir eine Zigarette angezündet hatte, setzte ich mich hinters Steuer, schaltete das Radio an und suchte einen Oldiesender. Den Innenspiegel drehte ich so, dass ich den Jungen im Auge behalten konnte. So saß ich eine ganze Weile da, rauchte und hörte die Pretenders, die Beatles, Petula Clark und Old Blue Eyes persönlich, Frank Sinatra, während der verdammte Junge sich nicht bewegte und unablässig meinen Wagen anstarrte, als könnte er durch das Blech meines Kofferraums sehen. Mir kam plötzlich der Gedanke, dass der kleine Scheißer mich vielleicht schon öfters dabei beobachtet hatte, wie ich meiner Arbeit im Viertel nachging und sich im Geheimen ausrechnete, wie er daraus Kapital schlagen könnte.

Der Gedanke erschreckte mich so sehr, dass mir die Zigarette aus der Hand fiel und ein Loch in das Polster meines Sitzes brannte. Ein verzweifeltes Grinsen huschte über mein Gesicht, und als ich damals in den Rückspiegel blickte und das Grinsen sah, erschreckte ich mich mehr vor mir als vor dem Jungen.

Ich begann Pläne zu schmieden, wie ich den Jungen loswerden konnte, wobei ich ihm in mehr als einer Szene ein zweites Lächeln unter sein Kinn schnitt. Doch irgendwann nach einer Ewigkeit verschwand der Kerl und ließ mich zitternd, aufgewühlt und fassungslos zurück. Ich blieb noch eine geschlagene Stunde im Wagen sitzen und hörte mir Oldies, Nachrichten und Werbung an. Erst als mir mein Gefühl sagte, dass der Junge längst zu Hause vor dem Fernseher saß, ein Sandwich in der einen und eine Dose Cola in der anderen Hand hielt und den seltsamen Fremden auf der Mülldeponie vergessen hatte, stieg ich aus und kümmerte mich um einen weiteren Neuankömmling fürs Viertel. Der Junge war nie wieder aufgetaucht, und ich hatte ihn auch nie in Baton Rouge gesehen. Wer weiß, was ich mit ihm gemacht hätte, wenn er mir in der Stadt zufällig über den Weg gelaufen wäre. Er hatte eine Furcht in mir geschürt, in deren Schatten ich zu jeder verzweifelten Tat fähig gewesen wäre.

Als ich wieder bei Lous Hütte ankomme, sind gerade einmal sechs Minuten verstrichen, seit ich sie verlassen und ihn mit den Flaschen alleine zurückgelassen hatte. Trotz der Kälte steht Schweiß auf meiner Stirn.

Der Alte sitzt noch immer auf dem Korbgeflecht, doch die erste Flasche Wein ist bereits zur Hälfte geleert. Die zweite steht neben ihm auf festgestampfter Erde.

»Das Leben ist hart, was?«

In einer Ecke liegt eine fleckige Matratze, die nach altem, saurem Schweiß und Urin stinkt, und auf der ich auch sonst immer sitze, wenn ich bei Lou bin. Daran, wie ich mich ächzend auf die Schlafstätte des Alten fallen lasse und mit dem Rücken gegen das kalte Wellblech lehne, erkenne ich, dass ich mit jedem Mal älter werde und es mir immer schwererfällt, meine Kunstwerke zu entsorgen.

Eine Weile sehe ich Lou dabei zu, wie er seine von der Kälte spröden Lippen um den Hals der Weinflasche legt, als versuchte er, eine Frau auf widerliche Weise zu küssen, und nie mehr als einige kleine Schlucke nimmt. So heruntergekommen mir der Alte auch erscheint, so bin ich mir doch sicher, dass Lou in seinem früheren Leben ein Mann gewesen ist, der die guten und angenehmen Seiten des Lebens durchaus zu schätzen wusste und auch jetzt nicht verschwenderisch mit einem guten Tropfen umgeht. »Du solltest langsam mit dem Stoff machen. Nicht, dass dir der Wein noch zu Kopf steigt.«

Den Satz sage ich jedes Mal, und jedes Mal lache ich dabei. Irgendwie ist es ein kleines Ritual zwischen uns geworden. Und wie immer wirft mir Lou einen kurzen Seitenblick zu und schüttelt den Kopf. Sein graues Haar fliegt ihm dabei wirr um den Kopf und bedeckt schließlich sein schartiges Gesicht wie ein Schleier aus Spinnweben.

An der Wand gegenüber, festgenagelt auf zwei morsche Holzlatten, hängen drei alte, gelbstichige Fotos. Ich hatte sie mir irgendwann, vielleicht vor ein paar Monaten, vielleicht vor Jahren, einmal näher betrachtet. Zwei der Fotos zeigen eine junge Frau mit hochgestecktem, schwarzem Haar, die neckisch in die Kamera grinst und die Augen eines Models hat. Auf dem dritten posiert eine Familie, ein Mann, dieselbe Frau, wie auf den anderen beiden Fotos, und ein kleines Mädchen von etwa acht Jahren mit schelmischem Grinsen und Grübchen an den Mundwinkeln. Ich habe Lou nie nach den Fotos gefragt, doch auch wenn es kaum zu erkennen ist, bin ich mir doch sicher, dass es sich bei dem jungen Kerl im bunten Hemd und der Sonnenbrille in den Haaren um ihn selbst handelt. Sein rechter Arm ist um die schlanke Taille der schwarzhaarigen Schönheit gelegt, während die freie Hand auf der schmalen Schulter des Mädchens liegt. Alle drei lächeln. Ein ehrliches, tief empfundenes Lächeln, das scheinbar irgendwann einmal viel zu früh geendet hatte.

Die Bilder sind abgegriffen, und die Ränder eingerissen und geknickt. Genauso, wie die Zeit auf den Fotos. Ganz langsam werden die Farben aus den Gesichtern verschwinden, bis nur noch graue Flecken zurückbleiben. Ein Mann wie Lou kann eine Frau wie das Model nicht halten, hatte ich damals gedacht. Da hatte ich zum ersten Mal Mitleid mit ihm gehabt und mich gefragt, was er in seinem Leben wohl falsch gemacht hat, dass er in einer derart ärmlichen Hütte hausen musste und mit dem Kerl auf dem Foto kaum noch etwas gemein hatte. Irgendwo hat er die falsche Ausfahrt erwischt und den Weg zurück zum Highway nicht mehr gefunden.

»Was gibt´s Neues im Viertel?«

Lou leert die Flasche und stellt sie neben sich auf den Boden zu den anderen. Dann starrt er auf die Tür, als warte er auf jemanden. Plötzlich kommt er mir wie ein Toter vor, der vergessen hat, vom Stuhl zu kippen. Seine dünnen Haare bewegen sich leicht im eisigen Wind, der durch die Ritzen in den Wänden pfeift, sein Gesicht ist vollkommen ausdruckslos. Über uns klappert das Dach an mehreren lockeren Stellen, als würden kleine Kobolde über das Wellblech hüpfen.

Nach einiger Zeit schließe ich die Augen, stelle den Kragen meiner Jacke hoch, sodass die Kälte nur noch mein Gesicht zu fassen bekommt, und denke erneut an Karen.

Sie war die Beste gewesen. Das Mädchen war eine fleischgewordene Schönheit aus einem der Hochglanzmagazine meines Vaters, die ich damals in der Kiste neben dem Sessel gefunden hatte. Ein lebendiger Traum, und ich hatte ihn zerplatzen lassen. Der Zorn, den ich immer noch in mir spüre, kommt mir kälter vor als der Wind, der sich wie bleiche Finger unter meine Kleidung gräbt.

Ein Stöhnen dringt zwischen meinen Lippen hervor, als wäre ich aus einem grässlichen Albtraum erwacht. Meine Hände ballen sich zu Fäusten, mit denen ich auf meine Oberschenkel einschlage.

Wie sollte ich meinem Vater, so ich ihn denn eines Tages wiedersehe, jemals unter die Augen treten können? Heißt es nicht, im Himmel wird einem jede Sünde und jede Verfehlung vergeben? Ich glaube, auf Menschen wie uns trifft das nicht zu. Außerdem denke ich, dass uns unser Weg kaum in den Himmel führen wird. Für uns gibt es andere – heißere – Plätze, die bereits unsere Namen an den Türen tragen.

Meine Gedanken verlassen Karens perfekt geformten Körper und wenden sich den Frauen in den Magazinen meines Vaters zu. Ich kannte die Daten der Mädchen auswendig, wusste, wie ihre Namen waren und wo sie lebten, kannte ihre Vorlieben – meistens Frieden, gepflegte und gut aussehende Männer und das Ende aller Kriege auf dem Planeten – und das, was sie nicht mochten, zum Beispiel Kriege, Krankheiten und Männer, die sie belügen und betrügen. Die Angaben in den Magazinen waren ganz sicher nicht das, was die Mädchen wirklich vom Leben erwarteten, doch damals glaubte ich jedes Wort davon.

Die Schachtel mit den Magazinen war zu einem festen Bestandteil meiner Kindheit geworden, und wann immer ich an die prallen Busen und endlos langen Beine in High Heels zurückdenke, lasse ich mich von meinen Erinnerungen treiben, solange sie mich fort von Mädchen wie Karen in der Kühltruhe bringen.

Es ist kalt in Lous erbärmlicher Baracke, und auch in meinen Gedanken wird es kalt, als ich an den Tag zurückdenke, an dem ich mit all dem alleine gelassen wurde.

***

Mein Vater starb drei Jahre nach der Explosion der Challenger auf einem Highway ganz in der Nähe, als er am Straßenrand hielt, um bei einem harmlosen Auffahrunfall zu helfen und von einem Hummer überrollt wurde. Die Ärzte sagten, er sei sofort tot gewesen, noch auf dem gottverdammten Asphalt gestorben, und ich glaubte es damals. Wenn ich heute daran zurückdenke und mir den verlegenen Gesichtsausdruck des behandelnden Arztes und die Tatsache, dass er uns, als er vom Tod meines Vaters berichtete, nicht in die Augen sehen konnte, in Erinnerung rufe, denke ich inzwischen, dass mein Vater weitaus mehr gelitten hatte, als die Ärzte mir und meiner Mutter zumuten wollten.

Als mein Vater auf der Autobahn – oder wo auch immer – starb, war ich fünfzehn gewesen und hatte so einiges von meinem alten Herrn gelernt.

Ich konnte meine Mutter in den Nächten durch die Wand weinen hören. Wenn ich sie mir vorstellte, am Fenster stehend oder auf dem Bett liegend, den Blick verschwommen und das Make-up durch die Tränen in schwarze Schlieren verwandelt, weinte ich oft mit ihr. Ich wusste damals nicht, ob ich um meine Mutter oder meinen Vater weinte. Vielleicht weinte ich um beide, vielleicht um mich oder aber auch einfach nur aus Wut darüber, dass sich unser Leben binnen eines Augenblicks von »Scheiße« in »gottverdammte Scheiße« verwandeln konnte. Das Weinen war das einzige Geräusch, das in dieser Zeit in den Nächten unser Haus erfüllte. Am Tag war es selten anders. Meine Mutter alterte innerhalb weniger Tage um unzählige Jahre, und auch ich ließ in dieser kurzen Zeit einiges hinter mir zurück, was ich nie wieder zurückbekam und in so manchen traumgeplagten Nächten vermissen sollte. Ich war innerhalb von drei Jahren von einem unbedarften Jungen, der nicht wusste, dass sich unter dem alten Schuppen im Garten noch etwas anderes außer Erde befand, zu einem Toten herangewachsen.

Was für mich in dieser Zeit aber fast noch wichtiger erschien als der Verlust meines Vaters, war, dass ich von dem Tag an, als wir aus der Leichenhalle zurückkamen, die alleinige Verantwortung für das Kellerverlies unter dem Geräteschuppen trug. In jener ersten Nacht, als wir Abschied genommen hatten, lag ich lange wach und weinte, wie wohl noch nie zuvor in meinem Leben. Mein Gesicht verzerrte sich zu einer entstellten Maske, und jeder Muskel schmerzte, als würde er verkrampfen. Meine Kehle brannte, und die Tränen, die in dieser Nacht mein Kissen tränkten, schienen aus ätzender Säure zu bestehen.

Ich weinte um meinen Vater, dem ich in den letzten drei Jahren so nahe gekommen war, wie wohl kaum ein anderer Junge es jemals mit seinem Vater erleben würde. Ich weinte um den Umstand, dass er mich einfach so alleine hier zurückließ, mit meiner Mutter und den Problemen, die ihre Trauer mit sich bringen würden, und ich weinte um die Aufgaben, die im Kellerraum auf mich warteten. Aber ich glaube, am meisten weinte ich damals um mich selbst.

Ich war ein Junge von fünfzehn Jahren und wurde drei Jahre zuvor in ein Leben hineingepresst, das ich nie richtig begriffen hatte, und mit dessen Gegenwart man mich nun von einem Tag auf den anderen alleine ließ. Ich fühlte mich verloren und wünschte mir plötzlich wieder all die langweiligen Geburtstage zurück, an denen ich noch ein normaler Junge sein durfte.

Ich wollte nicht mehr der Junge sein, der seinem Vater seit drei Jahren dabei zusah, was er im Keller tat und ihm in den letzten Monaten immer öfter Handreichungen gemacht hatte, als sei er mein Meister und ich sein Lehrling. Mir wurde auf einen Schlag bewusst, dass ich dieses Leben nie gewollt hatte.

Ich kann mich noch daran erinnern, dass es in jener Nacht geregnet hatte und ein filigranes, silberfarbenes Muster über meine Decke im Kinderzimmer tanzte. Ich lauschte dem Regen und den Windstößen, die um das Haus pfiffen, als seien sie die Totenwache meines Vaters. Da draußen lag eine Welt im Dunkeln, die mir mit jedem Regentropfen größer und unüberwindbarer vorkam. Ich fühlte mich wie einer dieser Regentropfen; unscheinbar und vergänglich. In einem Augenblick noch da, im nächsten verschwunden. Wie konnte mein Vater mich in einer derartigen Welt zurücklassen? Warum musste er mitten auf dem Highway anhalten und seinen Traum zerstören? Ich würde es nicht schaffen, dessen war ich mir damals sicher. Das Wissen um das Geheimnis meines Vaters, das nun *mein* Geheimnis war, erschien mir so groß, dass es nicht einmal in mein Zimmer, geschweige denn in meinen Verstand passte. Dort gab es damals nichts weiter, als die Tränen meiner Mutter und einen unbeschreiblichen Zorn.

Obwohl mein Körper zitterte und ich mir angesichts der enormen Größe der Welt so klein wie eine Laus vorkam – oder vielleicht auch gerade deshalb, Gottes Willen zum Trotz – setzte ich mich auf die Bettkante und rieb mir mit den Fäusten die Tränen aus den Augen. Die Schattenspiele des Regens erschreckten mich in jener Nacht und kamen mir wie kleine Dämonen vor, die sich kichernd an mich herantasteten und mich zu verhöhnen schienen.

Ich wischte mir mit dem Handrücken die Nase ab und zog eine alte Jeans an, die neben dem Bett auf einem Haufen anderer Klamotten lag, dazu einen Pullover und meine Sportschuhe. Als ich zum Fenster ging und in der Dunkelheit etwas zu erkennen versuchte, sah ich lediglich das silberne Glitzerspiel des Regens in den Pfützen im Garten und auf dem Dach des Geräteschuppens. Die Welt jenseits des Schuppens war verschwunden.

In meiner Nachttischschublade hatte ich seit drei Jahren eine Taschenlampe liegen. Nicht die, die ich an meinem ersten Tag im Kellerraum in der Werkbank des Schuppens gefunden hatte, sondern eine neue, die ich mir von meinem Taschengeld gekauft hatte. Ich fand damals, dass die Lampe ein hervorragender Start in mein neues Leben sei. Vor drei Jahren kam mir dieses Leben noch aufregend vor, auch wenn ich mich damals schon davor fürchtete.

Ich löschte das Licht und öffnete leise die Tür. In der Stille des Hauses konnte ich das leise Weinen meiner Mutter hören. Es klang so weit entfernt, als würde irgendwo ein Fernseher laufen, und genau das versuchte ich mir auch vorzustellen. Und doch zerriss es mir fast das Herz. Meine Mutter hatte mittags bereits geweint, und auch auf der Fahrt nach Hause. Beim Abendessen – dem ersten, ohne meinen Vater – glichen ihre Augen erloschenen Vulkankratern mit roten Rändern. Ich hatte gesehen, wie ihr jemand ein Beruhigungsmittel gegeben und ein Fläschchen mit Pillen in die Hand gedrückt hatte. Ihr Anblick hatte mir Angst gemacht.

Auf Zehenspitzen schlich ich leise an der Tür zum Schlafzimmer vorbei und wäre fast zu ihr hineingegangen, um sie in den Arm zu nehmen und ihr zu zeigen, dass sie nicht alleine war und auf mich zählen konnte.

Wäre ich damals noch ein Kind gewesen, hätte ich es vielleicht auch getan. Doch ich war fünfzehn und seit drei Jahren ein Mann – von meinem Vater zu einem solchen gemacht. Und als Mann galt es, wichtigere Dinge in Angriff zu nehmen. So leid mir der Gedanke auch tat, und so sehr ich mich für ihn schämte, aber meine Mutter musste warten.

Mit meinen Sportschuhen konnte ich so leise wie eine Katze schleichen. Die Treppenstufen knarrten nicht, und selbst wenn, hätte meine Mutter es durch ihr Schluchzen hindurch wahrscheinlich gar nicht gehört.

Ich ging in die Küche, wobei mir die Taschenlampe den Weg zeigte, öffnete den Kühlschrank und steckte mir ein Stück Käse in den Mund. Dazu trank ich eine halbe Flasche Limonade und rülpste leise und hinter vorgehaltener Hand. In der Seitentür standen noch zwei Flaschen Bier meines Vaters, die ich lange anstarrte. Obwohl er nicht mehr da war, konnte ich ihn überall sehen.

Danach ging ich zur Hintertür, wobei ich einen Blick in die Dunkelheit des Wohnzimmers warf. Jetzt, wo mein Vater uns alleine gelassen hatte, kam mir der Raum verlassen und aufgegeben vor, als wäre er schon seit Jahrzehnten nicht mehr genutzt worden. Ich konnte mir nicht vorstellen, jemals wieder auf der Couch zu sitzen und mir einen Film anzusehen. Der Strahl der Taschenlampe riss Erinnerungen und Geister aus der Nacht heraus und ließ sie im nächsten Augenblick wieder darin verschwinden.

Als ich auf der Terrasse stand, redete ich mir ein, dass mein Gesicht vom Regen nass wurde, doch ich wusste, dass es in Wahrheit Tränen waren.

Ich stand eine ganze Weile reglos da und starrte in die Nacht hinaus. Selbst der Weg zum Schuppen, in den ich so oft mit meinem Vater gegangen war, kam mir fremd vor. Nichts war mehr so, wie es noch am Tag zuvor erschien. Als hätte mein Leben sich über Nacht aus seiner Verankerung gerissen und sei davongerollt.

Ich würde meiner Mutter erklären müssen, wieso meine Kleider durchnässt waren. Doch der Gedanke hatte nichts Beängstigendes an sich. Ich glaubte sogar, dass es meiner Mutter im Moment egal war, ob im Zimmer ihres Sohnes eine total verdreckte Jeans sowie ein klammer, nach Erde und Regen riechender Pullover lagen. Sie würde es verstehen, wenn ein Junge, der seinen Vater verloren hatte, in der Nacht durch den Regen lief.

Das Prasseln der Regentropfen auf das Holz der Terrasse und die Plastikstühle hörte sich an, als würde Popcorn gegen einen Topfdeckel knallen. Die Pfützen im Garten glitzerten wie silberne Teiche und waren ständig in Bewegung, als versuchte sich etwas aus dem Erdreich darunter zu befreien. Das Dunkel der Nacht wurde durch silberne Fäden in einen düsteren Vorhang verwandelt, der sich gleich öffnen und mir mein neues Leben präsentieren würde.

Ein Leben ohne meinen Vater. Ein Leben auf einer Bühne, auf der ich nichts zu suchen hatte.

Ich spielte kurz mit dem Gedanken, zurück in mein Zimmer zu laufen und mich für den Rest der Nacht unter der Decke zu verkriechen. Mit Sicherheit würde ich – wie meine Mutter – bis zum Morgengrauen weinen, denn die Nächte sind immer am schlimmsten.

Stattdessen schaltete ich die Taschenlampe ein, zerteilte den Vorhang ein klein wenig und huschte durch den hellen Spalt über die Steinplatten und durch Pfützen zum Schuppen hinüber, dorthin, wo die große Bühne auf mich wartete.

Das Klatschen meiner Schuhe im Regen klang wie Ohrfeigen.

Als ich nach dem Schlüssel in der Hecke griff und nasse Blätter an meiner Hand kleben blieben, kam ich mir unsicher und verloren vor, als würde ich zum ersten Mal den Schuppen betreten.

Selbst das Schloss an der Tür war kälter, als an anderen Tagen.

Während mir der Regen vom Dach des Schuppens in den Nacken tropfte, stieß ich die Tür auf und leuchtete in das Chaos aus Möbeln, Stühlen und alten Autoreifen.

Mein Vater hatte mir einmal erklärt, dass die Ansammlung von Schrott und aussortierten Möbeln durchaus einen Sinn hatte, denn auf diese Weise hielt er meine Mutter bereits seit Jahren von dem Schuppen fern.

Jetzt, im kalten Schein der Taschenlampe, kamen mir die verstaubten und teilweise verrosteten Dinge wie das weggeworfene Spielzeug meines Vaters vor. Alles hier hatte auf groteske Weise die Nähe von ihm verloren, nicht nur ich, sondern auch der Schuppen und der Schlüssel in den Hecken und all der Unrat, den mein Vater als Tarnung für die tatsächliche Nutzung des alten Geräteschuppens benutzt hatte.

Mein ganzes Leben hatte seine Bedeutung verloren, als hätte mein Vater auf seinem Sterbebett sämtliche Farben mit sich in den Tod gerissen.

Der vertraute Geruch stieg mir in die Nase, als ich die Tür hinter mir schloss und meinen Weg zum Sessel bahnte. Den Lichtschalter wagte ich nicht zu betätigen. Meine Mutter war wach, und ich wollte nicht, dass sie sah, was ich tat, falls sie zufällig aus dem Fenster schaute.

Am ersten Tag, nachdem mein Vater mich im Kellerraum überrascht hatte, saß ich lange auf diesem Sessel, und mein Vater kniete davor, um mit mir zu reden. Ich kann mich noch gut an dieses erste richtige und intensive Gespräch mit ihm erinnern.

Diesmal setzte ich mich nicht, sondern ging direkt zur Luke, zog an dem eisernen Griff und dachte im selben Moment, dass die letzte Hand, die den Stahl berührt hatte, die meines Vaters gewesen war.

Aus dem Keller drang der übliche Gestank von Fäulnis zu mir herauf. Er erinnerte mich ein wenig an den Geruch, mit dem man im Wald konfrontiert wurde. Nach feuchter Erde, kaltem Stein und Moos.

Ich schaltete das Licht an der obersten Stufe ein und stieg zum ersten Mal alleine die Stiege hinunter. Meine Beine drohten, unter mir nachzugeben, und ich musste mich mit aller Kraft am Geländer festhalten. Ich war plötzlich ein anderer, ein Fremder, der in meinen Körper geschlüpft war und eine viel zu große Welt betrat.

Es war auch das erste Mal, dass ich alleine vor dem Metalltisch stand.

Der Tisch war seit ungefähr drei Wochen leer. Mein Vater hatte das letzte Mädchen weggebracht, als ich in der Schule gewesen war. Er hatte mir einmal erzählt, dass sie Cindy hieß, doch ich merkte mir die Namen der Mädchen nie. Ich hatte schon vor langer Zeit gelernt, dass es einem leichter fiel, wenn man keine Namen kannte. Auf diese Weise konnte man auch keine Beziehung zu den Mädchen aufbauen und es fiel leichter, sich von ihnen zu verabschieden, wenn sie in sich zusammenfielen.

Heute denke ich anders darüber, aber damals, 1989, half mir diese Philosophie dabei, meinem Vater so gut ich konnte bei seiner Arbeit zu helfen.

Über mir an der Wand hing das Kalenderblatt vom Januar 1986, das wir extra aufgehoben hatten, da es ein ganz besonderes Datum für uns beide enthielt. Es stellte eine Art Heiligtum dar, das wir anbeteten. Andere hängten Kreuze an die Wand, wir ein Kalenderblatt.

Damals in jenem Winter war ich glücklich gewesen und hatte drei wunderbare Jahre mit meinem Vater vor mir, auch wenn mir der Schrecken dieser Zeit erst mit seinem Tod bewusst wurde.

Ich strich mit der Hand über das polierte Metall des Tisches. Eine weitere Regel meines Vaters; der Keller sei so sauber wie ein Krankenzimmer zu halten, denn hier wurden menschliche Körper aufbewahrt, um sie in Kunstwerke zu verwandeln.

Plötzlich stand mein Vater neben mir und legte seine Hand auf meine Schulter, so wie damals, an unserem ersten Tag hier unten. Ich konnte sogar das Gewicht seiner Hand spüren und den Geruch seines Aftershaves riechen.

Ich musste daran denken, dass er mich nie dazu gezwungen hatte, bei seiner Sache mitzumachen. Ich war es selbst gewesen, der diesen Weg beschritten und nicht mehr zurückgefunden hatte.

Er hatte mit mir darüber geredet, oben, als ich im Sessel saß und er sich davor in den Staub kniete, und auch später in meinem Zimmer oder auch im Wohnzimmer beim Fernsehen, wenn meine Mutter nicht im Haus war. So oft er konnte, hatte er mit mir über den Raum unter der Erde geredet. Er sagte mir einmal, dass er immer schon darauf gehofft hatte, dass eines Tages meine kindliche Neugierde siegen und ich über die Falltür im Boden des Schuppens stolpern würde.

Manchmal denke ich, dass er das Hellraiser mit Absicht gegen den Sessel lehnte, als er es mir eine Woche nach meinem Geburtstag wieder weggenommen hatte. Er *wollte,* dass ich in den Schuppen ging, nach dem Fahrrad suchte und auf diese Weise den eisernen Griff der Luke im Boden fand.

Mein Vater *wusste,* dass ich das eines Tages tun würde.

Er hatte mir auch einmal erzählt – ich glaube, es war zu meinem vierzehnten Geburtstag im letzten Jahr – dass er stolz auf mich sei und sich stets gewünscht hatte, dass sein einziger Sohn seine Passion teilte. So nannte er das, was wir im Keller taten; seine *Passion*.

Diese Worte aus dem Mund meines Vaters zu hören, war wie ein Ritterschlag für mich, und ich kann mich noch gut daran erinnern, wie er mich dabei angesehen und meine Haare mit beiden Händen zerzaust hatte.

Mein Blick ging wieder zum Kalenderblatt, und ich fragte mich, wie unser Verhältnis wohl gewesen wäre, wenn ich diesen Raum nie entdeckt hätte.

Vielleicht wäre mein Vater irgendwann in mein Zimmer gekommen und hätte von sich aus mit mir über den alten Schuppen im Garten geredet, mich einfach an der Hand genommen und hinunter unter die Erde geführt. Oder ich hätte es nie erfahren, und der Raum würde jetzt, nach seinem Tod, in Vergessenheit geraten. Ich weiß es nicht.

Fest steht, dass das Kalenderblatt nicht nur für den ersten Tag meines Lebens steht, sondern plötzlich eine völlig andere Bedeutung für mich bekommen hatte.

Mein Vater hatte all das hier geschaffen, den Raum unter dem Schuppen ausgebaut, schalldicht isoliert und das, was mein Großvater einst ziemlich stümperhaft begonnen hatte – wie sich mein Vater einmal ausdrückte – zu wahrer Passion ausreifen lassen. Jetzt, da er nicht mehr da war, wäre es ein Verrat an der Liebe zu meinem Vater gewesen, wenn ich nicht dazu bereit gewesen wäre, seine Arbeit weiterzuführen und mich der Tradition zu stellen.

Während meine Hand über das kalte Metall streicht, kann ich die Körper der Mädchen darauf erfühlen. Ihre warme Haut, die Wunden und das erregte Heben und Senken ihrer Brust. Ich spüre die Hand meines Vaters auf meiner Schulter und durchlebe noch einmal jenen ersten Moment, an dem wir hier am Tisch standen und das damalige Mädchen wie eine Plastik von George Segal vor uns lag.

All das wollte ich nicht vermissen, und noch weniger wollte ich den Stolz meines Vaters verlieren, den er für mich empfunden hatte.

Ich wollte ihn einfach nicht enttäuschen, sondern für etwas einstehen, was ihm und auch schon seinem Vater wichtig gewesen war. Und so ging ich wieder hinauf in den Schuppen, setzte mich in den Sessel und griff unter die Sitzfläche. Ich wusste, dass er dort eine Flasche mit teurem Scotch vor mir versteckt gehalten hatte. Das Einzige, das er mir nie anvertraute, doch ich wusste trotzdem von dem Versteck, immerhin stand direkt daneben der Karton mit den Hochglanzmagazinen.

Ich öffnete die Flasche, wobei ich sie so behutsam abtastete, als würde ich ein Artefakt aus grauer Vorzeit in Händen halten, roch daran und hielt die Luft an, als mir der stechende Geruch die Nase aus dem Gesicht zu reißen versuchte. Mit den Angaben auf dem Etikett konnte ich nichts anfangen.

Die Taschenlampe hatte ich so zwischen meine Beine geklemmt, dass der Strahl auf die Falltür fiel. Ich hob die Flasche in die Luft, betrachtet die dunkle Flüssigkeit darin und lächelte zum ersten Mal an diesem Tag.

»Auf dich, Dad«, flüsterte ich leise und sah ihn vor der Luke stehen. »Ich hasse dich dafür, dass du auf dem Highway angehalten und mich alleine gelassen hast, aber ich liebe dich für alles andere.«

Ich nahm einen tiefen Schluck, hustete und musste einen Würgereiz unterdrücken. Das Gefühl, brennendes Benzin verschluckt zu haben, raubte mir den Atem. Schließlich spuckte ich neben den Sessel.

»Wir werden weitermachen«, seufzte ich, kaum noch in der Lage, ein Wort von mir zu geben.

Ich trank in jener Nacht den Rest, den mein Vater übrig gelassen hatte. So konnte ich meinem alten Herrn noch näher sein, und er würde mich nie wieder alleine lassen.

Danach kotzte ich in die Büsche neben dem Schuppen und sah mit Tränen in den Augen dabei zu, wie der Regen mein Erbrochenes verdünnte und wegspülte.

Ich blieb lange im Dreck sitzen, redete mit meinem Vater, kotzte erneut und wünschte mir, ich wäre so stark, wie er es gewesen war.

***

Lou ist eingeschlafen. Ich stehe mit einem lautstarken Keuchen auf und strecke meine gefrorenen Knochen. Das Dach der Hütte ist so niedrig, dass ich mit dem Kopf gegen zwei Holzbalken stoße, die das Wellblech tragen.

Der Alte sitzt wie eine weggeworfene Puppe auf dem Korbgeflecht, den Kopf auf die Brust gesenkt, die Arme leblos an den Seiten herabhängend, als hätte ihn irgendjemand nach einem Kampf einfach in den Sessel geworfen. Ein roter Speichelfaden rinnt ihm aus dem Mundwinkel, und ich frage mich unwillkürlich, ob es sich dabei um Blut oder Wein handelt. Im Grunde ist es mir egal. Würde Lou nicht im Dump Quarter leben, könnte ich mir die beiden Flaschen Wein sparen, die ich ihm jedes Mal mitbringe, wenn ich hierher komme. Der Wein bildet eine Art stummen Vertrag zwischen dem Alten und mir. Ich bringe ihm, was er braucht, und er sieht nicht, was ich in seinem Viertel treibe. Eine perfekte Geschäftsbeziehung mit zwei Gewinnern.

Manchmal beneide ich Lou. Sein einziges Problem ist es, jeden einzelnen verdammten Tag überleben zu müssen und sich dabei mit genügend Alkohol abzufüllen, dass er sein langsames Sterben nicht bemerkt.

Im Vergleich zu mir ist er ein glücklicher Mann. Mein Blick fällt auf die drei Fotos an den Holzbrettern. Ich frage mich oft, wie alt Lou auf den Aufnahmen war, und wie alt er jetzt ist. Was war geschehen, dass er eines Tages hier, in dieser nach Fäkalien und vergossenem Bier stinkenden Baracke sterben würde und es niemanden kümmert? Wo sind seine Frau und das Mädchen jetzt? Denken sie überhaupt noch daran, dass es da mal einen Menschen in ihrem Leben gab, der Lou hieß, und der heute noch Fotos von ihnen besitzt?

Ich schaue auf die Uhr. Noch knapp eine Stunde.

In der Jackentasche finde ich einige Scheine, die ich dem Alten in den Schoß lege. Das würde für einige Tage reichen, sofern er es schafft, seinen Arsch aus der Baracke zu bewegen und sich im Ort die eine oder andere Flasche Fusel zu besorgen. Falls er es nicht schafft, werde ich das Geld wieder einstecken, wenn er das nächste Mal tot in seinem Korbsessel sitzt.

Dann lasse ich Lou alleine, trete in die Kälte hinaus und werfe einen langen und nachdenklichen Blick auf Karen. Niemand käme auf die Idee, hier im Quarter nach einem Mädchen zu suchen. Anständige Mädchen würden nie auf die Idee kommen, sich hier herumzutreiben. Aber Karen war ganz und gar nicht anständig gewesen, oh nein, Sir. Karen war die Beste, ein verruchtes Miststück, und ich würde sie vermissen.

Vielleicht komme ich mal wieder vorbei und sehe nach ihr. Ein Künstler sollte sich niemals vollständig von seinem Werk verabschieden. Es tut mir leid, dass ich ihr nichts Besseres als eine ausrangierte Kühltruhe bieten kann, aber den anderen geht es zum Teil noch schlechter.

Ich bleibe noch eine Weile vor Lous Hütte stehen und blicke auf die Baumreihe am anderen Ende des Viertels. In meiner Kindheit stand dort ein altes, leer stehendes Haus, in dem ich mich ab und zu versteckte und so tat, als würde ich darin wohnen. Ich ging durch die Räume und sprach mit Menschen, die ich mir ausdachte, und die mich nicht wie die Kinder in der Schule verspotteten. Ich hatte auf alten Stühlen in der Küche gesessen und mir vorgestellt, wer wohl früher in dem Haus gelebt hatte, stellte mir eine Frau vor, die an dem gusseisernen Ofen stand und kochte, einen Mann, der im Wohnzimmer in einem der wurmstichigen Sessel saß und Pfeife rauchte, und Kinder, ein Mädchen und einen Jungen, die übermütig durch die Räume flitzten und meine Freunde waren.

Das Haus ist schon lange verschwunden. Eines Tages fand ich dort, wo es sich befunden hatte, nur noch eine Wüstenlandschaft aus Steinen, Holz und Kunststoff. Dann waren irgendwann auch die Überreste des Hauses weggeschafft worden, und zurück blieb ein quadratischer, brauner Fleck aus Erde, der aussah, als sei er frisch gepflügt worden. Ein riesiges Grab, in dem Teile meiner Kindheit begraben lagen. Der Mann, die Frau und die beiden Kinder. Die braune Erde, gespickt mit kleinen Steinchen, Kalk und Beton des Hauses ist heute Schoß einiger Birken und Weiden. Aber meine Kindheit liegt immer noch dort, jenseits des Viertels.

Ich denke oft an das alte Haus zurück, denn als ich dort spielte, wusste ich noch nichts von dem Raum unter dem Schuppen und durfte noch ein Kind sein, das seinen Fantasien hinterherjagte und den Gestank der Müllkippe liebte, wie wohl alle Jungen in seinem Alter.

Ob Lou damals schon hier lebte?

Als ich zum Wagen zurückgehe, pfeife ich einen Song, der am Morgen im Radio lief. Die Kälte ist allgegenwärtig, und der Wind treibt den Gestank von Tod über die Müllkippe.

Ich glaube, ein Mädchen wie Karen hatte etwas Besseres verdient.

Kapitel 5

Gespenster

David kommt eine halbe Stunde nach mir heim. Ich sitze im Wohnzimmer und sehe mir eine Realityshow im Fernsehen an, trinke ein Bier und greife ab und zu nach einem Teller, der auf meinen Knien balanciert und mit Käsestücken belegt ist. Dass ich in Wahrheit auf David gewartet habe, will ich mir nicht eingestehen. Vielleicht, weil mein Sohn zwölf Jahre alt ist und mich an die Zeit erinnert, als *ich* den Kellerraum im selben Alter entdeckt habe. Sagt man nicht, Geschichte wiederholt sich manchmal? Wahrscheinlich ist es einfach nur die Sehnsucht danach, mit jemandem reden zu können, nachdem ich Karen entsorgen musste und ein Gespräch mit Lou einfach nicht möglich war.

Die Wahrheit liegt wohl irgendwo dazwischen.

Als David die Tür aufschließt, gehe ich ihm entgegen und ernte einen irritierten Blick.

»Hey, gut, dass du kommst«, beginne ich das Gespräch mit meinem Sohn, das erste seit Langem, schlucke ein Käsestück herunter und nicke in Richtung Küche. Meine Finger sind klebrig, und ich wische sie an der Jeans ab.

»Ich habe einen Mordshunger. Ich dachte mir, ich mache uns etwas zu essen, was denkst du? Bis deine Mutter kommt, dauert es ja noch eine Weile.«

David hängt seine Jacke an die Garderobe und stellt die Schuhe in die Ecke hinter der Eingangstür. Auf Strümpfen folgt er mir in die Küche. Bisher kein Gruß, nur dieser verwirrte Gesichtsausdruck.

»Futter wäre nicht schlecht«, sagt er schließlich gleichgültig, als wir die Küche erreicht haben, und lässt sich auf einen Stuhl fallen. Er kramt sein Handy aus der Hosentasche, legt einen Fuß auf den Stuhl neben sich und beginnt, auf den Tasten herumzudrücken.

Während ich die Zutaten für Davids Lieblingsessen aus dem Kühlschrank nehme, betrachte ich ihn aus den Augenwinkeln und werde mit jeder Sekunde mehr an mich selbst erinnert. So wie ich damals, hat David nur sehr wenige Freunde. Tatsächlich kann ich mich nicht daran erinnern, wann er jemals einen Jungen aus seiner Klasse, geschweige denn ein Mädchen, hierher eingeladen hätte. Selbst seine Geburtstage verlaufen ähnlich wie meine früher. Meistens sind es nur die Verwandten, die an diesen Tagen vorbeischauen und David gratulieren. Er ist wie ich, da muss man nicht um den heißen Brei reden, auch wenn er nicht so dürr ist, wie ich in seinem Alter. Einmal, als wir im Supermarkt einkaufen waren, habe ich miterlebt, wie sich zwei Mädchen in seinem Alter offen nach ihm umgedreht und gekichert hatten. David hatte so getan, als hätte er das Lachen nicht bemerkt, aber seine roten Wangen hatten eine andere Sprache gesprochen. Er scheint so einiges von mir geerbt zu haben.

Jetzt, da er zusammengesunken am Tisch sitzt und irgendetwas in sein Handy eintippt, frage ich mich, wie David wohl darauf reagieren würde, wenn er von dem Raum unter dem Schuppen erführe.

Ich verwerfe den Gedanken so schnell, wie er entstanden ist, da er in mir eine tiefsitzende Furcht auslöst, und bereite das Essen zu. Vielleicht hat ein kleiner Teil in mir schon immer gewusst, dass es eines Tages soweit kommen und dieser Gedanke sich zum ersten Mal seinen Weg in mein Bewusstsein graben würde. Ich kann nicht verhindern, dass meine Hände zu zittern beginnen.

Keiner von uns redet ein weiteres Wort, und auch, als wir uns am Tisch gegenübersitzen, ist David schweigsam.

Als er ein Kind gewesen war, besaßen wir einen besseren Draht zueinander. Ich glaube, wir hatten damals sogar ein besseres Verhältnis, als mein Vater und ich zueinander. Doch seit der Sache mit Judith hat sich David verändert. Er weiß, dass ich Mist gebaut und seine Mutter verletzt hatte, und Megan macht da auch in seiner Gegenwart keinen Hehl daraus. Es gibt Zeiten, da fühle ich mich selbst in der Nähe meines Sohnes als Fremder im eigenen Haus. Dieser hier ist so einer. Ich hatte gehofft, mich mit David unterhalten und mich auf diese Weise von Karen ablenken zu können. Ich wollte einfach nur das Gefühl, dass mich jemand versteht, auch wenn dieses Gefühl reine Spekulation gewesen wäre und die Wahrheit nicht einmal annähernd getroffen hätte. Doch mein Junge zeigt keinerlei Interesse daran, ein Wort mit mir zu wechseln. Ab und zu wirft er einen Blick auf mich, der mir zumindest ein klein wenig Hoffnung gibt. Es liegt keine Verachtung in seinen Augen, so wie am Anfang, als die Affäre mit Judith aufgeflogen war. Damals waren es die Augen eines Scharfschützen gewesen, die mich beobachteten. Ich halte es vielmehr für ein vorsichtiges Taxieren, eine Art heimliches Studieren. Vielleicht sucht auch David nach einer kleinen Bestätigung, dass zwischen seinem Vater und ihm alles in Ordnung ist. Oder er fragt sich, was seinen Vater dazu veranlassen könnte, ihm nach der Schule plötzlich sein Lieblingsessen zu kochen. Ganz gleich, was es ist, seine Blicke sind ein erster, wenn auch kleiner Schritt in die richtige Richtung. Ich nicke jedes Mal und lächele ihm zu, und genau in diesen Momenten senkt David wieder seine Augen.

Die Blicke dauern nie lange, doch ich registriere sie, wenn auch meist nur aus den Augenwinkeln, und sie lassen in mir ein zartes Pflänzchen erblühen, das in kitschigen Romanen gerne als Hoffnung beschrieben wird. Jetzt heißt es, dieses Pflänzchen am Leben zu erhalten.

Nach dem Essen hilft mir David, den Tisch abzuräumen. Ebenso schweigsam und distanziert, wie während des Essens. Danach verschwindet er in seinem Zimmer, auf die ungestüme und holprige Art, wie er es immer tut, und ich bleibe alleine in der Küche zurück.

Ich erinnere mich an meinen Jungen, als er zehn Jahre alt war und wir in einen Vergnügungspark in der Nähe gefahren waren. An jenen Tag im Sommer vor zweieinhalb Jahren denke ich oft und gerne zurück, denn es war der letzte schöne Tag mit meinem Sohn und Megan gewesen.

Manche Erinnerungen bleiben für den Rest des Lebens in unseren Köpfen hängen, und der Tag im Vergnügungspark schafft dies durch die Gerüche, die uns damals begleiteten. Es gab Zuckerwatte und gebrannte Mandeln, dazu Pizza und Pommes und den Schweiß unzähliger Menschen in Shorts, feuchten Hemden und kurzen Röcken. Das alles vermischte sich zu einem Geruch, der an ein schlecht gelüftetes Restaurant erinnerte und dafür sorgte, dass ich den Tag noch wie heute vor Augen sehe.

Damals hatte David gelacht und sich darüber amüsiert, wie ich bei einer Bühnenshow in der ersten Reihe sitzend von einem Piraten nass gespritzt wurde. Er hatte gebettelt, dass ich ihm einen albernen Cowboyhut kaufen solle, und war wie ein Irrwisch um mich herumgetanzt. Den Hut besitzt er heute noch, er hängt an einem Haken an seinem Bücherregal. Sein Lachen hingegen hat er im Park zurückgelassen.

Ich weiß noch, dass ich damals froh war, als der Tag sich endlich dem Ende zuneigte und wir zurück zum Wagen gingen. Meine Füße brannten, und meine Finanzen hatten ordentlich geblutet. Hätte ich damals gewusst, dass dies unser letzter Ausflug sein und Davids Lachen nur kurze Zeit später verstummen würde, hätte ich jede einzelne Sekunde mit ihm zusammen genossen, selbst die Fahrt auf diesem Karussell, bei der uns beiden schlecht wurde und Megan sich königlich über unsere aschfarbenen Gesichter amüsiert hatte.

Als ich jetzt alleine in der Küche sitze und der Duft unserer Mahlzeit noch wie ein Parfum in der Luft liegt, kommen die Bilder an jenen Tag wieder hoch. Das, was ich in den Augen meines Jungen ab und zu gesehen habe, gibt mir Hoffnung, dass es eines Tages wieder so sein kann, und dennoch vermisse ich die Tage, in denen ich eine derartige Hoffnung nicht nötig hatte.

Ich nehme mir ein Bier aus dem Kühlschrank und gehe nach oben. Aus Davids Zimmer dringen die Klänge eines Videospiels auf den Flur hinaus. Ich lausche und erkenne dieselbe Melodie wie gestern. Für einen kurzen Moment spiele ich mit dem Gedanken, zu ihm zu gehen und mich für sein Spiel zu interessieren, ihm auf die Schulter zu klopfen und etwas Albernes wie »Was für ein abgefahrener Typ« zu sagen. Meine Hand liegt auf dem Holz der Tür, ich denke daran, anzuklopfen. Doch dann schüttele ich leicht den Kopf und gehe ins Schlafzimmer. Unterwegs öffne ich das Bier.

Mein Blick geht kurz zum Computer und den ausgedruckten Seiten meines Romans, den ich wahrscheinlich nie beenden würde. Ich nehme Big Joe G.I. aus dem Regal, streiche über sein schwarzes Plastikhaar und spüre augenblicklich die Vergangenheit in meinen Händen. Joe scheint mir eine lange vermisste Wärme schenken zu wollen, mein bester Freund, der mich nie verlassen hat und mich zu trösten versucht.

Mit einem Schnaufen lasse ich mich aufs Bett fallen, Big Joe wie ein Kleinkind an meinen ausgestreckten Armen über mich haltend. Genauso habe ich auch David in Händen gehalten, als er noch ein Baby war. Er hatte es geliebt, weit über seinem Vater schweben zu können.

Als ich den Kopf zur Seite drehe, steht Judith vor dem Fenster und sieht mich an.

Ihre Arme sind über der Brust verschränkt, ihr seidenes Haar leuchtet im Gegenlicht des Fensters. Ihr Gesicht ist nur ein verschwommener Fleck, doch sie scheint mich anzulächeln.

»Was willst du?«

Ich komme mir albern vor, mit ihr zu reden, und doch warte ich auf eine Antwort.

»Was denkst du?«

Judith neigt den Kopf zur Seite und blickt mich mit Augen an, die ich im Gegenlicht ebenfalls nicht erkennen kann. Doch ich weiß aus eigener Erfahrung, dass sie mit ihren Augen jeden Mann um den Verstand bringen kann. Jetzt lächelt sie eindeutig. Etwas Magisches und Verwirrendes gleichermaßen haftet diesem Moment an.

»Warum bist du zurückgekommen? Was willst du von mir?«

Sie schüttelt den Kopf, antwortet nicht.

Ich drehe den Kopf zur anderen Seite und starre auf den Computer. Der schwarze Bildschirm erinnert mich an mein eigenes Leben. Irgendwie ist es mir nie richtig gelungen, Farbe in all das zu bringen, was mir wichtig ist. Im Laufe der Jahre ist alles um mich herum zunehmend grau und blass geworden, als hätte sich Staub darüber gelegt. Nichts scheint mehr irgendeine Bedeutung oder einen Nutzen für mich zu haben. Selbst David erschien mir während des Essens farblos, als sei er ein Gespenst, das sich in mein Leben verirrt hat. Hätte ich meinen Vater und den Kellerraum nicht gehabt, wäre ich wahrscheinlich schon lange nicht mehr am Leben und hätte mich in den Niedergang meines Bewusstseins fallen lassen.

Meine Gedanken gehen wieder in die Zeit zurück, in der ich Judith noch nicht kannte. Damals erschien mir alles perfekt zu sein. Ich hatte eine Frau, für die ich sorgen konnte und die mir einen Jungen schenkte, der zu mir aufsah und mir jeden Tag das Gefühl gab, geliebt zu werden. So abgedroschen diese Phrasen auch klingen mögen, aber ich war so weit glücklich gewesen, wie ich es mir bis dahin kaum zu erträumen gewagt hatte.

Zudem hatte ich den Kellerraum und die Mädchen, dazu die alten Magazine neben dem Sessel.

Wie konnte sich mein Leben innerhalb weniger Monate derart verändern? Ich habe gelernt, dass nichts im Leben Bestand hat. Irgendwann, wenn es dem alten Herrn da oben in den Kram passt, schaut er kurz in deinem Leben vorbei, reißt es aus seiner Verankerung und lässt es einen Berg herunterrollen. Und du wirst nicht das Geringste gegen sein hämisches Grinsen tun können.

Ich drehe den Kopf zum Fenster zurück. Judith hat sich abgewendet und sieht in den Garten. Im Gegenlicht wirkt ihre Figur nahezu perfekt, als hätte jemand eine Marmorbüste vor das Fenster gestellt.

Sie war der Auslöser, die Prophetin, die Gott angelockt hatte. Ohne Judith wäre der alte Mann niemals in mein Leben getreten und hätte es wie eine Schneekugel durchgeschüttelt. Er hätte nicht einmal gewusst, dass ich existiere. Sie hat mich an ihn verraten und sich dann aus dem Staub gemacht, mein Herz mitgenommen und irgendwo auf dem Highway aus dem Fenster geworfen.

Plötzlich kommt sie mir nicht mehr so verführerisch vor. Ich habe das Gefühl, eine besonders leckere Frucht zu betrachten und doch zu wissen, dass sich im Fruchtfleisch Maden eingenistet haben.

Judith hatte mein Leben wie ein pulsierendes Herz in Händen gehalten und dann langsam zugedrückt, ohne dass ich es bemerkt hatte. Auf ihre süße und unwiderstehliche Weise hatte sie mich ausgequetscht, und ich hatte jede Sekunde davon genossen. Sie raubte mir die Luft zum Atmen und hatte den Rest von mir einfach zu Boden geschleudert. Während ich in den Scherben verendete, war sie nach New Orleans gegangen, wollte ein neues Leben mit einem anderen Mann und neuen Freunden beginnen, aufgebaut auf der Asche meines Lebens.

Ich war froh gewesen, als sie damals fortging, auch wenn ich sie vermisste.

Jetzt ist sie wieder hier, in meiner Stadt und meinem Leben, als sei sie nie weg gewesen.

Manchmal trifft man Menschen, die man lange nicht gesehen hat, und man fragt sich, wo sie herkommen und was sie all die Monate oder Jahre getrieben haben. Als ich Judith in dem kleinen Café sah, war es gewesen, als hätte sich die Vergangenheit gewaltsam Zutritt in meine Gegenwart verschafft. Die letzten beiden Jahre schienen nie existiert zu haben.

Mir war es vorgekommen, als seien wir an dem Sonntag verabredet gewesen, so wie früher, wenn wir uns dort getroffen hatten. In mir hatte ein Orkan an Empfindungen zu wüten begonnen, als sie durch die Tür gekommen war. Ein sanftes Erschrecken und Furcht, in Verbindung mit Irritation und einer tiefen Erregung, die nur Judith in mir auslösen konnte.

Wenn ich sie jetzt so betrachte, wie sie am Fenster steht, obwohl sie in Wirklichkeit gar nicht hier ist, bleibt nur die Furcht zurück, sonst nichts. Alles andere hat Judith mit nach New Orleans genommen. Ich weiß nicht, wovor ich Angst habe. Mein Leben ist bereits zerstört, das kann es nicht sein. Was könnte Judith noch kaputt machen?

Ich drücke Big Joe gegen meine Brust und starre zur Decke, während Judith im Augenwinkel langsam verblasst. Vielleicht ist es die Furcht vor mir selbst. Die Angst davor, mich erneut in Judith zu verlieben und all die Fehler noch einmal zu machen, die mich, im Nachhinein betrachtet, zu einem kompletten Vollidioten werden ließen.

Das Schlimme an meinen Überlegungen ist, ich weiß, dass ich dazu bereit bin, den ganzen Mist noch einmal zu durchleben. Mein Leben erneut die Gosse hinunterzuspülen, und all die Erniedrigungen noch einmal wortlos zu erdulden. Und das gilt es, zu verhindern. Auf welche Weise, ist vollkommen egal.

Mit Judith am Fenster meines Schlafzimmers zu sprechen, sexy und verlockend im Gegenlicht eines kalten Wintertages, ist eine Sache. Judith würde nur das sagen, was ich sie sagen lasse. In meinen Gedanken ist sie so perfekt, wie man sie sich als Mann nur wünschen kann.

Ich muss sie sehen. Nicht in dem Café, wo all die Erinnerungen lauern und ich schwach werden könnte. Nicht am Fenster, das aus ihr eine Göttin macht. Und auch nicht in meinen Gedanken, die für mich am gefährlichsten sind.

Ich stehe auf, stelle Big Joe ins Regal zurück und krame Judiths Karte aus meinem Geldbeutel hervor. Sie ist etwas zerknittert, und ich halte sie so behutsam zwischen den Fingern, als könnte sie jederzeit zu Staub zerfallen.

Ihre Handschrift ist immer noch so grazil wie früher. So edel, wie alles an ihr. Als ich sie damals zum ersten Mal schreiben gesehen hatte, war ich derart erregt gewesen, dass ich nicht mehr Herr meiner Sinne war. Eine perfekte Schrift für eine perfekte Frau.

Unter einer Telefonnummer steht der Name eines Hotels in der Stadt. Früher, als ich noch einen Job hatte, fuhr ich jeden Tag an dem Haus vorbei, ohne es jemals zu beachten.

Als ich mein Handy aus der Hosentasche krame, stelle ich fest, dass meine Finger zittern.

Für eine Sekunde zögere ich. Die eine Sekunde, in der ich mich frage, was ich überhaupt zu verlieren habe. Die eine

Sekunde, ich der alles anders laufen könnte, die eine Zukunft verhindern könnte, vor der ich mich fürchte und die doch unausweichlich ist.

Ich tippe ihre Nummer ein, eine Direktverbindung in ihr Zimmer.

Wahrscheinlich ist eine Frau wie Judith nicht da. Vielleicht sitzt sie bereits mit einem anderen Kerl in unserem Café, an unserem Tisch, und denkt in keiner Sekunde an mich. Macht ihm schöne Augen, flirtet mit ihm in unmissverständlicher Weise und berührt wie zufällig sein Knie unter dem Tisch. All die Dinge, die sie damals mit mir getan hatte.

Nach dem dritten Klingeln nimmt sie ab.

»Hallo, Judith.«

Kurzes Schweigen.

»Oh, hey, Jackson. Wie geht es dir?«

»Gut. Hör zu, können wir uns sehen?«

Wieder Schweigen, diesmal aber nicht so lange.

»Ich habe schon auf deinen Anruf gewartet. Natürlich können wir uns sehen, wann und wo du willst. In unserem Café?«

Ich schlucke. Ihre Stimme tropft wie Honig in meinen Verstand. Diesmal bin ich für das Schweigen zuständig.

»Ich dachte, ich komme zu dir ins Hotel«, höre ich mich schließlich sagen. Meine Furcht lässt mich erfrieren und legt sich wie eine eiserne Faust um meine Kehle. Was tue ich da? Alles in meiner Welt ist grau geworden, mein Leben liegt in den letzten Zügen.

Eine weitere kurze Pause in der Verbindung. Ich kann Judith atmen hören.

»Natürlich. Ich gebe dem Portier Bescheid, dass er dich zu mir durchlässt.«

»Okay, ich mache mich auf den Weg.«

»Lass dir nicht zu viel Zeit, Jackson. Ich glaube, wir haben noch einiges zu … bereden.«

Sie kichert wie ein Schulmädchen, und ich nicke unwillkürlich, ohne zu lächeln.

»Das haben wir«, sage ich und unterbreche die Verbindung, bevor sie mich noch mehr verunsichern kann.

Eine Weile stehe ich unschlüssig im Zimmer, halte das Handy in der Hand und starre ins Leere.

Für einige schreckliche Augenblicke hat die Welt jeglichen Gehalt verloren. Ich wünschte, ich könnte jetzt bei Lou sein. Einen mit ihm trinken und ihm von Judith erzählen.

Lou würde dasitzen, meinen Wein saufen und irgendwann einschlafen, während ich die Augen geschlossen halte, den viehischen Gestank von Lous Hütte einatme und mich an die Zeiten mit Judith erinnere.

Doch Lou ist nicht hier, und Judith wartet in einem Hotel in der Stadt auf mich, wartet dort schon, seit sie zurück in Baton Rouge ist.

Als ich mich anziehe, zittern meine Hände immer noch, und irgendwo in meinem Kopf höre ich ein leises Kichern.

***

Während der Fahrt versuche ich nicht, an Judith zu denken. Ein Unterfangen, das aussichtslos ist, denn von der Sekunde an, in der ich in den Wagen steige, sehe ich sie erneut überall. Judith ist ein Dämon, der sich an meiner Seele festgekrallt hat. Sie steht vor jedem Schaufenster und sieht sich die Auslagen an, wobei sich unsere Blicke beim Vorüberfahren im Spiegel der Scheiben treffen. Einmal glaube ich, sie in einem Porsche neben mir an der Ampel zu sehen, ein anderes Mal führt sie zwei kleine Mädchen mit Schultaschen an der Hand, dann einen Hund vor dem Eingang des Stadtparks.

Ich drehe das Radio laut und singe lauthals Phil Collins nach. Unsere Stimmen überschneiden sich, doch meistens kann ich mein Krächzen deutlich von Phils Gesang unterscheiden.

Mit Händen, die immer noch zittern, zünde ich mir eine Zigarette an. Den Weg zum Hotel bin ich schon oft gefahren, doch immer am Hotel vorbei, ohne dem Gebäude auch nur einen Blick zu schenken. Unterschwellig wird mir bewusst, dass ich einen anderen Weg wie früher nehme. Die Route, die ich gewählt habe, führt mich über Umwege durch die ganze Stadt, und ich nenne mich selbst einen ausgewachsenen Idioten, dass ich mich immer noch von Judith so fertig machen lasse. Sie hat mich in einen dümmlichen Teenager vor seinem ersten Date verwandelt.

Ich muss ruhig bleiben. Früher einmal war ich Mario Andretti, der Indy-Car Weltmeister, der die Straße wie der Wind hoch- und runterfuhr. Ich war der Schwarm von Cecilia Pferdezahn. Heute bin ich nur Jackson. Doch das reicht nicht. Ich muss zu *Big* Jackson werden, wenn ich aus dieser ganzen verdammten Scheiße unbeschadet herauskommen will.

Ich gröle einen Song von Aerosmith mit und versuche dabei Steven Tylers Mund im Rückspiegel nachzuahmen. Trotz der Heizung ist mir kalt. Mit zitternden Fingern klopfe ich die hämmernden Drums von der Liebe im Fahrstuhl auf dem Lenkrad mit.

Als das Hotel in Sicht kommt, schalte ich das Radio aus, schnippe die dritte Zigarette aus dem Fenster und sehe in den Rückspiegel.

Meine Augen wirken müde. Noch nie kam mir mein Blick so unsicher vor, als sei ich ein Kiffer, der nicht wüsste, wo er das nächste Dope herbekommen soll. Im Grunde kommt das meinem Zustand ziemlich nahe. Ich bin süchtig, und Judith ist der Stoff. Ich muss ihn mir nur noch nehmen und einen Schuss setzen. Einen letzten Schuss.

Als ich mit der Zunge über die Zähne fahre, kann ich den

Tabak schmecken. Tabak und Angst. Nicht sehr klug, eine Zigarette nach der anderen zu rauchen, wenn dich eine Frau in ihrem Hotelzimmer erwartet.

Mit einer verzweifelten Bewegung fahre ich mit der Hand durch mein Haar und versuche, das Beste daraus zu machen. Für Judith würde das Beste nicht gut genug sein. Mit dem Zeigefinger putze ich meine Zähne und hauche meinen Tabakatem in die Handfläche.

Dann verlasse ich meine Stadt, die mir bisher eine kleine Sicherheit vorgegaukelt hatte, und fahre auf den Parkplatz hinter dem Hotel.

Ich bleibe noch einige Minuten im Wagen sitzen, denke an Megan und David und das, was ich am Morgen in den Augen meines Jungen zu sehen geglaubt hatte. Ich bin im Begriff, das zarte Pflänzchen der Hoffnung in Davids Augen aufs Spiel zu setzen, bevor das erste Blatt gesprossen ist.

Meine Gedanken gleiten zu Lou, und ich frage mich, ob er wohl noch am Leben ist.

Als ich aussteige, schlägt mir eisige Luft entgegen. Von der Straße her kann ich den Verkehrslärm als gedämpftes Flüstern hören, irgendwo schlagen Stahlseile gegen Fahnenmasten. Hinter der Mauer, die den Hotelparkplatz von den Nachbargrundstücken trennt, bellt ein Hund, ein anderer antwortet ihm in einiger Entfernung.

Ich stelle den Kragen meiner Jacke hoch, nehme den Hintereingang des Gebäudes und steige eine kurze Treppe hinauf ins Foyer, wo mir ein Portier mit grauen Schläfen und einem tadellos sitzenden Anzug entgegenblickt. Im Gegensatz zum Flur, dessen Wände schimmelfleckig sind, erscheint mir der Empfangsbereich wie ein Thronsaal.

An der Wand hinter ihm hängen Schlüssel an goldenen Haken und liegen Briefe in nummerierten Fächern. Eines der Fächer gehört zu Judith.

Ich teile dem Mann meinen Namen und mein Anliegen mit, wobei ich versuche, meine Stimme fest klingen zu lassen und ihm dabei in die Augen zu schauen.

Der Portier, der laut einem Namensschild an seinem Revers James heißt, blickt auf einen Zettel mit handschriftlichen Notizen und nickt dann. Ich werde an englische Butler in alten Filmen erinnert. Reserviert und doch freundlich, unmöglich, seine Gedanken zu erraten.

Miss Carver erwarte mich, teilt er mir reserviert mit und deutet auf zwei Fahrstühle am anderen Ende des Foyers.

Miss Carver. Das letzte Mal, als ich ihren Namen aussprach, war der Tag, an dem wir uns kennenlernten. Danach waren wir einfach nur Judith und Jackson. JJ, wie wir uns beide gerne selbst titulierten und dabei so albern wie Kinder kicherten.

Ich hatte fast vergessen, wie ihr Familienname lautet.

Für mich war sie immer nur *Hase* gewesen. Später, als sie weg war und ich zu viel getrunken hatte, nur noch *Schlampe*.

Ich bedanke mich bei James und kann seine Blicke wie Maden unter meiner Haut spüren, als ich zum Aufzug gehe.

Noch ist es nicht zu spät. Noch kann ich die kleine Treppe zum Parkplatz hinunterlaufen und zurück nach Hause fahren. Ich könnte zu David in sein Zimmer gehen und ihn fragen, was er denn spiele und wie man am effektivsten einem Zombie den Kopf absäbelt. Das alles könnte ich tun und würde mein Leben dadurch in eine andere Richtung lenken. Ich würde die Kontrolle behalten, eine der Regeln meines Vaters. *Verliere niemals die Kontrolle, ganz gleich, was du tust.*

Stattdessen drücke ich den Knopf für die dritte Etage.

Im Fahrstuhl überprüfe ich noch einmal mein Äußeres im Spiegel und erschrecke.

Wann stand das letzte Mal eine derartige Furcht in meinen Augen? Eine Unsicherheit, die mir sagt, dass ich im Begriff bin, eine riesige Dummheit zu tun?

Aber da ist auch etwas anderes in meinem Blick. Etwas Dunkles, das mich aus meinem tiefsten Inneren heraus anstarrt, als hätte sich ein Schleier über meine Pupillen gelegt. Waren das wirklich meine Augen? Unter der Furcht ein Blick so kalt wie Eis. Ein großer Schriftsteller nannte solche Augen *Kanoniersaugen*.

Die Fahrstuhltüren öffnen sich, und ich habe das Gefühl, eine völlig andere Welt zu betreten. Ich kann Judiths Nähe förmlich spüren. Das gesamte Gebäude duftet nach ihr, als würde man eine Weihnachtsbäckerei betreten.

Auf dem Zettel steht in ihrer verspielten Handschrift, dass sie Zimmer 317 bewohnt.

Als ich an die Tür klopfe und das Rascheln von Kleidung hören kann, würde ich am liebsten weglaufen. Die Welt ist zu einem kleinen Punkt ohne Sauerstoff geworden.

Die Tür öffnet sich. »Jackson.«

Sie wirkt überrascht, als hätte sie mich seit Jahren nicht gesehen. Ihr Lachen vertreibt die Winterkälte und lässt augenblicklich eine strahlende Sommersonne aufgehen.

Und mir bleibt bei ihrem Anblick die Sprache weg.

***

Wir sitzen uns auf der Ledercouch gegenüber, und es ist wie damals, als wir die Augen nicht voneinander lassen konnten.

Sie hat sich mir zugewandt, ein Bein angewinkelt, in der Hand ein Glas Wein. Ich wirke hingegen wie ein kleiner Junge bei seinem ersten Date, verlegen und unsicher. Sie schafft es immer noch, dass ich mich wie ein heruntergefahrener Computer fühle.

Während Judith etwas erzählt, dem ich lediglich durch ein gelegentliches Nicken folge, frage ich mich, wie es so weit mit uns kommen konnte.

Damals, vor zwei Jahren, als mein Leben noch funktionierte, hielt ich sie für eine Seelenverwandte. Mit Judith verband mich mehr, als mit Megan. Ein Blick in ihre Augen verriet mir, was sie sich wünschte, und nicht selten trafen wir uns wie zufällig an denselben Orten in der Stadt, als gäbe es ein gedankliches Band zwischen uns, das uns unbewusst leitete. Damals erschien alles perfekt, und ich hangelte mich an diesem Band durchs Leben, unfähig, eigene Schritte zu tun.

Und jetzt sitze ich hier, halte mein Glas mit beiden Händen fest und ertappe mich immer wieder dabei, wie ich auf ihre nackten Beine starre.

Ich bin mir sicher, dass Judith meine Blicke bemerkt und genießt.

Obwohl es Winter ist, hatte sie mir die Tür in einer knappen Jeansshorts und einer über dem Bauch verknoteten Bluse geöffnet. In ihrem Bauchnabel glitzert ein Piercing, das sie vor zwei Jahren noch nicht besaß. Ein Andenken an New Orleans oder ein Versuch, ihre Erfahrungen mit mir durch Veränderung hinter sich zurückzulassen?

Wir reden über Belanglosigkeiten, trinken unseren Wein und halten uns an den Gläsern fest. Jeder tanzt um den anderen herum, ohne ihm zu nahe zu kommen. Judith wirkt dabei so grazil wie ein Engel, ich so plump wie ein Clown.

Ich weiß nicht, mit welchen Absichten ich ins Hotel kam, war einfach ins Auto gestiegen und losgefahren.

Jetzt, da ich diese Frau neben mir auf der Couch sitzen sehe und im Hintergrund leise Musik läuft, weiß ich, was mich hierher geführt hat.

Ich beobachte ihre Muskeln unter der straffen Haut ihrer Schenkel, die sich jedes Mal anspannen, wenn sie sich beim Lachen nach vorne beugt. Die feinen Härchen auf ihren Beinen, die das Licht des Zimmers einfangen und zu leuchten scheinen. Und natürlich ihr Haar, in dem ich früher so gerne meine Finger vergraben hatte. Es fällt ihr sanft und in Wellen auf die Schulter und bildet einen erotischen Kontrast zur weißen Bluse.

Irgendwann beginnen wir über die alten Zeiten zu reden, wobei ich das, was ich in einem Moment sage, im nächsten schon wieder vergessen habe. Judith erzählt von New Orleans, und wie sehr sie das *French Quarter* mochte, erzählt von einem Mann namens Roger, den sie an einer Ampel kennengelernt hatte, der Banker war, Hunde mochte, und mit dem sie sich einige Male getroffen hatte, und davon, wie sie schnell merkte, dass sie in dieser Stadt wohl niemals zuhause sein würde, und dass Roger ein Arschloch und Egomane war, der ihr im Endeffekt durch seinen Narzissmus ihre Träume von einem Neuanfang zerstört hatte. Sie erzählt nur von Roger, von niemandem sonst, als hätte es nur ihn gegeben.

Judith spricht die meiste Zeit. Ich konzentriere mich auf den Wein und ihre Beine und beobachte, wie sich ihre Brustwarzen durch den dünnen Stoff der Bluse drücken, als sie knapp drei Gläser Wein getrunken hat. Bereits an der Tür habe ich bemerkt, dass sie keinen Büstenhalter trägt. Die obersten Knöpfe ihrer Bluse stehen offen.

Plötzlich bin ich wieder der Big Jackson von vor zwei Jahren, als alles begonnen und andere Dinge geendet hatten. Meine Welt findet ihr Lot wieder und richtet sich danach aus.

Irgendwann lege ich wie zufällig meine Hand während einer neuerlichen Lachsalve auf ihren Schenkel und lasse sie dort liegen, als Judith keinerlei Anzeichen macht, sich dagegen zu wehren.

Sie fragt mich nach David, und ich antworte ihr ausweichend, während meine Hand zärtlich die feinen Härchen auf den Beinen streichelt, mit ihnen spielt, als sei ich der Wind und Judith eine erfrischende Blumenwiese im Sommer.

Wir reden über unser Café und das Treffen vor einigen

Tagen, und als meine Hand den Saum ihrer Jeans erreicht hat, legt sie ihre Hand auf meine und sieht mich mit benommenem Blick an. Sie hat noch nie viel Alkohol vertragen, und die Flasche ist fast leer.

»Möchtest du nicht lieber oben beginnen?«

Die Worte kommen schwer über ihre Lippen. Sie nimmt meine Hand und führt sie zu ihren Brüsten. Die Warzen zeichnen sich jetzt als harte Hügel unter dem Stoff ab.

»Ich habe zwei Jahre darauf warten müssen«, haucht sie stockend und schließt die Augen. »In jeder Nacht in dieser gottverdammten Stadt.«

»Ich auch«, antworte ich lapidar und denke dabei an Roger aus New Orleans. Jede Wette, dass er weiter gekommen war, als nur die Hügel unter der Bluse zu massieren, ganz gleich, wie abstoßend Judith ihn im Endeffekt gefunden hatte.

Ich sehe sie an und erkenne plötzlich das, was sie wirklich ist.

Ich habe deine Schlampe gesehen, höre ich Megans höhnische Stimme in meinem Kopf. Zum ersten Mal muss ich ihr Recht geben.

Meine Finger lösen die letzten beiden Knöpfe ihrer Bluse. Judith atmet tief ein, sodass sich mir ihre Brüste wie die berühmten Venushügel entgegenstrecken. Ihr Atem riecht nach saurem Alkohol.

Sie war nie etwas anderes gewesen. Ich hier in Baton Rouge, Roger in New Orleans und wer weiß, wer noch alles in anderen Städten und anderen Hotelzimmern.

Ich öffne langsam den Knoten unterhalb ihrer Marmorbrüste. Dabei verschmelzen unsere Augen miteinander. Ich kann den Wein in ihrem Blick sehen.

Judith stöhnt etwas Unverständliches.

Jede Frau ist gleich, ganz gleich wie schön sie ist und wie ehrlich ihre Worte klingen.

Das war das Erste, was mein Vater mir beigebracht hatte, damals im Januar ´86.

Sie taugen dazu, sich in Hochglanzmagazinen ablichten zu lassen oder um den Männern im Bett ein wenig Spaß zu bereiten. Sie sind dafür gut, einen Mann um den Verstand zu bringen und ihn Dinge tun zu lassen, die er noch in derselben Sekunde bereut. Für alles andere …

Ich sehe meinen Vater, wie er vor dem Sessel kniet und mir in die Augen sieht, während unten im Kellerraum das Mädchen auf dem Metalltisch festgeschnallt ist und meine Kindheit von einem reißenden Fluss fortgespült wird.

Ich kann seine Worte hören, die ich in jener ersten Nacht noch nicht verstand, und die als erste seiner vielen Regeln gelten sollte.

Judith ist eine dieser Frauen, von denen mein Vater damals sprach. Auch wenn ich sie lange Zeit nicht in dieses Schema pressen wollte, so weiß ich jetzt, dass mein Vater mit jedem seiner Worte, mit jeder einzelnen Regel, Recht hatte.

Sie ist wie alle anderen, und alle anderen sind gleich.

Im Laufe der Jahre hatte ich meinen Vater verstanden und begonnen, seine Passion zu teilen. Und hier und jetzt im Hotelzimmer höre ich die Stimme meines alten Herrn direkt in meinem Kopf. Als würde mein Vater neben mir auf der Couch sitzen und über die Schulter hinweg jeden Handgriff seines Sohnes beobachten.

Du hattest Recht, Dad, denke ich und streife Judith die Bluse über makellos weiße Schultern. Sie biegt ihren Rücken durch und bietet Big Jackson zwei perfekte Hügel dar, während ein leises Brummen aus ihren halb geöffneten Lippen dringt. Ihre Schenkel sind angespannt.

Sie taugen nur für das Eine.

Ich denke an Karen, die jetzt im Dump Quarter lebt und Lou Gesellschaft leistet. Ich vermisse das Mädchen und ärgere mich über meine eigene Nachlässigkeit, die ich ebenfalls Judith zu verdanken habe. Wäre sie nicht in unser Café gekommen …

Es hatte nie eine perfektere wie Karen gegeben, und Judith hat sie zerstört.

Bis heute …

Ich vergrabe mein Gesicht im Tal zwischen den Brüsten und massiere mit der Zunge die Knospen.

Alles, was in den letzten Tagen geschehen war, hatte mich hierher geführt, in dieses Hotelzimmer, auf diese Couch und zwischen Judiths unwiderstehliche Brüste.

Dass Megan *meine Schlampe* in der Stadt gesehen hatte, gehörte ebenso zu einem Plan, wie unser zufälliges Wiedersehen in dem kleinen Café.

Ich will nicht behaupten, dass ich den Plan verstehe oder weiß, wer dahinter steckt. Doch alles fügt sich hier und jetzt zusammen, und ich bin dazu bereit, die Ernte des Plans einzufahren.

Ich drücke Judith in die Kissen der Couch zurück und streiche mit den Händen ihren Bauch entlang, bis ich den Bund der Jeans erreicht habe. Ich bin erregt, meine Finger zittern, als ich beginne, den Knopf der Hotpants zu öffnen. Ich würde sie nehmen, auf der Couch und überall, wo sie es möchte, so wie früher, als wir im Schlafzimmer meines Hauses wie die Tiere übereinander hergefallen waren. Das ist der Plan, der mich ins Auto steigen ließ und hierher geführt hat. Jetzt weiß ich es. Doch das alles hier ist nur das Vorspiel, jedoch ein anderes, als Judith sich erhofft.

Danach wartet etwas Größeres auf mich. Für jemanden wie mich wird es sein, als würde ich nach einem Albtraum an einem warmen Sommermorgen erwachen, und die Sonne scheint durch das offene Fenster in mein Zimmer, während sich die Gardinen sanft im Sommerwind bewegen.

Mein Vater wird wieder stolz auf seinen Jungen sein. Die Schmach mit Karen, die ich über unsere gemeinsame Passion gebracht hatte, würde vergessen sein.

Ich beginne Judith die Jeans herunterzuziehen, quälend langsam, während ihre schlanken, geübten Finger sich an meiner Hose zu schaffen machen.

Mein Vater beobachtet jede meiner Bewegungen. Plötzlich sind wir wieder ein Team. Seine Stimme flüstert unablässig in meinem Kopf.

Sie ist gut. Sie ist so verdammt gut.

Ich nicke unbewusst, während ich Judith küsse.

***

Etwas später fahren wir in meinem Wagen zu einem kleinen Restaurant außerhalb der Stadt, ganz in der Nähe von Lou und Karen. Ich fühle mich erschöpft und habe Hunger.

Erst einmal muss ich etwas essen, und warum sollte ich Judith nicht auch eine letzte Mahlzeit gönnen?

Der Tag war lang und kommt mir vor, als sei er der erste Tag in meinem neuen Leben.

Als ich am Abend nach Hause fahre, pfeife ich einen Song von Queen im Autoradio mit und trommele den Takt auf das Lenkrad.

Zum ersten Mal seit Langem fühle ich mich befreit.

Befreit und glücklich.

Die Farben sind zurückgekehrt. Kräftiger und klarer, als jemals zuvor in meinem Leben.

Kapitel 6

Gegen alte Regeln

Am Abend sitze ich in dem alten Sessel im Schuppen, rauche eine Zigarre, die ich mir zur Feier des Tages an einer Tankstelle besorgt habe, und halte ein Glas Wein in der Hand. Nicht so edel und teuer wie der, den ich am Mittag in Judiths Hotelzimmer getrunken habe, aber dennoch nicht das billige Zeug, das ich Lou immer mitbringe. Ich lasse den Tropfen auf der Zunge zergehen und entsinne mich der Zeit, die ich mit Judith verbracht habe. In Einklang mit der Zigarre verwandelt sich der Wein in aschehaltigen Sirup. Auf meinem Schoß liegt das alte Sturmfeuerzeug aus New York.

Durch die schmalen Fenster fällt ein silberner Streifen Mondschein und taucht den Raum in ein farbloses Licht. Das Gefühl, mich in einem surrealen Film zu befinden, überkommt mich so heftig, dass ich mich umblicke. Fast erwarte ich, mich selbst in der Tür stehen zu sehen, ein kleiner, unscheinbarer Teil eines Lebens, das zu groß ist, um gehalten zu werden. Der Typ im Sessel ist nur ein Zuschauer, der weder Inhalt noch Sinn des Films versteht.

Megan sitzt vor dem Fernseher, wo sie wahrscheinlich irgendwann einschlafen wird, wenn sie nicht noch mit Clara telefoniert, und David hat sich direkt nach dem Abendessen in sein Zimmer verzogen. Eine Weile habe ich Megan Gesellschaft geleistet und mir mit ihr zusammen eine konfuse Gameshow mit vielen blinkenden Lichtern und nervtötenden Tönen und Menschen angesehen. Nach dem aufwühlenden

Nachmittag habe ich die Regeln der Show nicht verstanden. Megan auf der Couch, ausgestreckt und die Füße unter einer karierten Wolldecke, ich auf einem Sessel, der mir so hart und gefährlich wie der Elektrische Stuhl erschien. Ich schaffte es kaum, still zu sitzen, meine Hände suchten ständig eine Beschäftigung, und meine Augen hatten Mühe, dem Geschehen auf dem Bildschirm zu folgen. In meinem Kopf spielten sich andere Bilder ab.

Ab und zu lachte Megan und trank dann einen Schluck Apfelsaft. Immer wenn sie lachte oder auch nur schmunzelte, griff sie nach dem Glas. Das Licht des Fernsehers ließ sie bleich und alt aussehen, kein Vergleich zu Judith. Was Megan betraf, war sie, nachdem David nach oben verschwunden war, alleine im Wohnzimmer. Ich existierte nicht, und wenn doch, dann nur als Gespenst, als ein Schatten am äußersten Rand ihrer Wahrnehmung. Keiner von uns redete.

Tage wie dieser, wenn ein neues Projekt ansteht, sind besonders schlimm für mich, denn dann komme ich mir wie ein kleines Kind vor, das die Bescherung zur Weihnachtsnacht kaum noch abwarten kann. Ich genieße das Kribbeln, das sich wie eine Ameisenstraße durch meine Nerven zieht, gleichzeitig verabscheue ich diese Stunden aber auch. Etwas versucht dann stets aus meinem Körper auszubrechen, und ich muss es mit Gewalt im Zaum halten. Ein Junkie auf Entzug könnte sich nicht elender fühlen.

Irgendwann habe ich mich mit einer gemurmelten Entschuldigung von Megan verabschiedet. Sie hat nicht nachgefragt, mir nur einen Blick zugeworfen, der alles hätte bedeuten können. Zumindest in diesem einen Moment hatte sie mich registriert.

Mein Glück ist es, dass es ihr egal geworden ist, was ich tue, oder ob ich die Abende mit ihr vor dem albernen Fernseher verbringe, oder nicht. So sehr dieser Umstand manchmal auch schmerzen mag, zu Beginn eines neuen Projektes bin ich für Megans Gleichgültigkeit dankbar.

So kann ich jetzt hier im Schuppen sitzen, im gespenstischen Leuchten des Mondlichts, und kann die Zigarre und den Wein von der Tankstelle genießen. Ein fast perfekter Tag findet seinen Abschluss.

Mein Blick fällt immer wieder zu dem eisernen Ring der Falltür.

Vor einer Stunde bin ich fertig geworden. Die Vorbereitungen sind abgeschlossen.

Seitdem sitze ich hier und zögere den Moment hinaus. Vorfreude ist die schönste Freude, hat mein Vater einmal gesagt, und mein alter Herr hatte verdammt noch mal recht.

Am liebsten würde ich die ganze Nacht oder ein ganzes Jahr hier sitzen bleiben und die Stille und den Duft der Zigarre auf mich wirken lassen. Jeden einzelnen Tropfen des Weins auf der Zunge genießen. Sekunden dehnen sich zur Ewigkeit.

In solchen Momenten versuche ich mir vorzustellen, wie mein Vater sich gefühlt hat.

Er saß nie in dem Sessel, wenn er im Keller ein neues Mädchen hatte. Ich weiß nicht, wie er sich darauf vorbereitete, wie er seinen Erfolg feierte, ob er guten Scotch trank oder sich den harten Geschmack einer Zigarre gönnte. Vielleicht hat er an solchen Tagen meiner Mutter auch auf besonders harte Art *den Rest gegeben*. Wir haben nie darüber gesprochen.

Gut möglich, dass er in derartigen Momenten für sich alleine sein wollte, irgendwo im Haus, vielleicht im Schlafzimmer, wo er auf dem Bett lag und sich vorstellte, was ihn erwartete, wenn er die Treppe hinunter in den Keller stieg. Ein Lächeln auf dem Gesicht, das jeden anderen zutiefst abgeschreckt hätte.

Ich denke, jeder Mensch hat seine eigene Methode, sich auf Neues zu freuen.

Ich sitze dabei in einem alten, fadenscheinigen Sessel, dessen Polster zerrissen und Holzbeine zerkratzt sind, gönne mir gutes Rauchwerk und schäbigen Wein. Dazu Gedanken, die schwarzen Schatten gleich durch meinen Kopf wabern.

Während ich den Eisengriff betrachte und mir vorzustellen versuche, was sich in diesem Augenblick unter der Erde tut, wandern meine Gedanken unwillkürlich zu Cecilia, dem Mädchen mit dem Zaumzeug um den Kopf.

Mein Vater hatte mir einmal gesagt, dass er nie ein Mädchen genommen hatte, das er persönlich kannte. Cecilia und Judith haben eine große Gemeinsamkeit, aus diesem Grund schweifen meine Gedanken unweigerlich in meine Vergangenheit zurück.

Ich verstoße heute gleich zum zweiten Mal gegen die Regeln meines alten Herrn.

Das erste Mal ist gute fünfundzwanzig Jahre her.

***

Mein Fehler war gewesen, dass ich mich damals, im Januar 1986, zu Cecilia auf die Bank setzte, nachdem sie mir die ganze Zeit dabei zugesehen hatte, wie ich mit dem Hellraiser schnell wie der Wind und ebenso frei über die Straße fuhr.

Cecilia mochte mich, und ich hätte wissen müssen, was es für ein Mädchen wie sie bedeutete, wenn sich ein Junge, den sie gerne hatte, zu ihr setzte und ihren endlosen Geschichten über ihre Schwester lauschte.

Cecilia tat mir leid. Wenn man zwölf ist und ein Pferdehalfter um den Kopf trägt, wird man fast automatisch zum Gespött der Mitschüler. Meine Mutter hatte mir einmal gesagt, als ich mit sieben Jahren in der Schule wegen eines albernen Haarschnitts ausgelacht worden war, Kinder könnten grausam sein, ohne dass sie sich dessen bewusst sind.

Cecilia war der lebende Beweis dafür. Ich selbst war grausam zu ihr, indem ich sie für mich selbst Cecilia Pferdezahn nannte. Nicht, dass sie das jemals erfahren hätte, aber das Wissen, dass dieser Name in meinem Kopf geboren wurde, reichte aus, um mich ihr gegenüber schlecht zu fühlen.

Cecilia nahm jenen Tag auf der Bank zum Anlass sich einzureden, dass ich mehr für sie empfinden könnte, als nur lockere Freundschaft, wobei ich damals nicht einmal das für sie empfand. Oft hasste ich sie sogar wegen ihrer Aufdringlichkeit.

Ein Mädchen wie sie greift verzweifelt nach jedem Strohhalm, den man ihr bewusst oder unbewusst hinhält, und saugt jede Gelegenheit gierig in sich auf. Sie war wie ein Schwamm, den man in eine Badewanne warf.

Von jenem Tag an war Cecilia plötzlich überall in meinem Leben. Am Anfang fiel es mir nicht einmal auf, dass sie mir jeden Tag wie zufällig in der Schule über den Weg lief oder sie sich in den Pausen stets in meiner Nähe aufhielt. Ich sah sie und blickte doch durch sie hindurch, so wie ich es immer getan hatte. Sie war für mich nicht mehr als ein Gespenst, das sich am Rande meines Lebens bewegt. Sie war wie ich, und aus diesem Grund beachtete ich sie nicht.

Doch irgendwann begann ich darüber nachzudenken, dass ich Cecilia in letzter Zeit viel öfter sah, als jemals zuvor.

Wenn ich in die Stadt ging, konnte ich davon ausgehen, dass wir uns über den Weg liefen. Am Anfang grüßte Cecilia mich nur, lächelte mich an und ging weiter, ohne sich noch einmal zu mir umzudrehen. Doch immer öfter blieb sie stehen und redete mit mir über die Schule und diesen oder jenen Jungen, den sie interessant fand, wobei ihr Mund nie stillzustehen schien und ihre Augen glänzten, als stünden Tränen darin.

Ich konnte damals mit der ganzen Sache nicht viel anfangen, und machte mir auch nicht allzu viele Gedanken darüber.

Ich hatte mir noch nie über Cecilia Pferdezahn Gedanken gemacht. Sie war für mich ein Aspekt, der einfach zu meinem Leben dazugehörte, so wie lästige Zahnarztbesuche.

Das Ganze ging fast drei Jahre so weiter, und als sie eines Tages vor unserer Haustür stand und nach mir fragte, begann ich mir intensiver Gedanken über sie zu machen.

Sie war mittlerweile fünfzehn, und es war gut ein halbes Jahr her, dass sie ihr Zaumzeug abgelegt und eine feste Zahnspange bekommen hatte. Seitdem glitzerten ihre Zähne wie Sterne, wenn sie lächelte und sich ein Sonnenstrahl in ihren Mund verirrte. Hübscher ist sie deswegen nicht geworden, und ich glaube, das wusste sie auch. Sie wirkte immer noch so verschüchtert und unsicher wie vorher, nur dass sie jetzt niemand mehr Pferdezahn nannte.

Als sie damals, kurz nach dem Tod meines Vaters, vor der Tür stand, sah ich sie an, und plötzlich reifte ein Gedanke in mir, gegen den ich mich mit aller Macht zu wehren versuchte, mich ihm jedoch schon nach kurzem Zwiegespräch geschlagen geben musste. Ich hatte früh gelernt, dass es gewisse Dinge im Leben gab, gegen die sich zu wehren einfach sinnlos war.

Die Regel meines Vaters kam mir damals an der Haustür in den Sinn, dass man niemals – wirklich *niemals* – ein Mädchen in den Kellerraum brachte, das man persönlich kannte.

Doch als ich Cecilia vor mir stehen sah und ihre Zähne funkelten, als hätte sie sich kleine Silberstücke in den Mund gesteckt, dachte ich nur an den Raum und daran, dass mein Vater tot war und mir die Verantwortung für den Schuppen und das, was sich darunter verbarg, übertragen hatte. Der Gedanke kam ganz automatisch, als hätte es ihn schon immer gegeben, verborgen unter einer dünnen Schicht meines Bewusstseins. Und ich grub ihn aus und empfand ihn so süß wie Honig, der durch meinen Körper pulsierte.

Mein Vater war nicht mehr bei mir, der Mann, der mir Halt und Sicherheit gegeben hatte. Und Cecilia stand vor mir und lächelte mich schüchtern an. Es war ein Lächeln, das man nur bei Menschen findet, die mehr in einem zu sehen glauben, als man wirklich ist.

Ich hätte sie damals nach Hause schicken sollen, ihr sagen, dass sie mich in Ruhe lassen soll und ich sie noch nie gemocht habe. Ihr auf jede nur erdenkliche Weise wehtun und sie in ein Tal der Tränen stürzen, ihr sagen, wie ich sie in Gedanken immer genannt hatte. Auf diese grausame Weise hätte ich sie retten können. Dann könnte sie vielleicht sogar heute noch leben, was immer ein Leben wie das ihre auch wert sein mochte.

Stattdessen trat ich zur Seite und bedeutete ihr mit einer einladenden Geste, hereinzukommen. Ihr Lächeln verwandelte sich in eine Schatzkammer voller Diamanten.

Über meine Mutter brauchte ich mir keine Gedanken zu machen. Sie verbrachte nach dem Tod meines Vaters viele Nachmittage bei einer Freundin, die ich selbst kaum kannte, da sie eine Tochter in meinem Alter hatte und mir von daher schon unsympathisch war. Nicht selten kam meine Mutter erst am späten Abend zurück. Sie sah blass und um Jahre gealtert aus, und ich wusste, dass ihr die Gespräche mit ihrer Freundin und mit Sicherheit auch das eine oder andere Glas Wein gut taten. Und an diesem Tag kam mir die Trauer meiner Mutter besonders zugute.

Kaum dass ich die Tür hinter Cecilia geschlossen und die Welt der Normalen ausgeschlossen hatte, als in mir auch schon ein Entschluss reifte, der mich in der ersten Sekunde erschreckte und mich in meinen Augen zu einer menschlichen Bestie machte. Dann allerdings, als Cecilia vor mir die Treppe hinaufging und ich mir ihren Hintern ansah, gefiel mir der Gedanke mit jeder weiteren Stufe besser.

Ich fragte mich, ob sich mein Vater in all den Jahren tatsächlich an seine Regel gehalten und nur fremde Mädchen in den Keller gebracht hatte. Bei Cecilias Anblick war das schwer vorstellbar.

Was würde er wohl davon halten, dass ich im Begriff war, eine seiner eisernen Regeln zu brechen? Wie viel seines Stolzes auf mich würde ich einbüßen?

Cecilia hatte sehr lange und schlanke Beine, wie ich erst an jenem Tag feststellte, obwohl ich sie schon so viele Jahre kannte. Und diese Beine steckten in einer ziemlich engen, verwaschenen Jeans. Während sie vor mir die Treppe hinauftänzelte, sagte sie mir über die Schulter hinweg, dass sie sich Sorgen um mich mache, dass sie mich seit dem Tod meines Vaters kaum gesehen hatte, und fragte mich, wie ich mit der Situation zurechtkäme. Ihre Stimme klang leise und zurückhaltend, doch sie plapperte genauso viel wie sonst.

Ich antwortete ihr ausweichend und in knappen Sätzen, wobei in meinem Kopf bereits Bilder entstanden, die ich in Bezug auf Cecilia nie für möglich gehalten hatte.

Was genau in meinem Zimmer alles geschah, kann ich heute nicht mehr sagen. Wir redeten, und ich bot Cecilia etwas zu trinken an, vielleicht eine Limonade oder eine Coke. Sie sah sich die Poster an den Wänden an und strich über die Rücken einiger Bücher in einem Regal direkt neben dem Bett. Wahrscheinlich wechselte unser Gespräch irgendwann vom Tod meines Vaters und wie ich damit zurecht kam zu Cecilias Schwester, vielleicht besaß sie aber auch so viel Anstand, sich an diesem Tag voll und ganz auf meine Trauer zu konzentrieren, ich weiß es nicht mehr.

Was mir allerdings im Gedächtnis geblieben ist, sind die Augenblicke, in denen Cecilia zum Fenster ging und in den Garten hinausblickte, das Glas mit Limonade oder Coke in ihrer Hand.

Zum ersten Mal sah ich in ihr das *Mädchen* Cecilia, und nicht bloß meine Nachbarin und Mitschülerin mit dem Pferdegebiss.

Der Garten lag in blendendem Weiß unter uns und reflektierte einen hellen Fächer aus Sonnenlicht in mein Zimmer, in dessen Mitte Cecilia stand und wie eine Engelsfigur wirkte. Sie stellte das Glas auf meinem Schreibtisch neben dem Fenster ab, stützte sich mit den Händen auf dem Fensterbrett ab, wobei sie ihre Beine durchdrückte und ihren Hintern anspannte. Beides gefiel mir an diesem Tag, doch ihr Anblick konnte den Entschluss, den ich gefasst hatte, nicht mehr rückgängig machen. Cecilias ständige Annäherungsversuche und ihr Stalken – und nichts anderes war es gewesen, was sie in den letzten Jahren betrieben hatte – mussten ein Ende finden. Sie wollte mir so nah wie möglich sein? Ich konnte ihren sehnlichsten Wunsch erfüllen.

Cecilia fragte mich nach dem Schuppen, der von hier oben klein und heruntergekommen wirkte. Ich trat neben sie, ohne ihren Arm zu berühren, und blickte zu dem mit Moos bedeckten Dach herunter. Der Garten wirkte wie ein kleiner Urwald, mit verwilderten Büschen und ehemaligen Blumenbeeten, in denen Unkraut und Gräser wucherten. Weder mein Vater noch meine Mutter hatten sich intensiv um den Garten gekümmert. Hinter dem Schuppen erstreckte sich eine riesige Dornenhecke bis zur Grenze unseres Grundstücks. Einzig der Pfad zwischen Haus und Schuppen war so deutlich zu erkennen, als würde sich eine leuchtende Schlange durch das Unkraut bewegen.

»Nur ein alter Schuppen«, antwortete ich ihr. An die Worte kann ich mich selbst heute noch erinnern.

Nur ein alter Schuppen.

Meine Stimme klang beiläufig und gelangweilt, so wie ein Junge von fünfzehn Jahren eben über sein Zuhause reden würde. Nur mit Mühe gelang es mir, meine Erregung zu unterdrücken.

Aus den Augenwinkeln sah ich, dass Cecilias Blick noch eine Weile auf dem Dach des Schuppens gerichtet blieb und dann über den Rest des Gartens wanderte. Währenddessen ging ich ins Zimmer zurück und schlenderte wie zufällig zu meinem Nachttisch. In der untersten Schublade bewahrte ich neben einigen Comics, einer Taschenlampe, einer Packung Kaugummi und diversen Schrauben auch ein altes Tuch und ein Fläschchen ohne Etikett auf. Als ich beides aus der Schublade nahm, begannen meine Hände zu zittern, und zum ersten Mal bekam ich Zweifel an meinem Entschluss.

Cecilias Eltern würden wissen, dass sie bei mir war. Vielleicht hatte sie ein Nachbar gesehen, wie sie sich auf den Weg zu mir machte. Ihre Mutter würde mit Sicherheit vor unserer Haustür stehen und nach Cecilia fragen, wenn sie nicht rechtzeitig nach Hause käme.

Ich warf ihr einen Blick zu und bemerkte, dass sie jetzt scheinbar die Gärten der Nachbarhäuser betrachtete. Im Sonnenlicht leuchtete ihr Haar golden, und ich dachte plötzlich daran, dass sie vielleicht in einigen Jahren eine hübsche Frau werden könnte.

Weder sie noch ich sollten es jemals erfahren.

Cecilia war nicht das erste Mädchen, an das ich mich heranschlich. Mein Vater hatte diesen Teil unserer Passion in den letzten zwei Jahren immer öfter mir überlassen, denn kein Mensch auf der Welt verdächtigt einen unbeholfenen, dürren Jungen mit Akne auf Stirn und Kinn, der ein Mädchen in ein Gespräch verstrickt oder nach dem Weg fragt. Bei manchen hatte ich sogar das Gefühl gehabt, dass sie mir freiwillig die Treppe hinunter in den Keller gefolgt wären.

Doch Cecilia war die Erste, bei der ich nicht wusste, ob ich das Richtige tue.

***

Es kommt mir vor, als würde sich die Zeit wiederholen. Während ich im Sessel sitze und den Eisengriff der Luke anstarre, erscheinen die Bilder von Cecilia mit einer derartigen Heftigkeit, wie ich sie schon seit Jahren nicht mehr gespürt hatte. In den ersten Jahren hatte ich oft an Cecilia gedacht. Erst voller Angst, dann von Freude erfüllt. Dann wieder ängstlich und erregt. Cecilia war so etwas wie mein Meisterstück. Nach dem Tod meines Vaters war sie das erste Mädchen unter dem Schuppen gewesen, und durch sie war ich endgültig erwachsen geworden. Fast jedes Mädchen erinnerte mich an sie und musste sich dem Vergleich mit ihr stellen. Doch nach und nach vergaß ich sie, bis sie nur noch eine von vielen war.

Doch jetzt kommt es mir so vor, als wäre ich erst gestern fünfzehn Jahre alt gewesen und hätte meine Freundin in den Keller gebracht. Der Tag von damals erscheint mir plötzlich so real, so greifbar, als hätte er bis heute nicht geendet. Ich kann sogar den Duft ihres Haares riechen, als sie das Bewusstsein verlor und ich sie auffing.

Ich ziehe an der Zigarre, blase den Dunst in das bleiche Mondlicht, das den Schuppen wie Nebel erfüllt, und leere mein Glas. Damals saß ich auch lange hier und dachte über Cecilia nach.

Die Situation war neu für mich gewesen, ich war zu dumm und klein und die Welt plötzlich zu gewaltig. Die Schuhe meines Vaters kamen mir viel zu groß vor.

Heute denke ich an Cecilia, um nicht an Judith denken zu müssen. Ich weiß, wenn ich meinen Verstand einschalten würde, wäre alles vorbei, bevor es überhaupt begonnen hat. Manchmal kann der Verstand der größte Feind sein.

Im Sessel neben mir sitzt Big Joe. Er hatte mir damals geholfen, und er soll es auch heute tun.

Ich nehme ihn, biege seine Beine wieder gerade, drücke die Zigarre im Aschenbecher aus und gehe zur Luke. Der Qualm der Zigarre brennt noch in meinen Augen. Das Eisen des Griffs ist kalt, so wie immer. Doch heute scheint er aus purem Eis zu bestehen.

Ich ziehe die Klappe nach oben, höre das leise Knarren der Scharniere und Judiths Stöhnen.

Sie war bereits zu sich gekommen, als ich sie in den Keller brachte. Mittlerweile sind einige Stunden vergangen. Wahrscheinlich hat sie ihr Bewusstsein vollständig wiedererlangt.

Von hier oben aus kann ich nur den Schemen des Stuhls im die Holztreppe hinabfließenden Mondschein sehen. So war es immer gewesen, und so wird es auch immer bleiben. Der Stuhl war auch damals das Erste, was ich sah. Mein Vater hatte seine Regeln, und ich habe meine. Und eine davon lautet, nichts zu verändern, das sich bewährt hat und die Erinnerungen in meinem Kopf nährt.

Ich schalte das Licht ein. Abrupt verstummt das Stöhnen.

Als ich nach unten steige und das Geländer leise in der gelockerten Verschraubung quietscht, vermeide ich es, Judith anzusehen. Stattdessen gehe ich zu dem Stuhl, setze mich mit verschränkten Armen darauf und lasse meinen Blick durch den Raum wandern. Ich hätte ein unbedarfter Zuschauer in einem muffigen Kellertheater sein können, der darauf wartet, dass das bizarre Stück beginnt.

Ihre Kleider liegen in einen unordentlichen Haufen auf dem Boden. Die Hotpants und die Bluse sind schmutzig und kommen mir wie Lumpen vor. Ich hatte ihr beides am Mittag wieder angezogen, nachdem wir uns geliebt hatten und ich mit Judith fertig war.

Der Raum ist schallisoliert und zusätzlich mit Spanplatten verkleidet. An manchen Stellen stehen mit Kreide gemalte Namen und Daten, daneben Notizen. Viele der Namen sind bereits verblasst oder mit der Hand verwischt worden, ebenso wie ihre einstigen Besitzer.

Direkt neben der Treppe hängt die eingeschweißte Todesanzeige meines Vaters. Er sollte immer bei mir sein und stolz auf seinen Sohn sein können.

Über dem Metalltisch hängt immer noch das Kalenderblatt von 1986. Ein Relikt, das mich einst zum Mann machte. Die Zeit hier unten scheint in diesem Jahr stehen geblieben zu sein. Immer wenn ich die Treppe hinuntersteige, gehe ich in meine Kindheit zurück. Dann ist alles wieder so einfach wie damals, und ich fühle mich auch nicht alleine hier unten, denn mein Vater hat diesen Raum nie verlassen. Er ist immer bei mir, steht neben mir und beobachtet mich bei der Arbeit, während seine Hand auf meiner Schulter ruht.

Manchmal kann ich ihn sogar hören, wenn er mir leise etwas ins Ohr flüstert. Selbst sein herber Geruch liegt über dem üblichen Gestank in der Luft.

Meine Augen fixieren den Kreis, der den Tag markiert, an dem ich die Falltür und alles andere entdeckt habe. Es gab Zeiten, da hasste ich diesen Tag und ich hätte meinen rechten Arm dafür gegeben, wenn ich das alles ungeschehen machen könnte. Dann hasste ich sogar das Hellraiser, denn durch das Fahrrad war ich erst auf die Idee gekommen, in den Schuppen zu gehen und mich über die Worte meines Vaters hinwegzusetzen.

Aber diese Tage sind selten. Meistens erachte ich dieses Datum als den wahren Geburtstag von Jackson. Der Tag, an dem ich das Stadium der Larve hinter mir ließ und mich zu einem geflügelten Monster entpuppte.

Jetzt, da ich auf dem knarzenden Stuhl sitze, die Luft nach Schweiß, Angst und Urin stinkt, und ich das Kalenderblatt anstarre, weiß ich nicht, welches Gefühl heute überwiegen wird.

Judith ist nicht irgendein Mädchen. Sie ist keine von der Straße. Heute könnte einer der Tage sein, an denen ich das Jahr 1986 verfluche.

Endlich fällt mein Blick auf ihren Körper. Es ist, als würde ein Bildhauer ein besonders schönes und edles Stück Marmor betrachten und sich überlegen, was er damit anzufangen gedenkt.

Sie ist die erste Frau, die ich auf dem Bauch liegend gefesselt habe. Am Kopfende des Tisches befindet sich eine Mulde, in der normalerweise der Kopf der Mädchen liegt, um die Wirbelsäule in einer gleichbleibenden Höhe zu halten. Diesmal habe ich sie dazu benutzt, Judiths Gesicht aufzunehmen und es mir zu ermöglichen, ihren Körper zu betrachten, ohne ihr in die Augen sehen zu müssen. Alles, was mich an Judith erinnert, sind ihre Haare, die zerzaust wie ein Fächer ihren Kopf bedecken und sich an den Rändern der Mulde ausbreiten.

Ich sitze lange da und starre auf ihren Körper, der mir im Schein der nackten Glühbirne gespenstisch bleich erscheint. Ihre Muskeln sind angespannt und zeichnen sich scharf unter ihrer makellosen Haut ab. Die Füße bewegen sich, ebenso die Hände, die sich immer wieder zu einer blutleeren Faust ballen und dann wieder entspannen. Ansonsten hat Judith kaum Gelegenheit sich zu bewegen. Ihre Fesseln sind stramm gespannt und machen jede Anstrengung wirkungslos.

Wenn sich die Muskeln und Sehnen anspannen, zeichnet das Licht ein filigranes Spiel aus Schatten und Fleisch auf ihre Haut. Der feine Bogen zwischen Schulter und Nacken tritt wie ein stählernes Seil unter ihrer Haut hervor. Ihr Mund ist mit Klebeband fixiert, das sich, einem breiten Haarband gleich, um ihren Kopf legt und nur die Nase zum Atmen freilässt.

Ab und zu ist ein hektisches Schnaufen zu hören, als sie angestaute Luft ausstößt und gierig nach neuer lechzt. Ihre Stimmbänder formen Worte, die ihren Mund nie erreichen.

Mein Blick fällt auf das Kalenderblatt, dann zu den Notizen auf den Holzwänden. Dann wieder auf Judith. Irgendeine Stimme in mir fragt mich, wie das Ganze hier weitergehen soll. Ich glaube, dass es mein Vater ist, der nicht verstehen kann, was ich hier tue.

Damals, als Cecilia hier lag, hatte ich das Gefühl, dass er direkt neben mir stand und mit ausdruckslosen Augen auf das Mädchen starrte, das einmal seine Nachbarin gewesen war. Diesmal ist es nur seine tiefe und ruhige Stimme, die auf eine Antwort wartet.

Ich weiß es nicht.

Ich weiß nicht, was ich ihm sagen soll.

Mein Kopf ist so leer, als seien alle Gedanken zum Stillstand gekommen.

Heute Mittag, als ich zu Judith ins Hotel fuhr, kam mir alles noch so klar und richtig vor. Ich sah alles, was passieren sollte, so deutlich vor Augen, als würde ich es direkt erleben und mir nicht bloß in meiner Fantasie vorstellen. Ich saß in meinem Kopf und betrachtete einen Film, dessen Szenen sich zu einem wundervollen Ganzen vereinigt hatten. Zum ersten Mal seit einer Ewigkeit sah ich wieder einen Film, der mir gefiel.

Und jetzt …?

Judiths Körper verkrampft sich, ihr Stöhnen verwandelt sich in schrilles Wimmern. Dann liegt sie einige Zeit still da, ehe alles wieder von vorn beginnt. Ihre Muskeln gleichen Bergen und Tälern unter der Landschaft ihrer Haut. Der Anblick erregt mich, und ich schlage die Beine übereinander. Judith hat mich schon immer erregt. Schon bei unserem ersten Treffen. Für uns beide ging es damals nur um das Eine, auch wenn keiner es aussprach und wir um unser Verlangen herumtanzten wie alberne Teenager. Damals hatte sie ihre Absichten deutlich gezeigt, indem sie ein kurzes Kleid trug und mir zur Begrüßung einen Apfel mitbrachte. Mir kam das in dem

Moment etwas merkwürdig vor, denn wer brachte schon einen Apfel mit zur ersten Verabredung? Erst sehr viel später, als wir uns längst hemmungslos unseren Gelüsten hingaben, kam mir die Bedeutung des Apfels in den Sinn. Judith war damals meine Eva gewesen.

Sie erregt mich mehr als jemals zuvor. Liegt es daran, dass sie zum ersten Mal in meinem Keller ist? An dem Ort, der mir mehr als alles andere auf der Welt bedeutet? Oder, dass mein Vater bei mir ist und mir unentwegt Worte ins Ohr flüstert, die ich nicht verstehen kann?

Vielleicht ist es aber auch der Umstand, dass Judith binnen weniger Stunden ihre Rolle verändert hat. Am Mittag war sie noch der dominante und besitzergreifende Part von uns beiden gewesen, eine Frau, die ganz genau wusste, dass ich sie anrufen und über sie herfallen würde. Eine Frau, die dieses Verhalten von mir *verlangt* hatte. Die Frau, die sie seit unserem ersten Augenkontakt gewesen war.

Jetzt ist sie nur noch ein Mädchen, unschuldig und wehrlos, die sich mir ausliefert und darauf wartet, dass wir mit dem Spiel beginnen.

Ich stehe auf und trete mit zögerlichen Schritten an den Tisch. Meine Beine zittern. Als sie das Knirschen meiner Schuhe im Staub hört, verstummt ihr Keuchen, der Körper spannt sich an und wird hart. Ihre Muskeln glänzen vor Schweiß im kalten Licht, als befände sich Stahl unter ihrer Haut. »Es tut mir leid«, flüstere ich und fahre mir mit beiden Händen durchs Haar, nur um ihren Körper nicht berühren zu müssen. Alles in mir drängt danach, das Tal ihrer Wirbelsäule zu erforschen, die Hügel ihrer Schulterblätter und die zarte Haut ihrer Oberschenkel zwischen ihren Beinen.

Meine Worte sind kaum zu verstehen. Judith regt sich nicht. Sie hält den Atem an, harrt der Dinge, die ich mit ihr tun werde. Ihre Haare verraten das Zittern ihres Körpers.

In ihrem Rücken hat sich, trotz der Kälte hier unten, Schweiß gebildet, der sich im Bett ihrer Wirbelsäule sammelt. Dort wo sich die Lederriemen in ihre Haut fressen, sind Blutergüsse zu sehen. In der Ablaufrinne des Tisches steht glitzernder Urin.

»Warum musstest du auch zurückkommen? Hat es dir nicht gereicht, mein Leben vor zwei Jahren zu zerstören? Bist du deshalb von New Orleans zurückgekommen? Um dir auch den Rest zu nehmen?«

Meine Stimme wird mit jedem Wort lauter und verliert ihre Fassung. Die Hände ballen sich zu Fäusten, die angespannt in der Luft verharren. Für einige Augenblicke steigt eine kalte Wut in mir auf, die ich allerdings noch mit Leichtigkeit verdrängen kann. Ich habe diese Frau einmal geliebt, mehr als ich die Mutter meines Sohnes jemals lieben könnte. Bei jeder anderen hätte ich die Wut die Kontrolle übernehmen und die Spielregeln aufstellen lassen. Aber nicht bei Judith. Sie dominiert mich immer noch.

In mir toben zwei Welten. Zwei Gedanken, die sich gegenseitig zu fressen versuchen. Ich will sie, hier und jetzt, zum ersten Mal in meinem Zuhause unter der Erde. Und doch rollt sprühender Zorn wie ein donnerndes Gewitter durch meinen Kopf.

Es gab Zeiten, da hatte ich mir vorgestellt, mit ihr neu zu beginnen, ganz von vorn. Mein altes Leben wie eine trockene Haut abzustreifen, in die Ecke zu werfen und etwas ganz Neues, etwas Besseres anzufangen. Der Gedanke daran war mir damals wie ein Traum erschienen, dessen Ziel es zu erreichen galt.

Judith hatte mich einmal glücklich gemacht, und für sie war ich sogar bereit gewesen, mein bisheriges Leben in den Bach zu kippen.

Wie konnte ich da Wut für sie empfinden?

Als ich am Morgen zu ihr gefahren war, hatte mich ein ähnliches Gefühl geleitet. Ich weiß nicht, ob es Zorn gewesen war, aber es kam diesem sehr nahe. Wut, aber auch eine tief in mir verankerte Begierde, die ich nicht leugnen konnte.

Mir jetzt vorzustellen, dass Judith extra wegen mir ihr Leben in New Orleans aufgegeben hatte, um mich *zufällig* in unserem Café zu treffen und darauf zu warten, dass ich sie in ihrem Hotelzimmer anrufe, schürt diese Wut aufs Neue. Sie hat unser Treffen eiskalt geplant, damit all das Leid, das unsere Affäre heraufbeschworen hatte, von Neuem beginnt. Vielleicht ist es aber auch die Stimme meines Vaters, die mir sagt, dass uns unsere Wege, ganz gleich wie oft sie uns in die Betten diverser Hotels und das meines Schlafzimmers geführt hatten, unweigerlich hierher in den kalten Raum unter dem Schuppen führen mussten. Unsere Wege waren seit dem Tag, an dem wir uns zum ersten Mal sahen, vorherbestimmt gewesen.

Noch kann ich die Wut unterdrücken, auch wenn sie mit scharfen Krallen beharrlich an meinem Unterbewusstsein kratzt. Dass wir beide an diesem Abend hier sind, nennt man Schicksal. Schon als wir uns jetzt wieder, nach all der Zeit, in unserem Café trafen, wusste ein kleiner Teil in mir, dass unser letztes Treffen sich hier unten abspielen würde. Alles, was wir in den letzten zwei Jahren getan hatten – ich unter dem Schuppen und Judith in New Orleans – war lediglich ein Vorspiel auf das gewesen, was unweigerlich folgen muss. Unser finaler Akt war von Beginn an für hier unten konzipiert worden.

Da spielt Wut keine Rolle, sondern einfach nur die Erkenntnis, dass Judith, als sie New Orleans verlassen und nach Baton Rouge zurückgekehrt war, ihr Schicksal selbst gewählt hatte. Mit ihrem Aufbruch aus N´Orleans hat sie sich auf den Weg in den kalten Raum unter dem Schuppen begeben, mit kleinen Zwischenstopps in Cafés und Hotelzimmern, ohne zu ahnen, wohin sie ihre Reise führen würde.

»Warum bist du wieder hier?«

Ich versuche, meine Stimme ruhig klingen zu lassen, doch ich kann ein Zittern nicht verleugnen.

In ihrem Hotelzimmer konnte ich meine Finger nicht von ihr lassen. Die Couch war uns bald nicht mehr genug gewesen, und wir hatten unsere Lust ins Schlafzimmer verlegt. Unser Verlangen hatte sich die entgangenen Monate auf brutale Weise genommen, und wir hatten jede Sekunde davon genossen. Jetzt wage ich nicht, sie zu berühren. Der Gedanke, sie kaputtzumachen und nie wieder benutzen zu können, hält mich gefangen.

Es gibt noch so viel, dass ich ihr sagen möchte. In meinem Kopf tobt ein Orkan aus Worten, Gefühlen und Ängsten, doch ich schaffe es nicht, auch nur einen der Gedanken zu ergreifen. Früher konnte ich ungezwungen mit ihr reden, über Dinge, die keine andere Frau interessierte, und die eine Welt, die mir zunehmend düsterer erschien, ein klein wenig bunter gestaltete. Heute fallen mir einfach keine Worte ein.

Ich sollte ihr etwas zu trinken geben, doch ich wage nicht, das Klebeband von ihrem Mund zu entfernen.

Big Joe liegt auf dem Boden neben dem Stuhl. Er ist keine große Hilfe gewesen. Vielleicht ist aber auch *er* es, der mich dazu bringt, meinen Zorn zu beherrschen. Es sind immer die anderen, die mir helfen müssen. So war es schon immer gewesen, mein ganzes, verfluchtes Leben lang. Mein Vater, Big Joe. Selbst Lou aus dem Viertel hilft mir, indem er sich die Geschichte eines verkorksten Lebens anhört. Wo wäre Big Jackson heute ohne die Hilfe von anderen? Ohne diese Hilfe wäre Judith schon lange tot.

Als ich mich nach Big Joe bücke, spüre ich einen Stich im Rücken, der sich wie brennendes Gift durch meine Nervenbahnen schlängelt.

Judiths Körper ist immer noch angespannt und hart. Sie

atmet kaum. Erst als ich schwerfällig die Treppe nach oben steige und das Licht lösche, dringt ihr Stöhnen und Wimmern wie das eines Hundes zu mir herauf. Ich glaube zu verstehen, dass ich sie nicht alleine lassen soll. Einige der Worte, die sich gedämpft durch die Dunkelheit kämpfen, sind unflätige Beleidigungen und durch das Band reduzierte Schreie. Als ich die Luke schließe, wird es still.

Auch in meinem Kopf.

Plötzlich verebbt der Sturm. Die Worte und Stimmen verschwinden, und eine erdrückende Leere bleibt zurück.

Die Tage mit Judith waren nie leer gewesen. Doch dieser ist es.

Ich setze mich in den Sessel und schließe die Augen. Eine seltsame Kälte frisst sich durch meinen Körper.

Selbst die Stimme meines Vaters ist verstummt. Wir sitzen beide im Dunkeln und denken daran, dass eine der Regeln lautete, kein Mädchen zu nehmen, das man kennt.

Das Einzige, was mein Vater irgendwann zu mir sagt, direkt in der Mitte meiner Gedanken, ist, dass ich gegen eine seiner Regeln verstoßen habe. Schon zum zweiten Mal. Seine Stimme klingt enttäuscht und niedergeschlagen.

***

Der nächste Tag kommt mir fremdartig vor. Als befände ich mich in einer vollkommen anderen Welt und würde zum ersten Mal das Licht eines roten Himmels erblicken.

Als ich am Abend zuvor vom Schuppen zurück zum Haus kam, war Megan bereits zu Bett gegangen. Sie war noch wach, als ich ins Schlafzimmer ging, ihre Haare feucht vom Duschen. Ihr kleines Nachtlicht verbreitete ein sanftes Licht, das mich seltsamerweise an Judith und unsere Ausschweifungen in diesem Raum und diesem Bett erinnerte. Wir hatten stets die

Jalousien geschlossen gehalten und uns im Schein der Nachttischlampen geliebt, was Judiths samtener Haut einen exotischen Schimmer verlieh. Megan las in einem Roman, über dessen Rand sie mich kurz anblickte. Für einen winzigen Augenblick schenkte sie mir ein kaltes Lächeln, das ihre Augen kaum erreichte, und widmete sich dann wieder dem Buch. Es erschien mir wie ein Schutzschild, hinter dem sie sich zu verbergen suchte. Oder wollte mir ihr flüchtiger Blick verraten, dass sie wusste, wo ich war und was ich tat?

Sie fragte nicht, wo ich den ganzen Abend gesteckt hatte, und auch sonst redeten wir nicht. Irgendwie hing ihre Bemerkung, dass sie Judith – *meine Schlampe* – in der Stadt gesehen hätte, immer noch wie kalter, feuchter Nebel zwischen uns. Ich wusste, dass sie mir seit meiner Affäre nicht mehr vertraute und sogar über eine Trennung nachgedacht hat. Jetzt, da sie *meine Schlampe* gesehen hatte, sah sie sich in ihrem Misstrauen bestätigt und versuchte, sich hinter ihren Gedanken zu verstecken. Ihr Blick führte mir jedoch deutlich vor Augen, was in ihrem Kopf vorging.

Ich hauchte ihr einen flüchtigen Kuss auf die Lippen, den sie kaum erwiderte, wünschte ihr eine gute Nacht und drehte mich auf die Seite, von Megan abgewandt, sodass ich zum Fenster blicken konnte.

Irgendwo dort hinter der Jalousie war Judith, Megan näher, als diese jemals für möglich gehalten hatte.

Auch wenn ich mich nicht danach fühlte, schlief ich dennoch mit einem Lächeln auf den Lippen ein.

Die Nacht schien einen vollkommen anderen Menschen aus mir gemacht zu haben. Als ich am nächsten Morgen erwachte, fühlte ich mich wie neu geboren.

Jetzt liege ich auf dem Bett, während Megan bereits aufgestanden ist und sich für ihren Job zurechtmacht. Ich kann die Dusche hören, dann das Klappern ihrer Schminkutensilien.

Manchmal denke ich, dass sie sich nur so hübsch und nicht selten aufreizend anzieht, um mich im Büro mit einem anderen zu betrügen. Ich stelle mir sogar oft vor, wie sie sich auf ihrem Schreibtisch zwischen Monitor und Posteingangsstapel von irgendeinem Anzug tragenden Kollegen vögeln lässt. Verdenken könnte ich es ihr nicht, und wenn ich ehrlich bin, ist es mir auch egal. Soll sie doch ihren Spaß haben, solange ich meinen eigenen genießen kann.

David befindet sich noch oben und läuft, nachdem seine Mutter hinunter in die Küche gegangen ist, zwischen Badezimmer und dem, was er sein Zimmer nennt, hin und her. Ich kann seine nackten Füße im Flur hören, danach die Dusche und die Toilette, dann erneut seine Schritte. Musik aus seinem Zimmer und das Poltern von irgendetwas, das durchs Zimmer fliegt.

Megan klappert mit dem Geschirr in der Küche.

Ich liege hier oben, starre an die Decke und versuche mich in dieser neuen Welt zurechtzufinden.

Mit Judith habe ich ein neues Kapitel aufgeschlagen, das spüre ich mit jeder Sekunde, in der ich darüber nachdenke. Aus einer unausgereiften und zu anfangs befreiend erscheinenden Idee, die aus reinem Instinkt entstand, ist etwas geworden, dessen Ausmaße ich im Moment noch nicht erkennen kann. Wäre mein Vater noch hier, nach all den Jahren, in denen er mich allein gelassen hatte, wüsste er, was zu tun sei. *Er* hatte nie die Kontrolle verloren. *Er* kannte immer den zweiten Schritt, noch bevor er den ersten tat.

Ich habe Angst vor dem, was mich im Keller erwartet. Gleichzeitig kann ich es aber auch kaum erwarten, das Haus für mich alleine zu haben und in den Schuppen zu gehen. So muss sich ein Kind am Weihnachtsmorgen fühlen.

Mit dem Erwachen am Morgen setzte auch der Orkan an Gedanken und Bildern wieder ein.

Keine Frau, die man kennt und liebt, hat etwas im Kellerraum zu suchen. Das waren die Worte meines Vaters gewesen. Eine seiner ehernen Regeln.

Ich hatte Judith einst geliebt. So sehr, dass ich mir eine gemeinsame Zukunft nach Megan mit ihr vorgestellt hatte. Eigentlich liebe ich sie auch jetzt noch, nach all der Zeit und trotz allem, was aus uns in dieser Zeit geworden ist. Trotz der Schmerzen, die auf unsere Affäre folgten. Ich liebte sie, als sie in unser Café kam und wir zum ersten Mal seit fast zwei Jahren wieder miteinander redeten. Und ich liebte sie, als sie mir in ihren Shorts und der über dem Bauch verknoteten Bluse geöffnet hatte.

Mit ihr auf der Couch zu schlafen und sie anschließend ins Schlafzimmer zu tragen, war gewesen, als wären wir in der Zeit zwei Jahre zurückgesprungen.

Und jetzt liegt diese Frau, die eine Zeit lang mein Leben beherrscht hat, gefesselt im Keller unter dem Schuppen.

Ich warte auf die Stimme meines Vaters, seine tadelnden Worte, sein Fluchen und Toben. Sein enttäuschtes Gesicht, das sich langsam und unwiderruflich von mir abwendet. Doch da sind nur die Bilder von Judith aus einer anderen Zeit in meinem Kopf. Die Bilder und die Fragen nach dem *Warum*.

Mein Blick geht immer wieder zum Fenster, doch ich verbiete es mir aufzustehen, die Jalousie zu öffnen und hinunter in den Garten zu blicken. Aus irgendeinem Grund habe ich Angst, Judith dort unten stehen zu sehen.

Stattdessen lausche ich den Geräuschen meines Sohnes, der irgendwann die Tür zu seinem Zimmer zuwirft und die Treppe hinunter ins Erdgeschoss springt. Die Stufen knarren unter seinem Gewicht, dann kann ich ihn mit seiner Mutter reden hören. Seine Stimme klingt leise. Er spricht nur einzelne Worte, ohne Leidenschaft und vollkommen leblos. Ihre Antworten fallen knapp und kalt aus. Irgendwie ist alles in diesem Haus kalt geworden. David hat das Pech, dass er mein Sohn ist, und als solcher hat er in den Augen seiner Mutter für das zu büßen, was sein Vater vor langer Zeit getan hat. Ich schäme mich für all das vor David.

Ich habe das Gefühl, als würden sich zwei Fremde unterhalten, die sich zufällig in der Küche getroffen haben. Ein kurzer Satz von David, eine noch kürzere Antwort von Megan. Dann Schweigen. Das Klappern von Geschirr, der Fernseher, dann das Schlagen einer Tür. Mehr als einmal hatte ich mich gefragt, wohin unsere Familie steuert, doch an diesem Morgen ist es mir egal. Jedes Wort, das unten gewechselt wird, erscheint mir überflüssig, zögert den Moment, wenn beide das Haus verlassen, nur unnötig in die Länge.

Ich weiß nicht, wie lange ich auf dem Bett liege, die Arme hinter dem Kopf verschränkt und die Augen geschlossen halte. Ich versuche, meine Atmung zu beruhigen, ebenso das hektische Schlagen meines viel zu großen Herzens.

Irgendwann muss ich eingeschlafen sein, denn als ich die Augen aufschlage, gelingt es mir nur schwer, düstere und beklemmende Bilder eines Traumes abzustreifen, der meiner Welt und meiner Realität nicht unähnlich ist.

Für einige Augenblicke starre ich hilflos in jeden Winkel des Zimmers. In den Ecken scheinen Schatten zu lauern, die mich mit verschlagenen Blicken beobachten, bevor sie sich in Rauch auflösen. Für einen winzigen Augenblick glaube ich, Judith am Fenster stehen zu sehen. Gleich darauf liegt sie nackt neben mir im Bett und verschwindet dann.

Erst nach einer Weile fällt mir auf, dass in der Küche alles ruhig ist. Ich lausche eine geschlagene Minute, in der ich die letzten Fetzen eines wirren Traumes auszuziehen versuche. Megan und mein Junge scheinen gegangen zu sein.

Das Haus ist mein, und damit das, was der Tag für mich bereithält.

Ich stehe auf, ziehe eine alte Hose an, die über der Lehne meines Bürostuhls hängt, und gehe ins Bad. Meine Schritte wirken ungelenk, als hätte ich stundenlang geschlafen. Es riecht nach Megans Parfüm und Seife.

Der Kerl im Spiegel kommt mir alt und ausgelaugt vor. Er erinnert mich an meinen Traum, der mich immer noch mit kalten Fingern liebkost. Irgendein gestaltloser Typ, der sich durch eine leere, aschfarbene Welt bewegt und doch auf der Stelle zu verharren scheint.

Genau das bin ich. Ein Albtraum, den man nicht greifen kann. Ein Kerl, der nicht von der Stelle kommt. Ich bin 1986 stehen geblieben und keinen einzigen Schritt weitergekommen. Das genaue Gegenteil ist der Fall. Die Sache mit Judith – sowohl die Affäre als auch ihre plötzliche Rückkehr nach Baton Rouge – haben mich einige Schritte in die falsche Richtung geführt.

Ich scheine binnen eines Tages zu jemand anderem geworden zu sein. Der Blick des alten Mannes im Spiegel ist leer, die Augen entbehren jeglichen Glanzes. Die Haut kommt mir so grau vor, als wäre das Gesicht in alten Stein gemeißelt.

Selbst als ich mir dieses fremde Gesicht mit kaltem Wasser wasche, spüre ich jeden Tropfen wie feinste Nadeln auf der Haut.

Ich kann nicht länger warten. Ich muss mich stellen.

Das Haus erscheint mir wie ein Labyrinth, das mich in schelmischem Vergnügen in den Garten dirigiert, als gäbe es nur diesen einen Ausgang. Die Kälte kann mir nichts anhaben, mein gesamter Körper hat sich in hartes Gestein verwandelt. Es fällt mir schwer, einen Schritt vor den anderen zu setzen. Als ich nach dem Schlüssel in der Hecke greife, entgleitet er zweimal meinen zitternden Fingern und verschwindet in einer Pfütze, die einige wenige Schneeflocken in der Nacht hinterlassen haben.

Im Schuppen lasse ich mich schwer atmend in den Sessel fallen und starre auf die Luke, die mir wie das geschlossene Maul eines Reptils vorkommt. Ein altes Ritual, doch diesmal vollziehe ich es, um nicht den nächsten und entscheidenden Schritt tun zu müssen. Ich glaube, Geräusche zu hören, die dumpf durch das dicke Holz dringen, doch das ist unmöglich.

Neben dem Sessel steht der Rest des Weins vom Vorabend. Ich hatte vergessen, die Flasche zu verschließen, weshalb der billige Fusel sauer riecht. Ich trinke ihn trotzdem in wenigen Schlucken und lecke mir den klebrigen Saft von den Lippen.

Plötzlich stehe ich neben mir und kann mich dabei beobachten, wie ich mich ächzend aus dem Sessel erhebe und zur Luke wanke. Ein alter, gebrochener Mann, der jener unglücklichen Gestalt aus dem Traum ähnelt. Ein Mann, der läuft, und doch auf der Stelle verharrt. Ich empfinde Mitleid mit ihm, liebe und hasse ihn, und hätte ihn am liebsten angeschrien, er solle sich aus dem Staub machen.

Der Wein tut sein Bestes, um meine Sinne auf nüchternem Magen zu verwirren. Für einige Momente schwankt der Boden unter mir, als befände ich mich auf einem altertümlichen Segelschiff. Meine Beine drohen ihren Dienst zu versagen, und ich muss mehr als einmal einen Ausfallschritt zur Seite machen, um nicht zu stürzen. Ich halte mich eine Weile mit beiden Händen am Eisengriff fest, wie es ein Ertrinkender in einem reißenden Fluss tun würde. Es kommt mir vor, als wären meine Kraftreserven restlos aufgebraucht, als ich an dem Ring ziehe und sich der Zugang zum Kellerraum knarrend öffnet. Mein zweites Ich versucht, den alten Mann von seinem Irrsinn abzuhalten, doch anstatt mir zu helfen, sieht er mir nur schweigend und angeekelt zu.

Der althergebrachte Gestank von Schweiß, Angst und Scheiße steigt wie ein Dämon aus der Luke empor und verteilt sich im Schuppen. Selbst meine Kleidung und Haare scheinen den widerwärtigen Gestank anzunehmen. In Verbindung mit dem abgestandenen Wein spüre ich, wie sich in meinem Magen ein Loch auftut, das alles von sich zu stoßen scheint.

Bittere Galle und der Geschmack von verdorbenen Trauben und der Zigarre vom Vorabend steigen in einem abscheulichen Cocktail in meinen Mund. Ich falle neben der Tür auf die Knie und erbreche eine blutfarbene Flüssigkeit in den Staub. Trotz der Kälte perlt Schweiß über meine Stirn. Mein Atem vermischt sich als weißer Dunst mit dem Gestank des Kellers.

Nach einer Weile schaffe ich es, auf die Beine zu kommen. Unsicher trete ich auf die oberste Stufe und beuge mich nach vorn, um das kalte Geländer erreichen zu können. Mit der anderen Hand taste ich nach dem Lichtschalter. Ich komme mir immer noch wie auf einem Schiff vor. Die Welt um mich herum hat sich zusammengezogen, als hätte ihr jemand sämtliche Konturen genommen.

Erst jetzt nehme ich die Stille wahr, die unter dem Schuppen herrscht.

Als ich das Licht einschalte, sehe ich den Stuhl, auf dem ich am Abend zuvor gesessen hatte.

Vorsichtig steige ich die Stufen hinab, meine Beine kommen mir leblos vor, als hätte mir jemand die Stoffbeine einer Puppe angenäht. Mit jedem weiteren Schritt kann ich etwas mehr von dem im Schein der Glühbirne matt glänzenden Metalltisch erkennen. Ich gerate ins Stolpern und wäre gestürzt, wenn ich mich nicht verzweifelt und keuchend am Geländer festgehalten hätte. Die Eisenkonstruktion beginnt, bedenklich zu schwanken. Steine und Staub knirschen an den Halterungen.

Hier unten spüre ich die Kälte wie Zähne, die scharf über meine Haut tasten, jederzeit dazu bereit, sich in mein Fleisch zu schlagen.

Judith liegt vollkommen reglos auf dem Tisch. Ihre Haut ist so bleich wie die einer Toten. Ein Geflecht roter und blauer

Äderchen hat sich durch die Kälte wie ein fein gewobenes Tuch um ihren Körper gelegt. Einzig das Zittern ihrer Haare verrät mir, dass sie noch am Leben ist.

Erleichtert stoße ich meinen angehaltenen Atem aus und trete an den Tisch.

In dem Augenblick kommt Judith zu sich. Ich weiß nicht, ob sie trotz ihrer Situation geschlafen oder einfach nur das Bewusstsein verloren hat. Vielleicht hat sie auch die ganze Zeit auf meine Schritte gelauscht.

Für einen kurzen Moment bleibt Judith noch stillliegen. Dann beginnt sich ihr Körper in den Fesseln aufzubäumen, die Hände öffnen und schließen sich zu harten Fäusten. Ich kann das Knacken gefrorener Knochen hören. Ihre Füße trommeln auf das Metall, soweit es die engen Fesseln zulassen. Ein klägliches und doch zorniges Wimmern verdampft hinter dem Klebeband um ihren Mund.

Ich kann zusehen, wie ich eine Hand hebe und über ihr Haar streichele. Die Bewegung scheint die eines Fremden zu sein. Augenblicklich verkrampft sich Judiths Körper, ihr Atem geht hektisch. Es ist das erste Mal, dass ich sie berühre, seit ich sie auf dem Metalltisch alleine zurückgelassen habe. Und doch bin ich nur ein unbeteiligter Zuschauer, der mehr will und sich gleichzeitig angewidert abwendet.

Die Berührung fühlt sich schrecklich an, die Haut scheint mit einer feinen Schicht Eis überzogen, als hätte man Judiths Körper an einem kalten Wintertag aus einem klaren und eisigen Fluss gezogen. Und doch hat die Berührung etwas Erotisches an sich. Meine Finger spielen mit den von Schweiß verklebten Strähnen, lassen sie durch zitternde Finger gleiten. Judith versucht ihren Kopf zu drehen, doch die Lederfessel hindert sie daran. Um den Riemen herum kann ich tiefe Einschnitte und getrocknetes Blut, aber auch frisches, glänzendes Rot an ihrem Hals erkennen. Ebenso an den Handgelenken und den Füßen. Mit jeder Bewegung gräbt sich das Leder tiefer in den Leib.

»Beruhige dich«, flüstere ich leise. »Hier ist Jackson.«

Ich bin mir sicher, dass Judith weiß, wer neben ihr steht, auch wenn sie mich nicht sehen kann. So wie ein waidwundes Reh den Jäger spürt, der sich ihm nähert, um sich seine Beute zu holen.

Mein Blick gleitet ihren Körper entlang, der mir plötzlich nicht mehr so makellos vorkommt.

Die feinen Äderchen erinnern mich an die Haut alter Vetteln, zwischen ihren Schenkeln kann ich den Brei frischer Fäkalien erkennen, dazwischen Urin und verkrustetes Blut. Judith hat innerhalb eines Tages ihre angeborene Perfektion eingebüßt.

Ich trete angewidert einen Schritt zurück und betrachte sie als Gesamtwerk. Das hat mein Vater oft getan und mir erklärt, dass man nur auf diese Weise die vollkommene Schönheit einer Komposition in sich aufnehmen kann.

Mit etwas Abstand sehe ich glänzendes, weißes Porzellan in der Verbindung funkelnden Metalls. Dazu schwarze und rote Pinselführungen, als hätte ein entarteter Künstler die Kontrolle über seine Arbeit verloren. Was ich vermisse, ist die Perfektion der Arbeit. Ich habe Judith stets als ein engelsgleiches Wesen betrachtet, nur zu dem Zweck erschaffen, dem Auge des Künstlers Freude zu bereiten. Doch die Bilder in meinem Kopf stimmen mit dem Leib auf dem Tisch nicht überein. Judiths Körper ist ordinär, eine Hure von der Straße, und lässt alles vermissen, was sie von den anderen abhebt.

Sofort spüre ich, wie die gewohnte Sicherheit zurückkehrt. Mein Herzschlag beruhigt sich, und als ich für einige Sekunden die Augen schließe, hört auch die Welt auf, sich um mich zu drehen.

Ich gehe zu meinem Vater, setze mich neben ihn auf die

marode, fleckige Couch in der Ecke des Raumes und mustere den Tisch aus diesem neuen Blickwinkel. Mein alter Herr sitzt oft hier in der Ecke, und wir überlegen gemeinsam, wie wir das Beste aus der Rohmasse *Mädchen* herausholen können. Ich sagte ja bereits, mein Vater hat den Raum nie verlassen.

Judith bewegt sich in verzweifelter Anmut, das Spiel von Muskeln und Sehnen ist bis hierher zu erkennen. Ein Meer menschlichen Fleisches, das sanft gegen eine Küste brandet.

Eine Weile genieße ich den Anblick erhabener Bewegung, die trotz aller Furcht kontrolliert und sinnlich erscheint. Ein gebrochener Engel, der während seines Falls viel eingebüßt hat. Aber immer noch ein Engel.

Dann wende ich mich an meinen Vater und frage, was er in dieser Situation tun würde.

Ich hatte seine Regel gebrochen, mich über die Passion meines Vaters erhoben und vergessen, wer mein Lehrer war.

Was wird er von seinem Jungen denken? Ist er trotz allem stolz auf ihn?

Das Gesicht meines Vaters ist ausdruckslos. Er starrt auf die Kreation wenige Meter vor ihm, seine Gedanken sind nur zu erahnen. Ist es Verachtung, die ich in seinen Augen lese? Enttäuschung? Oder gar Hass?

Als mein Blick dem seinen folgt, erinnere ich mich plötzlich daran, warum ich überhaupt hergekommen bin.

Ich stehe auf, wobei es mir schwerfällt, meinen Vater alleine auf der Couch zurückzulassen. Trotz der Verachtung, die ihn umgibt, schenkt er mir immer noch die Sicherheit, die ich als Kind brauchte.

Ohne Judiths kalten Körper länger zu beachten, beuge ich mich zu ihr hinunter, streiche das Haar zurück und bringe meinen Mund nahe an ihr Ohr. Ich kann die beobachtenden Blicke meines Vaters wie Dolche im Rücken spüren. Er wartet ab, wie sich sein einstiger Schüler schlägt.

Judith zittert, die Kiefer sind fest aufeinandergepresst. Ich kann ihre Zähne malen hören. Der Geruch von Angst steigt mir in die Nase. Als Judith furzt, kann ich mir ein Lächeln nicht verkneifen. Es klingt wie der Schuss einer Pistole.

»Wenn ich das Band um deinen Kopf wegnehme ...«

Mein Atem scheint sie in der Ohrmuschel zu kitzeln, denn sie versucht erneut, ihren Kopf in die andere Richtung zu drehen. Es gab Zeiten, da liebte sie es, wenn ich ihr ins Ohr flüsterte.

»... wirst du dann still sein? Ich meine *richtig* still. Ich möchte keinen Ton von dir hören. Denkst du, du bekommst das hin?«

Judith reagiert mit heftigen Atemzügen. Das Klebeband vor ihrem Mund bläht sich kurz auf und wird dann wie ein Vakuum eingesogen.

»Hörst du mir zu, Judith? Judith? Ich möchte, dass du mir ganz genau zuhörst.«

Ich streiche über ihr Haar, spüre Schweiß und Dreck an der Hand. Sie zuckt zurück, doch der Lederriemen um ihren Hals gibt ihr nur wenige Millimeter Spielraum.

»Ich werde das Band jetzt entfernen und dir etwas zu trinken geben. Hast du das verstanden? Ich möchte ...«

Ich blicke mich kurz um und halte inne. Ein raues Lachen dringt aus meiner Kehle, eines, das nichts mit dem eines Menschen gemein hat.

»Was bin ich doch für ein Idiot.«

Mit der flachen Hand schlage ich mir gegen die Stirn, dann auf Judith Hinterkopf.

»Ich habe deine Flasche vergessen.«

Ich schüttele den Kopf und drehe mich einmal um mich selbst, als könnte ich die Flasche in irgendeiner Ecke abgestellt haben.

Dann beuge ich mich wieder zu Judith hinunter.

»Du weißt doch, wie vergesslich ich bin.«

Ich zucke mit den Schultern und kichere.

»Hast du das nicht immer an mir geliebt? Du hast gesagt, ich sei wie ein großer, dummer Junge. Das mochtest du doch so an mir, oder irre ich mich da? Dein großer, dummer Junge mit dem Riesenschwanz. Warte bitte hier, Liebes. Ich bin gleich wieder bei dir.«

Judiths Körper bäumt sich plötzlich auf, als hätte sie einen Anfall. Das Leder der Fesseln knirscht und schneidet tiefer in die Haut an den Gelenken. Während ich mich zur Treppe umdrehe, sehe ich aus den Augenwinkeln einen dünnen Blutfaden, der von ihrem rechten Handgelenk auf den Tisch tropft. Judith scheint zu schreien, doch das Band dämpft ihren Schmerz zu einem schrillen Wimmern.

Ich stürze die Treppe hinauf, in den Garten und zum Haus. Um Judith mache ich mir keine Gedanken. Selbst bei geöffneter Luke sind die Geräusche aus dem Raum unter der Erde hier draußen nicht zu hören.

Im Haus laufe ich die Treppe hinauf ins Schlafzimmer, reiße den kleinen Schrank unter dem Computertisch auf, wo ich auch die Flaschen für Lou aus dem Dump Quarter aufbewahre, und nehme eine Trinkflasche für Sportler daraus hervor. In einer aufgerissenen Tüte liegen mehrere bunte Strohhalme, extralang und biegsam, wie man sie für Kindergeburtstage verwendet. Mit der Flasche und zwei Halmen springe ich die Treppe wieder hinunter, fülle die Flasche in der Küche mit Wasser und stürze nach draußen.

Üblicherweise bin ich nicht so sorglos, doch in meiner Fantasie spielen sich die unterschiedlichsten Szenarien ab, grauenerregende Bilder, was geschehen könnte, wenn ich Judith kein Wasser gebe. Mir ist bewusst, dass ich mich vor mir selbst gerade komplett zum Narren mache, dennoch halte ich nicht inne, schlage die Tür zum Schuppen hinter mir zu und verlangsame erst auf der Treppe in den Keller meinen Schritt. Mit jeder Stufe, die ich tiefer unter die Erde steige, spüre ich die altbekannte Ruhe in meinen Körper zurückkehren. Ich werde ganz allmählich wieder Herr der Lage. Der Künstler beherrscht sein Kunstwerk.

Mein Vater sitzt auf der Couch und blickt mit starrem und fasziniertem Blick auf den Metalltisch, auf dem das Meer sich wieder beruhigt hat. Sehe ich da etwa Neid in seinen Augen?

Mein Atem schmerzt in der Brust und kalter Schweiß verklebt trotz der Kälte meinen Rücken.

Als ich die Flasche auf den Tisch knalle, zuckt Judith zusammen, als hätte ich sie gerade aus dem Schlaf gerissen. Die Haare, die ich ihr zuvor hinters Ohr gestrichen hatte, haben sich wieder wie ein stinkender Schleier über ihr Gesicht gelegt. Sie atmet schnell und hektisch, ihre schlanken Hände sind zu Fäusten geballt, die Knöchel ragen totenbleich hervor.

»Meine Mutter sagte früher immer, wer nichts im Kopf hat, muss es eben in den Beinen haben.«

Ich stütze mich mit beiden Armen auf dem Tisch ab und schüttele den Kopf. Eine Schweißperle tropft von meiner Nasenspitze in Judiths Nacken und vermischt sich mit frischem Blut, das unter der Lederfessel hervorquillt.

»Ich bin zu alt für so etwas, Liebes.«

Ich kichere, als hätte ich in einer gemütlichen Runde gerade zugegeben, dass ich einen Furz gelassen habe. Nach einigen Sekunden beuge ich mich wieder zu Judith hinunter. Sofort spannt sich ihr Körper an, als würde er mit flüssigem Stein überzogen.

Mein Atem geht immer noch schwer, doch ich habe mich soweit wieder unter Kontrolle, dass meine Hände nicht zittern, als ich Judiths Haar zum zweiten Mal aus ihrem schmutzigen und blassen Gesicht streiche. »Fehler passieren«, flüstere ich in ihr Ohr und kann sehen, wie sich die feinen Härchen an ihrer Ohrmuschel aufrichten. »Mein Vater hat immer gesagt, solange ein Mann seinen Fehler bereinigt, ist es kein Fehler. Von daher …« Ich greife nach der Flasche und schüttele sie, sodass Judith das Wasser darin hören kann. »Voilà. Alles bereinigt.«

Ich bringe meinen Mund so nah an ihr Ohr, als würde ich sie dort küssen wollen, was ich gestern auch getan habe.

»Ich glaube, wir gehen das Ganze noch mal kurz durch, ist einfach sicherer. Das verstehst du doch, oder?«

Ich räuspere mich, da meine Stimme belegt klingt, vielleicht wegen der Anstrengung, zum Haus zu laufen und dort die Treppe hoch und wieder hinunter zu hüpfen. Ich bin eindeutig zu alt für so etwas.

»Du hast doch heute nichts mehr vor, oder doch?«

Ich beobachte sie eine Weile, als würde ich auf eine Antwort warten. Tatsächlich kann ich Judiths Stimme in meinem Kopf hören, wie sie mich mit zuckersüßen Worten zu sich aufs Bett lockt. Sie sagt mir, dass ihr Körper brennt und sich seit zwei Jahren nach einem richtigen Kerl sehnt. Dabei klimpert sie mit ihren Augen wie ein schüchternes Schulmädchen und lockt mich mit dem Zeigefinger zu sich, ihre Brüste wie zwei Torten erhoben, die Beine leicht gespreizt.

»Ich werde das Band jetzt abnehmen, und dir später auch kein Klebeband mehr in die Haare tun. Aber gestern musste es schnell gehen, das verstehst du doch sicher, Liebes, oder? Da macht man sich keine Umstände, sondern schnürt und klebt einfach drauflos.«

Ich kann mir nicht verkneifen, ihr ins Ohr zu pusten. Etwas, das ich vor zwei Jahren gerne und oft getan hatte, und das Judith liebte. Sie kicherte dann wie ein albernes Mädchen, das zum ersten Mal einen nackten Mann sah, schüttelte sich und stürzte sich im nächsten Moment ausgehungert auf mich und alles, was sie von mir zu fassen bekam.

Heute tut sie nichts von alledem, was mich ein klein wenig enttäuscht. Stattdessen versucht sie, wider aller Erfahrung, den Kopf erneut zur Seite zu drehen. Ihr Nacken spannt sich an, als bestünde er aus Stahlseilen.

»Wenn du das Klebeband los bist, wirst du still sein, okay? Ich will keinen Laut hören. Kein Wort und schon gar keinen Schrei. Hast du das verstanden?«

Ich puste erneut in ihr Ohr. Ein Geräusch, als würde Wind über Felsen streifen. Mein Atem streicht wie feiner Nebel über ihre Haut.

»Hast du mich verstanden, Liebes?«

Ich kann sehen, wie sie mich aus den Augenwinkeln heraus anzusehen versucht. Tränen glitzern auf ihren Wangen und haben schmutzige Spuren auf der Haut hinterlassen. Früher habe ich mich oft gefragt, ob Tränen in der Kälte gefrieren können, doch ich habe es noch bei keinem Mädchen erlebt, deshalb wird es wohl nicht möglich sein.

Eine Weile sehen wir uns an. Ich komme mir wie ein Lehrer vor, der einem begriffsstutzigen Kind etwas zu erklären versucht. Ich hasse und liebe diese Momente gleichermaßen. In mir herrscht eine gelassene Ruhe, gepaart mit ungeduldigem Zorn, da ich es nicht mag, die einfachsten Dinge zweimal erklären zu müssen. Oft muss ich mich beherrschen, die Werke nicht in sinnloser Raserei zu zerstören.

Schließlich nickt Judith kaum merklich, denn mehr lässt das Leder um ihren Nacken nicht zu.

»Gut, Baby.«

Ich lächele und streichele ihr durchs Haar, so wie man ein Pferd nach einem harten Ritt streicheln würde. Ich hauche ihr noch ein letztes Mal ins Ohr, betrachte ihre blonden Härchen und erhebe mich dann, wobei ich einen schmerzhaften Stich in der Nierengegend spüre.

»Verdammt«, fluche ich, strecke mich und stemme beide

Fäuste in den Rücken. Für einige Sekunden fällt mir das Atmen schwer, dann beruhigt sich alles wieder. Die Gewissheit, dass ich immer älter werde und dringend etwas für meinen Körper tun sollte, bleibt allerdings.

Bevor ich das alte Band entferne, lege ich neues bereit. Ein Fehler am Tag genügt.

Auf der Werkzeugbank an der Wand liegt eine Schere, mit der ich das Band am Hinterkopf von Judith zerschneide. Sie ist angespannt wie eine Feder aus Stahl, versucht mich aus tränenden Augenwinkeln heraus zu beobachten.

Es war wirklich keine gute Idee gewesen, ihr im Hotelzimmer das Band um den Kopf zu wickeln, doch alles musste schnell gehen, und in solchen Situationen heißt es, zu improvisieren. Schließlich konnte ich nicht riskieren, dass Judith wieder zu sich kam, ehe ich von meiner Erkundungstour zurück war. Ein Weg aus einem Hotel braucht trotz Improvisation genaue Planung.

Ihre langen, seidenen Haare bleiben auf dem Paketband kleben. Ich versuche, es so zärtlich wie möglich zu entfernen, doch als ich fertig bin, hat Judith eine Menge Haare eingebüßt, und ihr Gesicht ist tränennass. Aber kein Laut kam währenddessen über ihre Lippen.

»Entschuldige, Liebes«, sage ich lapidar, nur um überhaupt etwas zu sagen. Das abgerissene Band rolle ich zu einem nassen, mit Haaren verklebten Ball zusammen und werfe ihn in die Ecke. Ich kann Judith atmen hören. Mit offenem Mund saugt sie gierig die kalte Luft in sich hinein. Ihr Rücken krümmt sich bei jedem Atemzug, die Hände öffnen und schließen sich in rascher Folge. Außer einem gelegentlichen Wimmern und einem Krächzen tief in ihrer Kehle gibt sie keinen Laut von sich.

Kein Schrei, keine Worte.

»Das machst du gut, Liebes.«

Eine weitere Regel meines Vaters. Oder – besser ausgedrückt – ein gut gemeinter Ratschlag: Manchmal hilft ein Lob, die Beziehung zu den Mädchen zu verbessern. Sie fühlen sich dann wieder ein klein wenig als Mensch, wenn man ihnen eine Art Lob ausspricht, egal in welcher Form und für welche Sache.

Bei Judith scheinen meine Worte ihre Wirkung zu verfehlen. Sie beginnt zu schluchzen und vergräbt ihr Gesicht in der Mulde des Tisches. Zurück bleiben strähnige und verknotete Haare, als läge ein nasser Straßenköter auf ihrem Kopf.

Während ich sie betrachte, nehme ich die Flasche und schiebe einen der Strohhalme hinein. Dann ziehe ich mit dem Fuß den Stuhl zum Tisch hinüber, setze mich darauf und stelle die Flasche auf den Boden zwischen meine Füße. Der Halm ist lang genug, dass ich ihn bis zu Judiths Mund führen kann.

»Trink«, sage ich. Es ist keine Bitte, doch Judith reagiert nicht.

In anderen Fällen habe ich meine Methode, um die Mädchen soweit zu bringen, dass sie sich den Strohhalm einführen lassen. Doch Judith ist nicht irgendein Mädchen. Bei ihr will ich meine üblichen Vorgehensweisen nicht anwenden.

Ich beuge mich etwas nach vorn, greife in ihr Haar und zwinge ihren Kopf in eine seitliche Position. Judith hört auf zu atmen, ihr Gesicht verzerrt sich vor Anstrengung. Der Lederriemen ist jetzt straff gespannt. Als sie den roten Strohhalm sieht, keucht sie und stößt die angehaltene Luft wie ein Blasebalg aus. Ihr Atem stinkt nach Erbrochenem.

Meine Hand immer noch in ihr Haar verkrallt, führe ich ihr den Halm in den Mund und warte. Alles andere liegt nicht mehr in meiner Macht.

Manche weigern sich beharrlich, zu trinken. Ob aus Trotz, verletztem Stolz oder vor Schmerzen habe ich nie herausgefunden. Meinem Vater starb ein Mädchen beim Trinken unter den Fingern weg. Ich war damals noch nicht in seine Passion involviert, wusste nichts von dem Verlies unter dem Schuppen. Aber er erzählte es mir einmal, als wir hier unten waren. Er wirkte betrübt bei seinen Worten und schien selbst nach all den Jahren darüber nachzudenken, was den Tod des Mädchens verursacht haben könnte. Wir hatten damals darüber diskutiert, was wohl schiefgelaufen war, und ich hatte einige sinnfreie Kommentare eingeworfen, die sich mein naiver, unerfahrener Verstand ausgedacht hatte. Später hatten wir über meine Erläuterungen gelacht und uns auf die Schenkel geklopft, während das Mädchen vor uns – ich glaube, sie hieß Sue Ann – mit glasigem Blick zur Decke gestarrt, und wie ein durstiger Hund gehechelt hatte.

Für einige wenige Augenblicke denke ich an jenes Gespräch mit meinem Vater zurück. Mir ist nie etwas Ähnliches passiert, aber die Angst ist immer da gewesen. Judith würde ich nicht so einfach sterben lassen, dessen bin ich mir sicher. Ich habe zwar keine Ahnung, wie ich ihr Leben retten könnte, aber irgendetwas würde mir schon einfallen.

Geduldig halte ich den Strohhalm zwischen Zeige- und Mittelfinger. Speichel tropft aus Judiths Mund und weitere Tränen ziehen eine glitzernde Spur über ihre Wangen.

Ich hebe den Kopf und blicke zu dem Kalenderblatt über dem Tisch.

Viel ist in der Zeit zwischen 1986 und heute passiert. Vieles, das wir nicht geplant hatten, wie etwa das Mädchen, das beim Trinken gestorben ist, oder eine junge Frau vor etwa sechsundzwanzig Jahren, die sich in der Nacht befreit und uns direkt unter der Luke, auf der obersten Stufe kauernd und mit einem unheilbaren Irrsinn in den Augen, aufgelauert hatte. Mein Vater kämpfte mit ihr, als sei sie ein Mann gewesen, und musste sogar einige Treffer an Kinn und Schläfe einstecken. Schließlich stach er sie mit der Schere von der Werkbank nieder, derselben Schere, mit der ich heute Judiths Klebeband durchschnitten habe. Das beendete den Kampf und zerstörte das Kunstwerk.

Später erklärte mir mein Vater, dass Menschen in Panik ungeahnte Kräfte freisetzen könnten und mit allen Mitteln um ihr Überleben kämpften. Die Frau war zierlich und ausgezehrt gewesen, mit tiefen Ringen unter den Augen. Trotzdem hatte sie meinem Vater alles abverlangt, während ich auf der Treppe stand und nicht wusste, ob ich weglaufen oder in den Kampf eingreifen sollte.

Die Frau um ihr Leben kämpfen zu sehen, brachte zum ersten Mal eine Art leisen Zweifel in mir zum Vorschein, ob das, was wir hier taten, wirklich richtig sei. Doch mein Vater hatte mich später mit seinen Worten beruhigt und mir die gewohnte Sicherheit zurückgeben können. Er wusste immer, was zu tun oder zu sagen war. Und noch besser war er darin, mir meine Ängste zu nehmen.

Während ich den Kalender betrachte, frage ich mich, ob ich jemals vorhatte, Judith hierher zu bringen. Als wir uns kennenlernten, mit Sicherheit nicht. Damals fand ich sie heiß und aufregend und hatte sogar darüber nachgedacht, Megan zu verlassen. Aber was war später gewesen, als sich der Alltag in unsere Affäre geschlichen hatte? Wusste ich da schon, dass unser Weg eines Tages unter dem verrotteten Schuppen enden würde? Ich bin mir sicher, dass ein kleiner Teil in mir, jener schweigsame, den man zeit seines Lebens so gerne ignoriert, immer schon geahnt hat, dass die Affäre, die heißen Mails und schlüpfrigen Fotos irgendwann einmal in einem riesigen Chaos unter dem Schuppen enden würden. Ich glaube, ich wusste das schon bei unserer ersten Begegnung.

Im Endeffekt ist es egal. Unsere Wege haben uns hierher geführt, und es gibt nichts mehr, was diese Entscheidung, die ich im Hotelzimmer gefällt habe, rückgängig machen könnte.

Hier würde es enden, egal auf welche Weise. Ganz gleich, wie sehr ich darüber nachgrübeln würde, wie ich alles ungeschehen machen könnte. Doch Nachdenken will ich nicht. Weder, wie ich die Zeit zurückdrehen und die Sache im Hotelzimmer auf andere Weise beenden kann, noch was die nahe Zukunft für uns beide geplant hat.

Mein Blick fällt wieder auf Judith und die verzerrten Züge ihres Gesichts.

Die Spitze des Strohhalms ist in ihrem Mund verschwunden, als sei sie mit den Lippen verwachsen.

Ihre Augen fixieren mich, soweit es ihr Blickfeld zulässt. Sie beobachtet jede Bewegung von mir. Ab und zu wandern ihre Augen zu meinen Fingern, die ruhig den Halm halten, dann wieder in mein Gesicht. In ihren Augen kann ich den gehetzten Ausdruck von aufsteigender Panik erkennen, als sei sie ein Reh, das angeschossen zu Füßen seines Jägers liegt.

Dann endlich trinkt sie.

Kurze, hektische Züge, als befürchte sie, ich könnte ihr das kostbare Nass wieder wegnehmen. Ich kann das Wasser rosafarben durch den roten Strohhalm rauschen sehen. Die Sehnen an ihrem Hals straffen sich, als sie schluckt. Der Lederriemen in ihrem Nacken treibt sich dadurch noch tiefer ins Fleisch. Sie scheint es nicht zu bemerken.

Das meiste Wasser läuft aus ihrem Mundwinkel wieder heraus und rinnt vom Metalltisch in die Ablaufrinne. Ihre Lippen glänzen feucht, einmal stößt sie ein leises Rülpsen aus, dann würgt sie und erbricht einen Schwall Wasser, gemischt mit dünnflüssigem Blut.

Sie trinkt fast die ganze Flasche leer, schluckt, würgt und spuckt blutige Tropfen auf das glänzende Metall. Ihre Kiefer bewegen sich und beginnen zu mahlen, als würde sie etwas zerkauen, und im nächsten Moment stößt ihre Zunge den Halm heraus.

Ich ziehe ihn weg, erhebe mich und greife zeitgleich nach einem alten Handtuch, das auf der Ecke der Werkbank liegt. Damit trockne ich ihr Gesicht und wische gleichzeitig ihre Tränen fort.

»Das hast du gut gemacht«, flüstere ich, ziehe den zerkauten Halm aus der Flasche, betrachte ihn eine Weile grinsend und lege ihn auf den Boden. Ich kann mich erinnern, dass ich nach so mancher Nummer mit Judith ihre Zahnabdrücke in Schulter und Armen wiedergefunden hatte. Sie war ein Biest und liebte es, ihre Lust auf diese Weise zum Ausdruck zu bringen.

»Ich hoffe, du verstehst, dass ich dir wieder den Mund zukleben muss. Aber keine Angst …« Ich reiße ein Stück vom Klebeband ab. Judith zuckt zusammen und schließt die Augen. »Ich werde es dir nur über den Mund kleben, nicht in die Haare. Es wäre doch schade um diese Pracht.«

Mit einer schnellen Bewegung fasse ich ihr in den Schopf, reiße ihren Kopf zurück und klebe das Band über ihre Lippen, noch bevor sie einen Schrei ausstoßen kann. Lediglich ein ersticktes Heulen verläuft sich hinter dem Paketband. Für eine einzige Sekunde spüre ich ihren fiebrigen Atem in meiner Handfläche.

»Tut mir leid, wenn ich ein klein wenig grob war, aber aus Erfahrung weiß ich, dass man solche Sachen schnell machen muss. Ich glaube, selbst du machst da keine Ausnahme.«

Mit der Hand, mit der ich gerade noch den Kopf soweit zurückgerissen habe, wie die Fessel es erlaubt, ohne sie zu strangulieren, streiche ich ihr jetzt das Haar aus dem Gesicht. Die Augen, die mich anstarren, sind hasserfüllt. Erneut glitzern Tränen darin. Eine Perle rinnt über ihre Wange, sucht die Bahn der alten Tränen und tropft auf das Metall.

Ich spiele noch eine Weile mit ihrem Haar, so wie ich es gestern Nachmittag im Hotel getan habe, lasse es durch meine

Finger gleiten und ertaste das Samt zwischen Daumen und Zeigefinger. Dann trete ich vom Tisch zurück, schiebe den Stuhl mit den Knien auf seinen alten Platz und setze mich. Das Holz ächzt unter meinem Gewicht. Irgendwann werde ich den Stuhl austauschen müssen.

Judith hat den Kopf soweit zur Seite gedreht, dass sie mich sehen kann. Ihre Nackenmuskulatur zeichnet sich als dicke, rote Seile unter ihrer blassen Haut ab. Sie muss Schmerzen haben und dürfte kaum atmen können, denke ich. Und doch will sie mir in die Augen sehen. Eine mit Dreck und Tränen verkrustete Haarsträhne teilt ihr Gesicht wie ein sauberer Schnitt.

Noch nie hatte ich so viel Hass in den Augen eines Mädchens gesehen. Ihr Blick ist plötzlich vollkommen klar. Kalkulierend und nachdenklich. Sie frisst mich mit ihren Augen nahezu auf.

Die Bilder des vergangenen Nachmittags versuchen in meiner Erinnerung an die Oberfläche zu gelangen.

Judith in knappen Shorts, mit perfekten Beinen und über dem Bauch verknoteter Bluse. Ihre Haare offen, sanft und nach einer frischen Blumenwiese duftend. Leise Musik und guter Wein, Judiths Lippen auf meinen, ihre Zähne, die zärtlich an meinem Kinn knabbern, während warme Hände meinen Körper erkunden.

Ich schließe die Augen, lehne mich zurück und dränge die Bilder in die dunkelsten Winkel meines Bewusstseins zurück. Ich würde sie später noch gebrauchen können, an langen Abenden, wenn Judith nicht mehr da ist und unsere Erinnerungen der wertvollste Schatz sind, der uns geblieben ist. Ich darf die Truhe nicht zu tief in meinem Bewusstsein vergraben, muss mir jederzeit Zugang verschaffen können.

Judith verblasst wie eine Fotografie, die man ins Feuer wirft. Zurück bleibt ein nackter, bleicher Körper, der still auf einem

Metalltisch liegt, die Muskeln als dunkle Linien, das Gesicht einer Wilden.

Unsere Blicke treffen sich, Judith starrt mich an, ohne zu blinzeln. Ihr Atem geht flach und kontrolliert.

Ich stehe auf, bücke mich langsam nach der Flasche unter dem Tisch und blicke dann auf sie herab. Es fällt mir schwer, ihrem Blick standzuhalten. Noch keines der Mädchen hier unten besaß die Kraft, derart intensive Verachtung in ihren Blick zu zwingen. Das Band zwischen Judith und mir war schon immer etwas Besonderes gewesen, doch jetzt würde ich es am liebsten zerschneiden. Ich balle die Hände zu Fäusten und stoße einen unartikulierten Laut aus, der irgendwo zwischen Tier und Mensch liegt.

Als ich mich abwende, versuche ich ihr ein amüsiertes Lächeln zu schenken, weiß aber im selben Moment, dass es mir misslingt. Mir ist kalt, und es ist nicht die Kälte des Winters, die sich bis in meine Seele frisst und sie von den Knochen zu schaben versucht.

Mit langsamen Schritten steige ich die Treppe hinauf und höre, wie sich Judith in ihren Fesseln bewegt. Das Leder knirscht, als würde man alten Soff zerreißen. In ihrer Kehle entstehen Worte, die noch vor ihren Lippen erstickt werden. Die kalte Luft gerät in Bewegung, als würde sich etwas auf mich zubewegen.

Ich drehe mich zu ihr um und betrachte sie, ihr Körper ein nach Kot und Blut stinkender Wurm, der sich in Krämpfen windet. »Du wusstest, dass es hier endet«, sage ich laut und springe die Stufen wieder hinab. Ich baue mich vor ihr auf und genieße den Anblick meines Schattens auf ihrer Haut. Dort, wo er hinfällt, wird ihr Körper grau.

»Warum bist du zurückgekommen?«

Meine Arme sind so steif wie Äste, als ich mit einer Geste meine Frage zu unterstreichen versuche.

»Warum? … *WARUM?*«

Ich schreie Judith an, Speichel spritzt in ihr Haar und auf ihr Gesicht. Sie dreht den Kopf.

»Wolltest du mir all das hier kaputtmachen?«

Wie ein tanzender Clown drehe ich mich einmal um mich selbst und lasse die Wände des Kellers an mir vorbeifliegen. Für einen winzigen Moment bleibt mein Blick am Kalenderblatt hängen. »Ist es das, was du wolltest? Bist du wirklich so eine Schlampe?«

Ein kehliges Lachen sickert zwischen meinen Zähnen hervor. »Megan hatte recht.«

Ich beuge mich zu ihr hinunter, strecke meine steifen Arme nach hinten weg, als wäre ich ein Skispringer. Meine Lippen berühren ihre Haare an der Stelle, wo sich Judiths Ohr befindet.

»Du bist eine Verdammte. Beschissene. Schlampe.«

Obwohl ich flüstere, betone ich jedes Wort. Ihr Haar wellt sich unter meinem Atem, als würde man einen Stein in eine Pfütze werfen. Judiths klägliches Wimmern erregt mich. Mit einer unkontrollierten Bewegung drehe ich mich um und werfe die Flasche auf die alte Couch, auf der mein Vater sitzt. Ich beachte ihn nicht, sondern stürze zur Treppe, stolpere und falle hart mit dem Knie auf die unterste Stufe, während ich mich mit beiden Händen am Geländer festzuhalten versuche. Staub und Sand knirschen in der Verschraubung am Boden.

»Du verfluchte Schlampe. Sieh, was du angerichtet hast.«

Im Sitzen drehe ich mich zu ihr um und sehe eine Weile dabei zu, wie ihre Füße auf den Tisch trommeln. Dünne Rinnsäle von Blut laufen an ihren Waden und Zehen herab.

»Du kannst mir nichts kaputtmachen, hörst du?«

Ich stehe auf, ziehe mich wie ein alter Mann am Geländer nach oben. Ich habe nicht genug Luft zum Lachen. Stattdessen quält sich ein keuchendes Kichern meine Kehle hinauf.

»Du kannst mir nichts kaputtmachen.«

Als ich die mittlere Stufe erreiche, springe ich noch einmal die Treppe hinunter, beuge mich erneut über Judith und reiße ihren Kopf mit einem unbeherrschten Ruck zurück. Ihre Halswirbel knacken wie trockene Äste, und ein gedämpfter Schrei erstickt in ihrem Mund.

»Nichts, hörst du? NICHTS. Du verfickte, beschissene Schlampe. NICHTS.«

Ich lasse ihren Kopf los, höre einen dumpfen Schlag, als ihr Gesicht in die Mulde klatscht, und klettere wie ein Tier auf Händen und Füßen die Treppe hinauf in den Schuppen.

Mit einem wütenden Knurren knalle ich die Luke zu, beobachte den Staub, den der Luftzug aufwirbelt, und wische mir kalten Schweiß aus den Augen. Speichel tropft in langen Fäden von meinen Lippen und hinterlässt feuchte Flecken auf dem Betonboden.

Als ich mich in den Sessel fallen lasse, stößt meine Kehle einen zornigen, heiseren Schrei aus.

»Du kannst mir nichts kaputtmachen«, flüstere ich unentwegt, verberge mein Gesicht in den Händen und schaukele im Sessel vor und zurück. Die Kälte greift mit erbarmungslosen Klauen nach mir und zerfetzt meine Haut.

Ich stehe ein Stück neben der Welt, wie ich sie kenne, und betrachte den kichernden und sabbernden Mann im Sessel, der mich an einen verzweifelten Schwachsinnigen erinnert.

»Nichts. Hörst du? Nichts.«

Der Mann beginnt zu glucksen. Ich drehe mich um und lasse ihn alleine.

Kapitel 7

Wieder im Dump Quarter

Meine Welt rutscht beharrlich einem finsteren Abgrund entgegen und kippt irgendwann über den Rand, eine Wolke aus Staub und Gestank hinter sich herziehend. Ich weiß nicht mehr, wer oder wo ich bin, aber es macht auch keinen Unterschied. Meine Welt ist so dunkel geworden wie der Abgrund, in den sie gestürzt ist.

Wie konnte Judith mir so etwas antun?

Wo war das Verlangen hin, mit dem sie mir die Tür des Hotelzimmers geöffnet hatte? Wo die Leidenschaft?

Sobald Megan und David das Haus verlassen haben, verbringe ich die Tage, bis hin zum Nachmittag, wenn mein Junge aus der Schule kommt, im Dump Quarter.

Es ist der einzige Ort in Baton Rouge, der sich irgendwie nie verändert hat. Ab und zu kann man ein paar neue Autoreifen oder den einen oder anderen Schrank mit schief in den Scharnieren hängenden Türen und im Wind flatterndem Einlegepapier finden. Oder aber eine neue Meereswelle, geformt aus alter Pappe und Papier, das so trocken wie Pergament ist, und dreckige Stoffe, Kisten, Müllsäcke, Blechkanister oder alte Fernseher, deren Bildschirme jemand eingetreten hat. Einmal steht ein verbeulter Einkaufswagen genau an der Stelle, an der ich immer meinen Wagen parke.

Das Meer verändert manchmal ein wenig seine Form, aber es bleibt trotzdem immer ein stiller, abgewrackter Ozean, in dessen erstarrten Fluten man den Fortschritt einstiger Zivilisation finden kann. Ich liebe das Viertel, denn hier sehe ich, dass sich nicht viel verändern muss, um etwas völlig Neues entstehen zu lassen.

Am Tag, nachdem ich Judith etwas zu trinken gab und erkannte, was für eine Schlampe sie wirklich ist, stehe ich am Rand der Müllkippe, am Ufer des Ozeans, lehne mit vor der Brust verschränkten Armen gegen den Wagen und lasse meinen Blick über das Viertel wandern.

Ich habe heute deine Schlampe gesehen.

Der Motor knackt leise, während er abkühlt. An manchen Kühlschränken, die wie verrottete Grabsteine aus dem Müll ragen, oder Schränken und zerbeulten Ölfässern bleibt mein Blick länger als nötig haften.

Meine Augen nehmen weder die Kühlschränke noch die Schränke oder Fässer wahr, sondern nur das, was sie unter einer Decke aus Papier, Essensresten und Einkaufstüten beherbergen. Keiner würde bei dem verrotteten Anblick auf die wahren Bewohner des Viertels schließen. Sie harren verborgen vor dem Rest einer scheußlichen Welt unter der Oberfläche ihres einstigen Lebens und genießen das sanfte Treiben des Ozeans. Alles ist wie immer, alles ist im Fluss, wie mein Vater es so gerne bezeichnet hatte. Hier verändern sich nur der Gestank und die Welt, die das Viertel umschließt. Dump Quarter bleibt immer gleich, und das schon seit Jahren.

Ich liebe diesen Ort nicht nur wegen der Möglichkeiten, die er jemandem mit meiner Leidenschaft bietet. Genauso wünsche ich mir mein Leben. Ein ewiges Meer, das ruhig und würdevoll gegen die Felsen brandet.

Es ist kalt, der Kragen meiner Jacke ist hochgestellt, dennoch friere ich. Ich rauche zu viel, seit gestern eine ganze Packung. Der Geschmack in meinem Mund ist widerlich und erinnert an verdorbenes Fleisch. Doch der Tabak und das Nikotin und all das andere Zeug, das in den Zigaretten steckt, und von dem ich gar nicht wissen will, dass es da drin ist, helfen mir, meine Welt zumindest ein klein wenig festzuhalten, wenn ich sie auch nicht zurechtrücken kann.

Wo ist Judiths Leidenschaft? Ihr Verlangen? Die Gier?

Seit ich Judith in dem kleinen Café getroffen habe, ist irgendetwas verdammt noch mal schiefgelaufen, aber ich kann nicht sagen, was. Selbst die Stimme meines Vaters weiß keine Antwort. Er war mit Sicherheit nie in einer solchen Lage, denn er war so klug gewesen und hatte nie gegen seine Regeln verstoßen, was ich von mir nicht behaupten kann. Dafür sind Regeln da, denke ich und betrachte das Müllmeer. Regeln müssen befolgt werden und alles andere dafür in den Hintergrund gedrängt werden. Regeln bedeuten inneres Gleichgewicht, und weil ich eine der Regeln derart schamlos gebrochen habe, liegt mein Gleichgewicht nun am Grund einer Schlucht, zusammen mit allem, was mir in meinem verkorksten Dasein Halt gab. Wie gerne würde ich meinem alten Leben einfach hinterherspringen und in der Dunkelheit verschwinden.

Ich winke Karen zu, die vor ihrer Gefriertruhe steht und meinen Gruß erwidert. Sie scheint sich gut eingelebt zu haben. Auf die Entfernung hin wirkt sie zierlich und zerbrechlich, wie eine Puppe. Sie ist so schön wie am ersten Tag. Wie damals, als sie aus ihrem Wagen stieg, um mir ihr Handy zu leihen. Ich hatte schon fast vergessen, welch ein einzigartiges Kunstwerk sie gewesen ist. Graziös, edel und doch mädchenhaft verspielt. Eine verführerische Schönheit, die an der Seite eines Gottes weilen sollte.

Mit einer lässigen Bewegung schnippe ich die Zigarette irgendwo ins Meer, wo sie hoffentlich keinen Schaden anrichten kann.

Dann gehe ich zu Lou.

Ich klopfe nicht an, sondern ziehe einfach die alte Tür auf. Das Knarren der verrosteten Scharniere muss meilenweit zu hören sein.

Lou liegt auf der alten Matratze in der Ecke und schnarcht. Weißer Dunst steigt in gleichmäßigem Rhythmus von seinem Mund auf, und seine Nase glänzt feucht. Neben ihm stapeln sich einige Bierdosen und zwei leere Flaschen ohne Etikett. Ich nehme mal an, dass es sich dabei um Selbstgebrannten handelt, den er sich irgendwo besorgt hat, vielleicht mit den paar Dollar, die ich ihm bei meinem letzten Besuch zurückgelassen habe.

So hat jeder sein eigenes Leben, die eigenen Probleme und die eigene Scheiße, die es zu fressen gilt, bevor sie anfängt zu stinken. Nur dass Lou besser darin ist, den Gestank aus seinem Leben zu entfernen.

Der Alte hat sich eine von Motten zerfressene Decke übergeworfen, aus der ein Fuß mit einem durchlöcherten Strumpf herausschaut. Ich kann einige eingetrocknete Flecken auf der Decke erkennen, die gelb und dick anmuten und selbst auf die Entfernung hin stinken. Etwas Schwarzes krabbelt langsam über den schimmeligen Stoff und verschwindet in eine der Falten. Der ganze Raum hätte sich dem Geruch nach in einem Schlachthaus befinden können. Oder in der Umkleide einer Footballmannschaft.

»Mach dir nicht die Mühe, Lou.«

Ich lasse die Tür hinter mir in ein nicht vorhandenes Schloss fallen und sperre den Tag aus. Durch die Plane vor dem Fenster sickert nur ein kränklicher Sirup, der die Hütte kaum erhellen kann und uns beide zu ersticken droht. Die Plane flattert wie ein Segel, wenn ein Windstoß durch die Baracke fährt.

Mit der flachen Hand wische ich einige tote Insekten von dem Korbgeflecht, in dem Lou normalerweise immer sitzt, und lasse mich schwerfällig hineinfallen. Der Alte räuspert sich kurz, schmatzt mit seinen Lippen, als würde er vom größten Steak der Welt oder einer billigen Hure träumen, und schnarcht in der nächsten Sekunde unbekümmert weiter. Dass er Besuch hat, interessiert ihn nicht. Auch nicht, dass sich eine Fliege auf seiner Stirn niederlässt, mich an ein ausgefranstes Einschussloch erinnert, und dann wieder verschwindet. Das schätze ich so an meinem alten Kumpel Lou, es kümmert ihn nicht, wenn Jackson mal vorbeischaut. Wir sind wie Brüder, die sich nichts zu sagen haben. Unser Leben ist erzählt und wartet darauf, ins Regal gestellt zu werden.

Neben der Tür entdecke ich einen Korb, aus dem die Hälse mehrerer Bierflaschen herausragen. Ich frage mich, wen Lou außer mir wohl noch alles hier draußen empfängt.

Für einen kurzen Augenblick spiele ich mit dem Gedanken, mir ein Bier zu gönnen, doch einem Mann wie ihm das letzte Brot zu stehlen, wäre selbst für mich schäbig.

»Ich glaube, *du* hast es kapiert.«

Ich drehe mich so, dass ich Lou ansehen kann, und lasse meine Augen von seinen ungewaschenen Haaren bis zu dem löchrigen Strumpf wandern.

»Du hast irgendwann einmal verstanden, dass das Leben nichts wert ist und aufgegeben.«

Ich nicke, um meine eigenen Worte zu bestätigen und drehe mich wieder nach vorn.

»Das Leben hat dich gefressen, ausgeschissen und den Fliegen überlassen. Und jetzt versucht es, das Gleiche mit mir abzuziehen.«

Lou murmelt irgendetwas, das ich nicht verstehen kann. Es klingt wie *Scheiß drauf*. Irgendwo in der Hütte raschelt etwas.

»Ich habe zu lange die Augen zugemacht.«

Meine Stimme wird leise. Ich weiß, dass ich nur mit mir selbst rede, strecke die Beine aus und starre zum fleckigen Dach aus schwarz angelaufenem Wellblech hinauf. Ein vertrockneter Fliegenfänger voller dunkler Punkte hängt dort oben abseits jeglichen Tageslichts.

»Man schafft es nicht, sein Leben so zu gestalten, wie man es gerne hätte. Man schafft es einfach nicht, Mann.«

Ich fahre mit den Händen durch mein Haar und verberge dann mein Gesicht in den kalten Handflächen.

»Du hast vollkommen recht. Scheiß drauf.«

Meine Stimme klingt weinerlich. Ich schließe die Augen und stelle mir vor, mich in einem tiefen, stinkenden Sumpf zu befinden, der mich bis auf den Grund zieht und für immer auslöscht.

»Irgendwann macht jeder einen Fehler, ganz gleich, wie sehr er sich auch anstrengt. Menschen machen Fehler, sagte meine Mutter oft. Oder war es mein Vater? Egal. Einer von beiden war´s. Sobald du einen Fehler machst, den du nicht mehr reparieren kannst, ist dein Leben im Arsch.«

Die nächsten Minuten herrscht Schweigen in der kleinen Hütte, eine angenehme, ehrliche Stille. In einer Ecke hinter mir schabt etwas über die Blechwand, doch ich lasse meine Augen geschlossen.

»Mein Fehler war, vor einigen Tagen in unser altes Café zu gehen, Lou. Ich wollte nicht dorthin. Irgendetwas hat mich in diesen verdammten Schuppen geführt. Ich glaube fast, dass Gott sich einen besonders köstlichen Scherz mit mir erlauben wollte. An dem Tag war ich eben dran, den alten Herrn zu unterhalten.«

Ich stoße ein raues Lachen aus, das sich in der Hütte widerlich anhört. Als würde ein Pferd rülpsen und seinen Magen auskotzen.

»Kannst du dich an den Kerl da oben noch erinnern, mein Freund? Schäbige Erscheinung, schäbiger Charakter und schäbiger Humor.«

Ich tippe an meine Stirn und werfe durch das Dach einen imaginären Gruß in den Himmel.

»Oh ja, das hat er richtig gut hinbekommen, der Alte da

oben. Ich wollte nicht dorthin, aber er hat mich einfach an die Hand genommen, hingeführt und mich warten lassen, bis diese Schlampe auftaucht.«

Wieder eine Weile Stille. Selbst Lou scheint mit atmen aufgehört zu haben. Die elende Hütte ist plötzlich der Mittelpunkt des Universums.

»Das war mein erster Fehler. Weitere folgten. Ja, Sir, ich war fleißig in den letzten Tagen.«

Als ich die Augen einen Spalt öffne, kommt mir selbst das trübe Zwielicht in der Baracke zu hell vor. Als würde die Welt um mich herum in Flammen stehen. Die Plane am Fenster hat sich an einer Ecke gelöst und flattert wie ein kleines Fähnchen im Wind. Immer wieder springt ein Funken Tag in den Raum und stirbt, noch ehe es den staubigen Boden erreicht hat.

»Aber weißt du, Lou, womit das alles anfing?«

Ich drehe den Kopf. Lou besteht nur aus einer verkrusteten Wolldecke, einer kaputten Socke und strähnigem Haar. Die Fliege ist verschwunden. Ich betrachte den Alten eine Weile und frage mich plötzlich, warum das Leben so grausam sein kann. Zu jedem auf eine andere Art und Weise, doch das Resultat ist stets das Gleiche. Zu guter Letzt liegen wir unter einer stinkenden Decke und warten auf den Tod.

»Habe ich dir jemals von Cecilia erzählt?«

Ich überlege und beobachte dabei den Fliegenfänger an der Decke.

»Nein, natürlich nicht. Cecilia war etwas Besonderes, genau wie Judith. Warum hätte ich mit dir darüber reden sollen? Es gibt Dinge, die teilt ein Mann nicht gerne, weißt du?«

Der Fliegenfänger dreht sich langsam mal in die eine, dann in die andere Richtung. Ich sehe Lou erneut an und zucke mit den Schultern. »Obwohl du wahrscheinlich der Einzige bist, dem ich es erzählen könnte, und der mich vielleicht sogar verstehen würde.«

Lou furzt im Schlaf, was den Gestank in seiner Hütte nicht nachhaltig verändert.

»Manchmal denke ich, du bist so einer wie ich. So wie mein Vater. Bist du deshalb hier in dieser Bruchbude gelandet?«

Ich sehe mich um und beobachte eine Weile die Plane vor dem Fenster, die mich an ein gefangenes Insekt erinnert. Der Tag sickert in kleinen Wellen durch das Loch in der Ecke und rinnt wie Honig an den Holzlatten der Wand hinab. Dann wandert mein Blick zu den Fotos, die eine lange vergessene Zeit zeigen und Lous gesamte Schätze darstellen.

»Du hast mir nie viel von dir erzählt, alter Freund.«

Meine Augen mustern das, was von einem Menschen im Anzug oder einem Lehrer oder was immer Lou in seinem früheren Leben auch gewesen sein mag, übrig geblieben ist. Wo sind seine Frau und Tochter heute?

»Wie viele hast du getötet, Lou? Wie bist du hierhergekommen?« Ein breites Grinsen zieht sich über mein Gesicht. »Na komm schon, Lou, erzähl es mir. Ihr hier im Dump Quarter habt doch so einiges auf dem Kerbholz, hab ich recht?«

Eine Weile kichere ich vor mich hin und reibe meine Handflächen aneinander. »Ich verwette meinen Arsch, dass dir einige Mietwohnungen im Viertel gehören, ist es nicht so?«

Wie ein kleiner Junge wippe ich auf dem Korbgeflecht vor und zurück.

»Ich mache dir einen Vorschlag, Lou, alter Freund. Weißt du eigentlich, dass du wahrscheinlich der einzige Freund bist, den ich habe?«

Schlagartig verschwindet mein debiles Grinsen.

»Ich mache dir einen Vorschlag. Ich erzähle dir von Cecilia, und du mir dafür von all deinen Mädchen, die irgendwo da draußen liegen, einverstanden? Quid pro quo, mein Alter.«

Mein Blick fällt auf den Korb neben der Tür, und diesmal werfe ich alle moralischen Bedenken über Bord und nehme mir eine der Flaschen heraus. Ein Billigbier, wie ich angewidert feststellen muss. Trotzdem nehme ich einen langen Schluck, lecke meine Lippen und halte mich an der Flasche wie an einer Rettungsboje fest. Irgendwie ist sie das auch für mich, auch wenn mich der Geschmack in meinem Mund an eine nasse Ratte erinnert.

»Cecilia ...«

Ich flüstere ihren Namen, als würde ich eine Gottheit ansprechen, oder einen Filmstar, den man nur aus der Ferne verehrt. Ich habe lange nicht mehr an sie gedacht, obwohl das im Grunde eine Lüge ist. Mein Unterbewusstsein denkt ständig an sie, auch wenn ich die Erinnerung zu ignorieren versuche.

»Cecilia. Die war etwas Besonderes, Mann.«

Und dann erzähle ich Lou von Cecilia Pferdezahn, die zu der Zeit, als sie im Keller lag, ihr Zaumzeug schon lange verloren und durch funkelnde Diamanten auf den Zähnen ersetzt hatte.

Ich erzähle ihm, wie schön sie vor dem Fenster meines Zimmers ausgesehen hatte, als die Sonne sich wie eine Krone um ihre Haare legte, und wie warm sich ihr Körper anfühlte, als sie in meinen Armen zusammenbrach und ich sie auffing. Es war das erste Mal gewesen, dass ich Cecilia berührte. Was für andere Jungen der erste Kuss bedeutete, war für mich diese erste Berührung, ihr Gewicht in meinen Händen und der Duft ihres Haares.

Während meiner Erzählung schließe ich die Augen und blende Lous armselige Behausung einfach aus. In Gedanken gehe ich zurück in den Raum unter dem Schuppen, in dem ich gestern die schlimmsten Stunden erlebt hatte. Es fällt mir schwer, in dem Verlies jenen Ort zu erkennen, an dem ich mich all die Jahre so wohl gefühlt habe. Dort unter der Erde war ich ein Gott, so wie mein Vater ein Gott gewesen war. Ich versuche, nicht an Judith zu denken und die Schmach, die mir ihr hasserfüllter Blick und ihr Gebaren bereitet haben. In meinen Gedanken will ich wieder zum Gott aufsteigen.

Ich erzähle Lou von Cecilia, verdränge Judiths nackten Körper, den ich in meiner Vorstellung als Erstes auf dem kalten Metalltisch liegen sehe, und gehe in die Zeit zurück, als mein Vater gerade gestorben war und aufgehört hatte, ein Gott zu sein.

Cecilia war das erste Mädchen gewesen, mit dem ich Sex hatte, erzähle ich Lou und kichere erneut wie ein Schwachsinniger. Kalter Schweiß rinnt mir in die Augen, den ich mit dem Handrücken wegwische.

Ich hatte nie bemerkt, welch atemberaubenden Körper Cecilia hatte. Alles, worauf ich mich stets konzentrierte, wenn ich das Mädchen ansah, war ihr Zaumzeug gewesen. Alles andere an ihr hatte ich immer auszublenden versucht.

Cecilia hatte einen Körper, der sich hinter denen der Frauen in den Hochglanzmagazinen unter dem Sessel nicht verstecken musste. Ihre Brüste waren vielleicht etwas zu klein und ihre Beine wie ein schlankes X gebogen, doch sie war erst fünfzehn. Herrgott, fünf Jahre später hätte sie vielleicht wirklich wie eine fleischgewordene Göttin ausgesehen.

Doch so weit kam es natürlich nie.

Ich schlief jeden Tag mit ihr, stellte mich dabei so plump an, wie man es als Anfänger nun einmal ist, und genoss doch jede Sekunde. Cecilias Atem ging trotz des Klebebandes schneller und, wie ich mir damals einbildete, auf eine ganz spezielle Weise lüstern. Und ich bin mir sicher, dass sie zumindest einmal in diesen Tagen, in denen wir uns unzählige Male vereint hatten, gekommen war. Wie gerne hätte ich ihr das Klebeband weggerissen und sie geküsst.

Ich redete mit ihr so viel, wie in all den Jahren zuvor nicht. Sonst hatte *sie* immer nur erzählt, von ihrer Schwester und all den anderen unsinnigen und uninteressanten Dingen, und ich habe ihr nur selten zugehört. Wir unterhielten uns über meinen Vater, den Cecilia nur als den netten Nachbarn von nebenan kannte, und welch ein Mann er gewesen war. Ich sprach von dem Tag, an dem ich in den Schuppen ging, um nach dem Hellraiser zu suchen und auf die Falltür gestoßen war, und darüber, dass ich mir ziemlich sicher sei, dass mein Vater das Fahrrad mit Absicht gegen den Sessel vor der Luke gelehnt hatte. Er wollte, dass ich sein Geheimnis entdecke. Er war vielleicht der Ansicht, dass ich reif genug sei, um seine Leidenschaft zu teilen. Wir redeten über all die Geburtstage, ihre und meine, zu denen wir eingeladen und die so lahm wie eine Beerdigung gewesen waren. Dabei lachte ich und forderte sie auf, mit mir zu lachen, was sie aber nie tat. Und ich fragte Cecilia nach ihrer Schwester, die mich früher nie interessiert hatte. Doch Cecilia antwortete nicht. Sie sah mich immer nur an, mit Augen, die groß und dunkel vor Furcht waren und mir wie die aufgenähten Knöpfe eines Teddybären erschienen. Sie beobachtete mich stumm, wenn ich mich vor ihr auszog, was mir zu Beginn schwergefallen war. Es war, als würde man sich in der Schule zum Turnunterricht vor all den anderen Jungen umziehen.

Wenn ich dann auf den Tisch kletterte und mich auf sie legte, sah sie meistens an mir vorbei zur Decke, als versuchte sie auf diese Weise, ihrem Schicksal zu entkommen. Dann verwandelte sich ihr Atem in kurze, hektische Züge. Oft spannte sie ihren Körper an, sodass es mir fast unmöglich war, in sie einzudringen. Manchmal lag sie aber auch einfach nur da, während Tränen diese riesigen Augen wie dunkle Krater füllten, und ließ mich meinen Spaß haben. An diesen Tagen liebte ich Cecilia, erzähle ich Lou und leere die Flasche in einem Zug. Vielleicht hätte ich früher auf sie aufmerksam werden müssen. Wir hätten Freunde werden können, eventuell sogar ein Paar. Wer weiß, wie alles gelaufen wäre. Wir hätten Kinder haben können, Kinder mit Pferdegeschirr oder Diamanten im Mund. Dürre, ungelenke und unbeliebte Kinder, die langweilige Geburtstage feiern würden. Aber dafür war es längst zu spät.

Gewissermaßen waren wir in den Tagen im Keller auch ein Paar, nur dass ich mir eine richtige Liebesbeziehung damals schon anders vorgestellt hatte.

Ich ging mehrmals am Tag zu ihr, immer nach der Schule und vor dem Abendessen. Und jedes Mal taten wir genau das, was wohl jedes Liebespaar tat, wenn sie sich sahen. Manchmal trafen sich unsere Blicke während des Aktes, nur ganz kurz. Ich las eine grenzenlose Furcht, Abscheu und manchmal sogar glühenden Hass in Cecilias Blick. Doch ich war mir damals sicher, dass da auch noch etwas anderes in den dunklen Seen versteckt lag. Leidenschaft, Gier. Sie wollte es damals ebenso wie ich.

Ich erzählte Cecilia auch von den Polizisten, die in unser Haus gekommen waren und meine Mutter und mich nach ihr befragten, wobei sie sich unauffällig im Haus umgesehen hatten. Sie waren nur ein einziges Mal bei uns gewesen, doch die wenigen Minuten waren mir wie eine Ewigkeit vorgekommen. Als sie unser Haus wieder verlassen hatten, war ich ins Badezimmer gelaufen und hatte mich in die Toilette übergeben. Noch nie zuvor hatte ich eine solche Angst verspürt. Ich hatte das Gefühl gehabt, dass mir jemand einen glühenden Dolch in den Magen gestoßen und die Klinge lächelnd in der Wunde gedreht hatte. Danach war ich zu Cecilia gegangen und hatte mit ihr geschlafen. Hart und brutal, denn ich steckte voller Frust und Zorn und musste es jemanden spüren lassen.

Während ich Lou all das erzähle, schaukele ich in dem Korbsessel vor und zurück und blicke durch die kleine Lücke in der Plane vor dem Fenster. Der Tag vor der Hütte ist so grell, dass meine Augen zu schmerzen beginnen. Ab und zu wirbeln einige Schneeflocken in den Raum.

Es tut gut, über Cecilia zu reden. Seit unzähligen Jahren trage ich die Bilder und Erinnerungen an sie wie einen wertvollen Schatz in mir. Manchmal wünsche ich mir, dass damals alles anders gekommen und wir beide tatsächlich ein Paar geworden wären. Dann würde es einen Menschen wie Megan in meinem Leben nicht geben. Vielleicht gäbe es heute nicht einmal mehr den Kellerraum. Doch solche Gedanken kommen mir nur selten. Im Grunde waren die wenigen Tage mit Cecilia genau das, was wir beide uns erhofft hatten. Ich denke, mehr war für uns beide nicht vorherbestimmt. Cecilia hatte mich immer gemocht, vielleicht sogar geliebt, und ich war leider viel zu spät auf ihren fast perfekten Körper aufmerksam geworden. Die Tage waren also etwas ganz Besonderes zwischen uns, eine Beziehung, wie sie inniger nicht sein konnte und sie andere Menschen nie erleben würden. Die Zeit mit Cecilia war perfekt, ein ganz besonderes Kunstwerk, und wir holten in der kurzen Zeit all das nach, was wir in den Jahren zuvor verpasst hatten, und was wir später nicht haben würden.

Als sie starb, weinte ich.

Ich erzähle Lou das alles ohne eine Spur von Scham. Er liegt in der Ecke, hat seinen Fuß mittlerweile unter der Decke verschwinden lassen und schnarcht und furzt abwechselnd.

Als ich eines Abends auf Cecilia lag und »mein Geschäft verrichtete«, wie ich es am Abend zuvor jemanden in einem Film sagen gehört hatte, und sie die Augen so fest zusammenkniff, dass sie wie dunkle Striche in ihrem Gesicht wirkten, hörte sie plötzlich auf zu atmen. Von einer Sekunde auf die andere. Ihre Augen öffneten sich. Eine letzte Träne rollte über ihre schmutzige Wange und hinterließ ein letztes Glitzern. Ein leises Lebewohl. Dann lag sie still, die Augen zwei wässrige Seen, in denen sich für einige Sekunden noch das Licht der Glühbirne spiegelte und dann erlosch.

Ich starrte sie eine volle Minute lang an, machte meine Arbeit auf ihr noch fertig, füllte Cecilia ein letztes Mal aus, und stand dann wie betäubt neben dem Tisch.

Ich weinte tagelang, immer wenn ich alleine war, nie vor meiner Mutter. Die ersten beiden Tage ging ich nicht zur Schule, simulierte Magenkrämpfe und verschwand immer wieder auf der Toilette, wo ich mich im Spiegel betrachtete, Tränen und Rotz mit einem Handtuch abwischte und Cecilia vermisste. Manchmal übergab ich mich auch.

Plötzlich kam mir mein Leben leer und sinnlos vor. Wenn mir das jemand mit zwölf gesagt hätte, wäre er von mir ausgelacht worden, doch mit fünfzehn war das anders. Der Gedanke an ein Leben ohne Cecilia war zu viel für mich und verwandelte meine Wirklichkeit in einen gefühllosen, kalten Albtraum. Wenn ich mich durch das Haus bewegte, kam es mir vor, als würde ich durch Watte gehen. Die Stimmen meiner Mutter oder die der Leute im Fernsehen klangen hohl und leise, als befänden sie sich auf der anderen Seite einer gigantischen Schlucht. Ich war mit einem Schlag alleine auf der Welt. Damals hatte ich, nach dem Verlust meines Vaters, zum zweiten Mal erfahren müssen, was es bedeutete, jemanden zu verlieren, den man liebte.

Ich entsorgte Cecilia hinter dem Schuppen in der hohen Dornenhecke, die sich bis zur Grenze des Grundstücks erstreckte und schon solange ich denken konnte dort wucherte. Ich besuchte sie jeden Tag. Ich stand dann zwischen der Rückwand des Schuppens und der Hecke auf einem schmalen, von Wurzeln aufgerissenen Pfad und starrte in das Gewirr von Ranken und Blättern zu der Stelle, zu der ich mich mit meiner Last durchgekämpft hatte, und an der Cecilia in der Erde lag.

Ich dachte an die Zeit, in der ich mit dem Hellraiser über die Straße fuhr, Mario Andretti war und Cecilia mich von der Bank aus beobachtete. Ich dachte an die Geburtstage, in denen sie mit dem Pferdegeschirr gestraft war und ich ihren wahren Wert nicht erkannte, geschweige denn Notiz von ihren weiblichen Formen nahm. Und ich erinnerte mich daran, wie sie im Gegenlicht am Fenster ausgesehen hatte, ihr Haar wie ein feines Gespinst um ihren Kopf, und wie sie in meine Arme sank, als ich sie betäubte.

All das ging mir damals durch den Kopf, während ich stundenlang vor der Hecke stand und darüber nachdachte, den Raum unter dem Schuppen zu verschließen und nie wieder zu betreten. Ich weinte und flüsterte Cecilias Namen und warf voller Zorn mit kleinen Steinen nach ihrem Grab.

Tatsächlich hatte ich die Kammer danach mehrere Monate nicht mehr betreten, und als ich im darauffolgenden Frühjahr ein neues Mädchen fand, musste ich erst einmal ordentlich sauber machen dort unten. Am schwersten fiel es mir, Cecilias alte Kleider zu entsorgen, wobei ich ihren Slip noch mehrere Monate unter meiner Matratze aufbewahrte.

Das alles erzähle ich Lou, den die Geschichte nicht interessiert. Einmal war er kurz aufgewacht, hatte sich zu mir gedreht und mich eine Sekunde lang aus geröteten, kleinen Augen verständnislos angestarrt, ohne mich überhaupt wahrzunehmen. Dann hatte er sich wieder zur Wand gedreht, die Decke über den Kopf gezogen, sodass jetzt beide Füße unten herausragten, und nur eine Minute später wieder zu schnarchen begonnen.

Irgendwann gibt es nichts mehr über Cecilia zu erzählen. Ich hatte ihre Geschichte mein Leben lang mit mir herumgetragen. Jetzt über sie zu reden, hat gut getan, als würde man nach vielen Jahren von einem schweren Leiden kuriert und spürt, wie die Last von der Seele genommen wird. Doch schließlich ist Cecilias Geschichte erzählt, und ich schweige. In meinen Gedanken sehe ich sie immer noch, so wie sie damals war, mit fünfzehn, in den letzten Tagen ihres Lebens. Für kurze Zeit waren wir ein Paar gewesen, eines von der ganz besonderen Sorte. Doch leider war diese Zeit zu schnell vorbeigegangen und hatte ein gebrochenes Herz zurückgelassen. So wie immer im Leben.

Liebe ist Scheiße, denke ich und wische mir, trotz der vielen Jahre, die seither vergangen sind, eine einzelne Träne aus dem rechten Auge.

Die Zeit, um Cecilia zu weinen, ist vorbei. Ich will jetzt nicht damit anfangen.

Ich starre durch das Loch in der Ecke des Fensters in die brennende Welt hinaus und spüre, wie die Bilder von damals langsam verblassen und sich in die dunkle Kammer meiner Schätze zurückziehen. Irgendwann würden sie mich wieder heimsuchen, das weiß ich. Zurück bleibt die dreckige, nach Tieren stinkende Wellblechhütte am Stadtrand von Baton Rouge, der Fliegenfänger an der Decke und das Kratzen in der Ecke der Baracke. Und natürlich Lou, der dem Leben den Rücken zuwendet und den Tag wie eine giftige Wolke an sich vorüberziehen lässt.

Als es auf die Mittagszeit zugeht, stehe ich auf, strecke meine Beine aus und krame in der Hosentasche nach ein paar Dollar, die ich auf dem Sitz des Korbgeflechts liegen lasse.

Ohne mich von Lou zu verabschieden, trete ich in einen viel zu hellen Tag hinaus und sehe mich um. Mit einem Schlag hat die Welt mich wieder, ohne dass sie sich verändert hat. Sie präsentiert sich mir in all ihrer Hässlichkeit und all den Schrecken, die mir in letzter Zeit widerfahren sind, und die an der nächsten Ecke noch auf mich warten.

Am Wagen angekommen, zünde ich mir eine weitere Zigarette an, lehne in einer lässigen Pose gegen die Tür und lasse meinen Blick über das weite Meer schweifen. Der Wind streicht mir wie eine vergessene Liebe durchs Haar. Nirgends ist eine Bewegung zu erkennen. Auch Karen ist verschwunden. Das Viertel ist wie ausgestorben. Der Ozean liegt still und endlos vor mir.

***

In den nächsten Tagen besuche ich Lou jeden Morgen.

Ich erzähle ihm von meinem Vater und von dem Augenblick, als er an jenem ersten Tag im Kellerraum auf der obersten Stufe saß und mich anlächelte, während sich mein Leben auf dramatische Weise veränderte. Damals war es mir nicht aufgefallen, aber als ich später darüber nachdachte, wurde mir bewusst, dass mein Vater nie glücklicher gewirkt hatte, als in diesem Augenblick. Er war nie stolzer auf seinen Sohn gewesen. Vielleicht hatte das Geheimnis, das sich die Männer meiner Familie teilten, doch etwas Magisches an sich. Eine Verbundenheit über Generationen hinweg, die einen Weg hinaus aus den Schrecken der realen Welt bedeutet und uns unsere eigenen Visionen kreieren lässt.

Während ich Lou von all dem erzähle und sein Bier trinke, denke ich zum ersten Mal an David. Das Bild meines Jungen taucht nur kurz am Rande meines Bewusstseins auf und verschwindet dann wieder. Doch es war da, so zweifelsfrei wie der unmenschliche Gestank in Lous Hütte.

Ich beschreibe Lou meinen Jungen. Ein Foto in meinen Gedanken, das beginnt, seine Farben zu verlieren. Doch ich komme schnell wieder auf meinen Vater zu sprechen, und über ihn auf Cecilia. Ich arbeite jeden Tag der vergangenen Jahre auf, während ich trinke und mich am Hintern kratze. Oft betrachte ich dabei die drei Fotos an der Wand. Ich erzähle von Mädchen, die ich zusammen mit meinem Vater gefunden hatte, und von denen, um die ich mich nach seinem Tod selbst kümmerte. Ich genieße die Farben, mit denen die Jahre auf mich einstürmen, und glaube sogar, die Gerüche von damals wahrzunehmen. Den dreckigen Schweiß, die Angst und das Blut; alles vermischt sich zu einem sinnlichen Cocktail in meinen Gedanken und lässt mich immer weitererzählen.

Lou liegt meistens in der Ecke auf der Matratze und schläft. Bereits am zweiten Tag ist der Korb mit den Bierflaschen neben der Tür verschwunden. Ich finde das leere Geflecht auf der Seite liegend unter einem wurmzerfressenen Holztisch in der Ecke der Baracke. Zwei Tage später steht er wieder gefüllt neben der Tür. Diesmal ragen Scotch und Wein zwischen den Hälsen der Bierflaschen auf. Neben dem Korb stehen drei Flaschen ohne Etikett mit klarer Flüssigkeit. Ich bin mir sicher, dass sich kein Wasser darin befindet, und frage mich, welche geschäftlichen Kontakte ein Mann wie Lou außer den meinen noch pflegt.

Einmal war Lou nicht da. Ich setzte mich trotzdem in den Korbsessel und wartete, bis mein Freund kurze Zeit später schwankend die Tür hereinkam, mich einen Moment lang verdutzt ansah und etwas Unverständliches murmelte. Vielleicht war es eine Begrüßung, oder aber ein Fluch, wer weiß das bei Lou schon. Als er sich auf die Matratze setzte und nach einer der etikettenlosen Flaschen griff, die mittlerweile alle am Kopfende seiner Schlafstätte standen, begann ich unaufgefordert zu erzählen. Irgendwann schlief Lou ein, und ich erzählte, während ein weiterer brennender Morgen sich durch die Plane am Fenster in die Hütte zu drängen versuchte.

Während all der Zeit denke ich kein einziges Mal an Judith. Und doch ist sie immer irgendwie da, so wie sie die letzten zwei Jahre da gewesen war. Sie schwebt am Rande meines Bewusstseins, als kaum wahrzunehmende Bewegung, die man nur erahnen kann. Ich versuche nicht, nach ihr zu greifen oder in ihre Richtung zu blicken. Ich konzentriere mich auf Lou, den Gestank nach nasser Erde, Moder und verschüttetem Bier und dem, was ich dem Alten erzähle. Judith gehört nicht dazu.

Am vierten Tag versucht sie sich dann aber doch mit der ihr üblichen Hartnäckigkeit in mein Bewusstsein zu drängen. Meine Gedanken kleben an ihr wie Fliegen auf Sirup, was ich mit Sicherheit auch einem Traum zu verdanken habe, der mich in der Nacht quälte und mir die schönen und leidenschaftlichen Stunden mit Judith schonungslos vor Augen geführt hatte.

Um nicht an Judith und den Traum denken zu müssen, fahre ich über die Route 49 nach Oakdale, entgegengesetzt vom Dump Quarter, und suche mir in einer heruntergekommenen Gasse, die gerade breit genug war, um mit dem Wagen hindurchzufahren, ein Mädchen aus einer Schar leichtbekleideter Huren aus. Hier kümmert sich keiner um den anderen, die Mädchen würden mein Gesicht und das Auto schon vergessen haben, sobald meine Rücklichter verschwunden sind. Sie stehen in ständigem Konkurrenzkampf zueinander und drehen sich demonstrativ in die andere Richtung, wenn eine von ihnen das Glück hat, einen Freier abzubekommen. Keine gönnt der anderen ihren Erfolg, jede kämpft für sich alleine. Das Leben auf der Straße, und insbesondere in dieser nach Müll stinkenden, dunklen Gasse in Oakdale, ist noch beschwerlicher als das von Lou in seiner Wellblechhütte.

Das Mädchen, das ich mir ausgesucht habe, beugt sich zu mir in den Wagen und mustert mich ungeniert. Ihre Augen sind erloschene Krater in einem blassen Gesicht mit unreiner Haut. Sie hat sich nicht die Mühe gemacht, ihre Makel mit Farbe zu kaschieren. Ihr Haar ist entweder toupiert, oder eine Perücke.

»Hast du Geld?«, ist das Erste, was sie fragt, immer noch mit diesem skeptischen Ausdruck in den Augen.

Keine Begrüßung, kein freundliches Wort.

Mit Small Talk hält man sich in ihren Kreisen nicht auf. Ich halte ihr ein Bündel Scheine unter die Nase, von dem Megan nichts wissen darf, und frage sie, was ich dafür zu erwarten habe.

Zum ersten Mal lächelt sie. Ein Anblick, der mir all die Traurigkeit offenbart, die hinter der Maske des jungen Mädchens wuchert. Wie alt mag sie wohl sein? Sie sieht aus, als wäre sie bereits jenseits der dreißig, aber ich schätze sie auf Anfang zwanzig. Für sie bin ich ein Kerl wie jeder andere auch. Ein weiteres Puzzleteil in einem Leben, das nie ein perfektes Bild abgeben und irgendwann im Müll landen würde.

Ich brauche mir keine Gedanken darüber zu machen, dass sich das Mädchen am nächsten Tag an mich erinnern würde. Trotzdem verfluche ich meinen Leichtsinn, als ich die Gasse wieder mit der kleinen Nutte auf dem Beifahrersitz hinter mir zurücklasse. Mein Vater erinnert mich in Gedanken daran, dass Vorsicht der Schlüssel zum Erfolg ist.

Sie heißt Melody und kaut Kaugummi, der das Wageninnere nach Erdbeere riechen lässt. Melody ist keine Schönheit, ihre Nase zu groß und das Haar strähnig und verschnitten und dazu noch schlecht gefärbt. Wieder denke ich darüber nach, ob sie eine Perücke trägt. Doch das Mädchen ist billig, und die Billigen sind nach meinen Erfahrungswerten am ehesten dazu bereit, ohne über den Preis zu diskutieren in einen Wagen zu steigen. Das ist besonders dann von Vorteil, wenn es schnell gehen muss.

Ich fahre mit ihr zu einem kleinen Birkenhain am Ende eines steinigen Ackers, wo sie ein altersschwaches Wohnmobil in den Schatten einer Eiche geparkt hat. Rost und Schimmel kriechen an den Türen und Seitenwänden hinauf, und an einem der Scheinwerfer fehlt das Glas. Doch im Innern ist alles mit rotem Samt und schwarzen Vorhängen verkleidet und duftet nach Rosen und Tannennadeln, ein klein wenig auch nach Opium. Aber auch nach der verbrauchten Luft und den Ausdünstungen anderer Männer, die vor mir das Vergnügen hatten. Auf einem eckigen Klapptisch steht ein überquellender Aschenbecher, daneben das gerahmte Foto eines kleinen Jungen, vielleicht vier Jahre alt. Als ich es interessiert betrachte und Melody danach frage, sagt sie mir, dass der Junge Ben heißt und von seinen Großeltern betreut wird, solange sie das Geld für sich und den Kleinen verdient. Mehr erzählt sie mir nicht. Ben ist für Fremde tabu.

Unter dem Tisch entdecke ich eine schmale Plastikkiste mit verschiedenen Energydrinks und Einmachgläsern mit Früchten. Eine merkwürdige Mischung. In den Schatten daneben liegt dreckige Kleidung.

Melody setzt sich auf ein breites Bett, das den gesamten hinteren Teil des Fahrzeugs einnimmt, zündet sich eine Zigarette an und schlägt ihre dürren, blassen Beine übereinander, während sie mich mit der Kippe im Mundwinkel nach meinen Wünschen fragt. Ihr Blick geht dabei durch mich hindurch, vielleicht in eine Zukunft, die sie sich früher einmal erträumt, jedoch nie erreicht hat. Ich bin für sie lediglich ein weiterer Meilenstein auf ihrem steinigen, unendlichen Weg in ein anderes Leben, weg, nur weg von diesem hier. Ich sehe sie lange an, mustere sie und antworte ihr nicht.

Wenn ich mir die Mädchen unter dem Schuppen anschaue, frage ich mich oft, wohin sie ihr Leben bisher geführt hatte, wo sie gewesen waren und welche Erniedrigungen sie erleiden mussten.

Bei Melody fällt es mir leicht, mir ihr Leben vorzustellen. Ein Vater, der entweder gesoffen oder sie geschlagen hat. Wahrscheinlich beides. Der erste Freund, ein Junkie und Autoknacker. Der nächste Junge, ein Loser, der sie in die Szene einführte, sie ein paar Monate ausnutzte und dann abschoss, weil sie nicht genug beischaffen konnte. Sie begann Gefallen daran zu finden, leichtes und schnelles Geld zu verdienen, für sich und Ben, von dem sie mir nichts erzählen will. Sie glaubte daran, die Szene jederzeit wieder verlassen zu können, und redet es sich selbst jetzt noch ein, wo ich ihr gegenübersitze und nur ein weiterer Kerl mit einem Ständer für sie bin.

Noch in derselben Nacht bringe ich Melody und ihre Zukunftsträume ins Dump Quarter. Diesmal muss ich Lou nicht bestechen, denn die Nacht ist bewölkt und so schwarz wie in einer Gruft. *So schwarz, wie zwischen Melodys Beinen,* hätte mein Vater vielleicht gesagt.

Das Mädchen tut mir leid, doch alles ist besser, als an Judith zu denken.

Als ich nach Hause fahre, drehe ich das Radio laut und singe zum ersten Mal seit Tagen lauthals mit. Ich kenne nur den Refrain des Songs, den Rest trommele ich wie ein zugedröhnter Teenager auf dem Lenkrad mit.

***

Mein Familienleben läuft wie ein schlecht inszenierter Film vor meinen Augen ab. Ich stehe oder sitze daneben, als hätte ich eine besonders schlechte Kinovorstellung besucht, und sehe dabei zu, wie Megan den letzten Rest von Würde aus meinem Jungen schält. Egal, ob bei unserem einzigen gemeinsamen Frühstück am Sonntag oder abends im Wohnzimmer, Megan tut stets so, als sei ich gar nicht vorhanden und macht David für alles Mögliche Vorwürfe. Mal ist es eine schlechte Note in einer Geschichtsarbeit, dann eine in Biologie. Die guten Noten, die David uns beiden mit einem leichten, jedoch verunsicherten Lächeln präsentiert, werden von ihr nur mit einem stummen Nicken kommentiert. Ich gebe ihm jedes Mal, wenn wir alleine sind, einen Dollar für die guten Noten.

Auch wenn Megan mit mir redet, was selten genug vorkommt, bleibt das Gefühl, ein unbeteiligter Zuschauer in einem schäbigen Kino zu sein.

Mein ganzes Leben scheint sich auf einen beschissenen Film reduziert zu haben, und ich habe keine Möglichkeit, einfach aufzustehen und die miserable Vorstellung vorzeitig zu verlassen.

Megan sieht mich oft herausfordernd an, als warte sie nur darauf, dass ich irgendetwas erzähle, das sie auf die Palme bringt. Ich weiß genau, auf was sie wartet, und als ich ihr den Gefallen nicht tue, kommt sie von sich aus auf das Thema zu sprechen.

»Hast du deine Schlampe schon mal gesehen, seit sie wieder in der Stadt ist?«

Noch nie zuvor klang ihre Stimme so kalt. David sitzt in einem Sessel zwischen uns und blickt erschrocken von einem zum anderen. Im Fernsehen läuft eine Sitcom mit Charly Sheen. Alles, was ich tue oder sage, kommt mir in den letzten Tagen fremd und inszeniert vor. Ich bin der Zuschauer meines eigenen Niedergangs und kann nicht einmal sagen, ob ich Gefallen daran finde oder abgestoßen bin. Jetzt, in Gegenwart der schneidenden Kälte in Megans Stimme, komme ich mir hingegen wie ein Gefangener im Verhörzimmer der Polizei vor.

»Nein, habe ich nicht«, sage ich nur und schaue mir die Serie an, nippe an einem Glas Wein und gebe mich gelangweilt.

»Ich dachte nur, weil du in letzter Zeit kaum zu Hause bist.« Megans Stimme gefriert und hinterlässt Eiszapfen an ihren Lippen.

»Ich habe sie nicht gesehen.«

Charly Sheen führt eine atemberaubende Blondine in kurzem Rock durch sein Haus.

»Baton Rouge ist nicht sonderlich groß«, erwidert sie und lässt mich nicht aus den Augen. Ich weiß, dass sie auf ein verräterisches Zucken meiner Mundwinkel lauert.

»Größer, als du denkst.«

Mein eigener Film beginnt, mich zu langweilen.

»Was tust du denn sonst, wenn du unterwegs bist?«

Sie trinkt aus ihrem Glas und fixiert mich über den Rand hinweg wie eine Schlange.

»Nichts Besonderes. Ich bin bei Lou oder suche mir einen Job.«

»Einen Job?« Sie hebt die Augenbrauen.

Ich sage nichts.

»Und wer ist Lou?«

»Lou wohnt … im Viertel.«

Ich kann ein Grinsen nicht unterdrücken und nippe am Wein. Aus den Augenwinkeln sehe ich, wie Davids Blick immer noch zwischen seiner Mutter und mir wechselt. Charly ist vergessen.

»Lou …«

Megan scheint zu überlegen.

»Und du hast kein einziges Mal deine Schlampe gesehen? Auf der Straße, in diesem Viertel? Oder vielleicht in unserem Bett?«

»Nein. Hätte sie auf mir gelegen, hätte ich es bemerkt.«

Ich stehe auf, gehe nach oben, wobei ich mich beherrschen muss, nicht auf allen Vieren die Stufen hinaufzusteigen, und prügele auf Megans Kissen ein. Nur mit größter Mühe gelingt es mir, Schreie und Flüche zu unterdrücken. Die Welt kippt noch ein klein wenig mehr zur Seite, der Film wird immer schlechter. Am Fenster haben sich Eisblumen gebildet, wie an den Weihnachtsabenden meiner Kindheit, und wie an Megans Lippen.

Als ich außer Atem bin und der gröbste Zorn verraucht ist, lasse ich mich aufs Bett fallen, verschränke die Arme über meinen Augen und bin glücklich darüber, dass die groteske Filmvorführung für heute beendet ist.

Von unten kann ich Megans Stimme hören. Erst leise, dann immer lauter. Charly ist nur ein stummes Rauschen im Hintergrund. Nach einer Weile höre ich Davids Schritte auf der Treppe, schwer, voller Zorn, dann das Schlagen der Tür zu seinem Zimmer. Nur Sekunden später brüllt irgendein Rocker die Wut meines Sohnes durch die Wand, begleitet von schreienden Gitarrenriffs.

Ich lächele und stelle mir vor, wie Megan jetzt alleine dort unten sitzt und mit Sicherheit nach dem Telefon greift, um ihren Kummer an ihre Freundin Clara weiterzugeben. Was bei anderen Familien ein gemütlicher Fernsehabend geworden wäre, endete bei uns in einem Eklat. Im Grunde nichts Neues, hätte Megan es nicht geschafft, mit ihren Worten die Bilder von Judith nicht nur aus dem Morast meines Unterbewusstseins zu ziehen, sondern sie auch an eine Wäscheleine zum Trocknen zu hängen.

Mit einem fürchterlichen Schlag in die Magengrube ist Judith wieder da, trotz aller Bemühungen, jeden Gedanken an die Frau zu verdrängen.

Und das, was ich auf den Bildern sehe, gefällt mir überhaupt nicht.

***

Fast eine Woche, nachdem ich das letzte Mal bei Judith war und ihr etwas zu Trinken gegeben habe, gehe ich hinunter in den Garten, Big Joe G.I. in meiner Hand. Die Bilder, die Megans Worte in mir heraufbeschworen haben, begleiten mich wie ein Schatten bei Vollmond.

Kurz bevor ich den Schuppen und die Hecke mit dem darin verborgenen Schlüssel erreiche, mache ich, ohne darüber nachzudenken, einen Schlenker und gehe hinter die Baracke, stelle mich auf den schmalen Fußweg und lehne mich gegen den kalten Stein des Schuppens. Mein Kopf ist vollkommen leer. Lediglich einige flüchtige Bilder treiben im Strom meines Unterbewusstseins und erlöschen eins nach dem anderen, während ich in die verwilderte Dornenhecke starre.

Irgendwann einmal vor Jahren hatte ich mir die Mühe gemacht, sie etwas zu stutzen, unbändige Ranken abzuschneiden und zerdrückte Bierdosen, die ich im Laufe der Zeit dort entsorgt hatte, aus den Dornen zu fischen.

Eigentlich hatte ich das damals nur getan, um Cecilia nahe zu sein, zu einer Zeit, in der ich wieder einmal am Sinn meines Schaffens zweifelte. Damals war ein Mädchen auf dem Tisch gestorben, das ich sehr mochte und dessen Daten ich in die Wand direkt neben der Tür geritzt hatte. Vanessa war bis zu jenem Tag mein liebstes Kunstwerk gewesen, und mit jedem Tag, den ich mit ihr zusammen in dem kleinen Raum verbrachte, mochte ich sie ein klein wenig mehr. Sie war das erste Mädchen gewesen, das ich selbst tötete, und damit meine ich, durch meine eigene Hand und sie nicht einfach verdursten oder verhungern ließ. Mein Vater hatte mir einmal gesagt, man darf sich nie emotional zu seinen Werken hingezogen fühlen oder sich gar mit ihnen identifizieren oder sich mit ihnen auf eine Stufe stellen, und deshalb musste ich Vanessa zerstören.

Und genau aus diesem Grund, weil ich wieder einmal Zweifel an mir und meiner Kunst habe, stehe ich auch jetzt da, Big Joe G.I. in der Hand, lehne gegen die Rückwand des Schuppens und zünde mir eine Zigarette an. Die vertrocknete Farbe der Hütte knistert unter meiner Jacke und rieselt in kleinen Fetzen zu Boden.

Hätte ich Judith auch genommen, wenn die Sache mit Cecilia nie passiert wäre? Vielleicht habe ich bei meiner Jugendfreundin jegliche Hemmungen verloren, was die Regeln meines Vaters betraf. Man sagt ja, wenn man einmal die

Grenze überschritten hat, ist es beim zweiten Mal viel einfacher. Und beim dritten Mal denkt man schon nicht mehr darüber nach. Bin ich wirklich dabei, den mir auferlegten Weg meines Vaters zu verlassen?

Mit Sicherheit wäre es mir vor einer Woche im Hotelzimmer schwerergefallen, Judith zu überwältigen, wenn Cecilia nie in meinem Keller geendet wäre. Aber ich glaube, getan hätte ich es trotzdem. Das, was ich bei meinem letzten Besuch im Keller über Judith dachte, hat noch immer Gültigkeit. Mit dem Ticket, das sie in New Orleans für Baton Rouge gelöst hatte, war ihr auch eine Freifahrt unter den Schuppen versprochen worden. Ganz gleich, ob es Cecilia jemals in meinem Leben gegeben hätte, Judith wäre auf jeden Fall hier gelandet. Wenn nicht letzte Woche, dann vielleicht in einem Jahr, oder in zehn. Aber eines Tages hätte ich sie mir auf jeden Fall geholt, denn Menschen wie Judith enden immer in irgendwelchen Kellern, um ihrem Leben endlich einen Sinn zu geben.

Ich schaue zu der Stelle hinüber, an der Cecilia unter der Erde liegt. Mittlerweile dürfte nicht mehr viel von ihr übrig sein. Fünfundzwanzig Jahre sind eine lange Zeit. Ich träumte am Anfang manchmal davon, dass sie in der Nacht von Tieren ausgegraben und verschleppt worden war, konnte sogar das hungrige Knurren von Wölfen oder Hunden hören. Ich habe nie nachgeschaut, ob mein Traum eine Art Warnung war, aber irgendwann vor ungefähr zwanzig Jahren war ich durch die Dornen zu Cecilias Grab gegangen und hatte ein schlichtes, selbst gebasteltes Holzkreuz in die trockene Erde gerammt. Dabei hatte ich den Verdacht, dass ich den Stock zu tief ins Erdreich getrieben und dadurch Cecilias Überreste durchbohrt habe, aber auch danach habe ich nie geschaut.

Für einige wenige Augenblicke versuche ich mir die fünfzehnjährige Cecilia vorzustellen und fühle mich gut dabei. An meine Freundin von damals zu denken, hat mir schon oft geholfen. Obwohl sie es wahrscheinlich nie erfahren wird, hat sich ihr größter Wunsch doch noch erfüllt, und wir waren, wenn auch auf mentaler Ebene, ein Paar geworden. Sie ist für mich da, wann immer ich sie brauche, und ich statte ihr einen Besuch ab, wann immer ich an sie denke. So halten wir stets zueinander, wie es Liebende tun sollten. Und das seit einem Vierteljahrhundert. Ich starre auf das Kreuz, das zwischen den Ranken kaum noch zu erkennen ist. Ich versuche mir ihre Stimme vorzustellen, doch es gelingt mir nicht. Man kann nicht alles halten, was man einmal als wichtig erachtete.

Nach einer Weile tippe ich mir an die Stirn, wie ich es immer tue, wenn ich mich von Cecilia verabschiede, und gehe mit schweren Schritten um den Schuppen herum zur Hecke mit dem Schlüssel.

Die Hand, die nach dem verborgenen Ast greift, zittert. Ab jetzt gibt es kein Zurück mehr.

Im Schuppen herrscht trübes Zwielicht. Ich spiele mit dem Gedanken, mich in den Sessel fallen zu lassen und eine zu rauchen. Oder mir die Frauen im Schuhkarton anzuschauen. Vielleicht könnte ich auch ins Haus zurücklaufen und eine Flasche Wein besorgen. In dem kleinen Schränkchen unter dem Schreibtisch im Schlafzimmer müsste noch eine von Lous Flaschen sein.

Doch dann reiße ich mich zusammen, öffne die Luke und steige, wenn auch langsamer als sonst, die Treppe hinunter.

Das Licht hier unten kommt mir seltsam dunkel vor, als wolle es mich davor beschützen, das Unvermeidliche zu sehen. Überall kann ich Schatten umherhuschen sehen, kleine Dämonen, die ihre Arbeit getan haben und sich in die finsteren Nischen und Löcher ihrer Geburt zurückziehen.

Die Luft ist, trotz der Kälte, die im Garten herrscht, auf eine unheimliche Weise warm und stickig und legt sich wie Kleister auf meine Lunge.

Judith ist tot. Ihr Körper ist aufgebläht, an den Lederfesseln klebt getrocknetes Blut, das an den Gelenken entlang auf den Tisch gelaufen und dort zu schwarzen Lachen geronnen ist. Ein Netz aus geplatzten Äderchen bedeckt die jetzt graue Haut eines einstmals perfekten Körpers.

Ohne ihr einen weiteren Blick zu schenken, gehe ich zu der Couch, auf der mein Vater sitzt. Er sagt nichts, und als ich mich wie ein kleines Kind zusammenrolle und der Welt den Rücken zuwende, legt er auch nicht seine Hand auf meine Schulter, wie er es früher immer getan hat.

Ich weine so lange, bis ich eingeschlafen bin.

***

Tags darauf übergebe ich Judith dem ewigen, erstarrten Meer im Dump Quarter.

Lou sitzt auf dem Korbgeflecht, auf dem ich die letzten Tage verbracht habe. Ich drücke ihm zwei Flaschen Wein in die Hand – einen teuren, das ist mir Judith wert – und rutsche mit dem Rücken an der kalten Wellblechwand herunter, bis ich auf der Matratze sitze. In einer Ecke der Baracke kann ich die erschlagenen Überreste einer Maus erkennen, daneben einen löchrigen Stiefel mit Blutspritzern an der Sohle.

An diesem Morgen erzähle ich nichts. Es gibt nichts zu sagen. Wir sitzen wie zwei alte Kumpel in einer Bar zusammen, jeder mit seinen eigenen Gedanken beschäftigt. Nur, dass mein Kopf leer ist. Ich habe keine Gedanken mehr. Ich sitze einfach da, starre Lou an und denke darüber nach, wie gerne ich immer hier in dieser stinkenden Behausung gewesen und wie einfach das Leben da noch gewesen ist. Innerhalb weniger Tage hat sich alles verändert. Mein Leben ist nicht nur über den Abgrund gerutscht, jemand hat auch drauf geschissen und ist dann lachend weitergezogen.

An dem Morgen in Lous Hütte komme ich mir wie ein Fremder in dieser Welt vor, jemand, der verzweifelt versucht, seine Rolle in diesem Leben zu finden. Eine Zeit lang dachte ich, ich hätte die perfekte Rolle für mich entdeckt. Genauer gesagt, von jenem Tag an, als mich mein Vater auf der obersten Stufe sitzend im Kellerraum gefunden hatte.

Doch irgendwie ist mir in den letzten Tagen alles entglitten, als hätte ich versucht, einen Fisch mit bloßen Händen festzuhalten. Mein Leben hat angefangen zu zappeln, hat mit dem Schwanz um sich geschlagen und mir fast den K.O. verpasst. Und dann ist es mir einfach aus den Händen gerutscht und verschwunden.

Das Schweigen zwischen Lou und mir ist angenehm. Ich glaube, er weiß, dass ich nicht reden will und erwartet es auch nicht von mir.

Wir sind zwei Kerle, die sich ihr Leben lang alles gesagt haben und am Ende ihrer Erzählungen angelangt sind. Lou ist schon länger dort, ich bin erst heute angekommen. Von hier an geht es nur in eine Richtung weiter, bis man das Ende erreicht. Es gibt keinen Blick zurück und kein Zögern. Mir ist bewusst, wenn ich jetzt stehen bleibe, holt mich das ein, was hinter mir ist.

Für Lou bedeutet der Weg nach vorn den täglichen Kampf um Alkohol und etwas zu essen. Er läuft immer weiter und weiß, dass er das Ende seines Weges bereits sehen kann.

Was er für mich bedeutet, weiß ich noch nicht. Nicht hier und nicht jetzt. Ich weiß nicht einmal, in welche Richtung es weitergeht. Alles, was ich weiß ist, dass es keine Ausfahrt mehr geben wird. Die Straße führt immer weiter, hinein ins Dunkel und dem Ende entgegen. Bis vor wenigen Tagen hatte ich noch gedacht, dass das Ende meilenweit entfernt ist, irgendwo hinter zerklüfteten Bergen und heißem Wüstensand verborgen. Und jetzt halte ich unbeirrt darauf zu und bin nicht dazu in der Lage, den Wagen anzuhalten oder mich einfach aus der offenen Tür rollen zu lassen.

Zum ersten Mal in meinem Leben lasse ich mich einfach treiben und warte, bis ich irgendwo angeschwemmt werde. In einem Song heißt es: Der Fluss, in dem ich Tropfen bin.

Das ist es, was von mir übrig geblieben ist; ein kleiner, unscheinbarer und vergänglicher Tropfen. Cecilia und Judith haben mir zu guter Letzt alles genommen, und jetzt kann ich nur warten, wohin mich der Fluss namens Leben verschlägt. Und darauf hoffen, dass ich irgendwann einmal irgendwo angeschwemmt werde.

Ich stehe auf, lege Lou ein paar zerknüllte Dollar in die Hand und drücke seine ledrige Haut länger als sonst. Das Gefühl, Abschied von meinem alten Freund zu nehmen, gefällt mir nicht, aber es ist da.

Als ich nach Hause fahre, sucht sich der Fluss seinen Weg ans nächste Ufer.

Kapitel 8

Der Teufel auf der Straße

Ich bleibe zwei Tage im Bett. Was habe ich zu verlieren?

Megan überschüttet mich am ersten Tag mit teils lautstarken und unflätigen, aber auch leise vor sich hingemurmelten Kommentaren. Ich bin mir sicher, dass Clara bereits am Nachmittag des ersten Tages wusste, welcher leidvollen Prüfung ihre Freundin jetzt wieder durch einen Menschen wie Jackson unterzogen wird. Hätte ich noch vor wenigen Tagen ziemlich empfindlich auf Megans Beschimpfungen reagiert und mich in einen grinsenden Affen verwandelt, so prallt ihre Verbitterung jetzt wie Regen an einer Fensterscheibe an mir ab.

Ab dem zweiten Tag erspart Megan mir jedes weitere Wort. Als sie morgens aufsteht, scheine ich für sie nicht zu existieren. Scheinbar hat sie das Interesse daran verloren, mich weiterhin zu demütigen, ohne dass ich auf ihre Anfeindungen entsprechend reagiere. Sie zieht sich vor dem großen Schrank mit den Spiegeltüren an und wirft mir ab und zu kurze, gefühllose Blicke über das Glas zu. Ich drehe mich zur Seite und warte, bis sie die Schlafzimmertür hinter sich zuschlägt. Ich kann die alte Coladose auf dem Regal tanzen hören.

Dann liege ich einfach nur da und starre zur Decke.

Irgendwo im Haus höre ich Geschirr klappern, Schritte auf dem Korridor, zuschlagende Türen und leise Musik. Dasselbe wie immer, wie jeden Tag. Es existieren keine Unterschiede mehr. Einmal rauscht das Wasser der Dusche, als David aufsteht und sich für die Schule fertigmacht. Keiner spricht ein

Wort, alles verläuft in vollkommener Monotonie. Ein Blick zum Fenster verrät mir, dass es immer noch dunkel ist.

Ich denke an meinen Roman, den ich zu einer Zeit begonnen hatte, als das Leben noch einfacher war, und den ich wohl nie beenden würde. Vielleicht sollte ich mich den Tag über in das kleine Dorf in den Rocky Mountains flüchten und sehen, was mir die Leute dort zu erzählen haben, so krank und abgedreht sie auch sein mögen. Ich glaube, jedes Leben ist besser, als das hier. Ist mein Leben denn wirklich so viel anders als das meiner Protagonisten in den Bergen? In den Rockys herrscht der Irrsinn ebenso wie hier, nur dass er hier die Maske der sogenannten Zivilisation trägt.

Ich warte darauf, dass meine liebe Familie das Haus verlässt. Stattdessen wird um kurz nach sieben Uhr die Tür zum Schlafzimmer geöffnet, und David tritt zwei Schritte in den Raum, ehe er stehen bleibt.

Ich richte mich überrascht auf und stütze mich mit den Ellbogen ab. Für einen kurzen Moment sehen wir uns an, beide unfähig, mit der Situation umzugehen. Er trägt bereits die rote Jacke, die er eigentlich jeden Tag zur Schule anhat, und eine schwarze Wollmütze auf dem Kopf, unter deren Rand einige Haarsträhnen hervorblitzen. In Zeiten, in denen es besonders schlecht zwischen uns lief, hatte ich für mich gedacht, dass mein Sohn mit dieser Mütze aussieht, als wäre er in Woodstock vergessen worden.

Hinter ihm ist alles ruhig. Megan scheint das Haus bereits verlassen zu haben.

»Hey, Dad.«

Der Blick des Jungen wirkt verunsichert, wie der eines Fremden, der jemanden auf der Straße um Kleingeld bitten muss. Meine Kehle schnürt sich bei seinem Anblick zu, doch ich zwinge ein Lächeln auf mein Gesicht.

»Hey, Partner.«

Ich halte inne und bin entsetzt darüber, dass mir nichts einfällt, was ich meinem Sohn zu sagen habe.

»Mom sagt, dir geht es nicht gut.«

Mein Lächeln verwandelt sich in ein Grinsen. Ich kann mir nur zu gut vorstellen, wie Megan diese Aussage gemeint hat, und bin froh darüber, dass David die wahre Bedeutung der Worte nicht verstanden hat und auch den Tonfall seiner Mutter nicht zu deuten weiß. Obwohl ich mir im Grunde sicher bin, dass er sich ganz genau im Klaren darüber ist, was hier im Haus abläuft. Unterschätze nie deine eigenen Kinder.

»Mach dir keine Sorgen, Partner. Mein Magen macht mir nur einige Probleme.«

Zur Bestätigung reibe ich mit einer Hand über den Bauch und verziehe das Gesicht.

David nickt und sieht mich unverwandt an. Er ist zwölf, zweimal so kräftig gebaut wie ich in seinem Alter und in der Schule genauso unbeliebt. Wenn ich Davids traurige Augen sehe, habe ich stets das Gefühl, in einen Spiegel zu schauen, der einen geradewegs in die Vergangenheit zurückversetzt.

»Wenn du etwas brauchst, sag es. Ansonsten mache ich mich jetzt auf den Weg zur Schule.«

Unsere Blicke treffen sich erneut, und wie schon vor einigen Tagen, finde ich darin nicht die übliche Ablehnung. Da ist irgendetwas, das seinen Weg zu seinem Vater zu finden versucht. Das Mittagessen, das ich ihm bereitet hatte, hat ein neues Band zwischen uns geflochten. Ich schenke meinem Jungen ein Lächeln und zwinkere ihm zu. Ich fühle mich plötzlich wie in jener Nacht, als David geboren wurde. Dieses unbeschreibliche Gefühl, dass dein altes Leben endet und etwas Neues beginnt, das dir Angst machen sollte, dich jedoch daran hindert, mit dem Grinsen aufzuhören.

»Das ist lieb von dir, aber solange ich eine Toilette in der Nähe habe, ist alles gut.«

David erwidert mein Lächeln, wenn auch nur kurz.

»Bis später.«

Er hält mich noch einen Moment mit seinem Blick fest. Dann dreht er sich um und schließt leise die Tür hinter sich. Ich starre auf die Stelle, an der er eben noch stand, und versuche ihn durch das Türblatt zu beobachten. Die Tür seines Zimmers, die zuschlägt, seine Schritte auf der Treppe, schwer und plump, dann die Haustür und das metallische Klicken des Schlüssels, mit dem er die Tür abschließt.

Dann ist mein Junge verschwunden, und ich habe mich noch nie so alleine gefühlt, wie in diesem Moment.

***

Die Vormittage verbringe ich, kaum dass David das Haus verlassen hat, entweder bei Lou oder Cecilia, auch wenn ich gedacht hatte, den Alten nie wieder zu sehen. Ich muss raus aus dieser Welt, in die sich mein Leben verkrochen hat.

Mit Lou kann ich über alles reden. Er sitzt da, trinkt den Wein, den ich ihm jeden Morgen mitbringe, und tut so, als würde er zuhören. Ab und zu nickt er und wedelt mit der Hand durch die Luft, als versuche er, Fliegen zu verscheuchen oder einen wichtigen Kommentar loszuwerden. Die Geste ist schwer zu deuten. Meistens schläft er jedoch ein, was mich nicht daran hindert, weiterzuerzählen.

Bei Lou fühle ich mich wohl. Hier bin ich mehr zu Hause, als in meinem eigenen Haus. Im Viertel interessiert es niemanden, wer ich bin, oder was ich tue. Ich gehe im Meer aus Abfall und Gestank unter und bin einfach nur Jackson, ein Kerl aus Baton Rouge, dessen Leben die stinkende Grube am Boden der Klippe jeden Tag ein klein wenig mehr ausfüllt. In Lous erbärmlicher Wellblechhütte scheint die Zeit stehen zu bleiben, und mit ihr der Niedergang meines Lebens. Solange ich

Lou von Cecilia, Judith und all den anderen erzählen kann, bin ich wieder ein Mensch. Sobald ich wieder zu Hause im Schlafzimmer liege, nur ein Gegenstand, der von Megan geduldet wird.

Ich erzähle Lou sogar von Melody aus Oakdale, die ich nur ein paar Stunden gekannt hatte. Ich weiß, dass sie einen kleinen Jungen hatte, der die Nächte bei seiner Großmutter verbrachte, bis seine Mutter ihn am Vormittag müde und erschöpft von ihrem Job in einem altersschwachen Kombi abholte. Sie brauchte das Geld der Straße, sagte sie, da sie vom Vater des Jungen finanziell ruiniert wurde, und ihr kleiner Ben – er heißt Ben; aus irgendeinem Grund werde ich den Namen des Jungen nie vergessen – es einmal besser haben sollte als sie.

Ben wird jetzt wahrscheinlich seine Kindheit bei seiner Großmutter verbringen, mutmaße ich, und in den ersten Wochen mit Sicherheit jeden Tag am Ende der Auffahrt stehen, einen Teddybären auf dem Arm, und darauf warten, dass der verrostete Kombi seiner Mutter um die Ecke biegt. Er ist gerade einmal vier Jahre alt und noch zu jung, um zu verstehen, dass seine Mutter ihn nie wieder von der Großmutter abholen würde. Sein Leben würde auf jeden Fall besser werden als das von Melody.

Während ich meinem Kumpel all das erzähle, nickt Lou mit geschlossenen Augen und hebt die Hand zum Gruß, als sei ich gerade erst hereingekommen. Dabei blinzelt er zur Tür, als erwarte er, mich dort stehen zu sehen.

Wenn ich bei Cecilia bin, ist es anders. Wenn ich von Lou zurückkomme, gehe ich in den Garten und lehne mich gegen die Rückwand des Schuppens, dort wo die dornigen Ranken der Hecke das Gras ersticken und der schmale Pfad immer enger wird.

Cecilia erzähle ich nichts von Melody oder irgendeiner anderen. In den wenigen Minuten, in denen ich an ihrem Grab stehe, gibt es nur Cecilia und mich, keine anderen Mädchen.

Meistens wünsche ich mir dann, ich könnte die Zeit wieder zurückdrehen, meine Freundin am Fenster meines Zimmers stehen sehen und den Augenblick einfach nur genießen, anstatt mich an sie heranzuschleichen und sie mit dem feuchten, mit Chloroform getränkten Tuch zu betäuben.

In jener Sekunde am Fenster meines Zimmers hatte mein Untergang begonnen, obwohl ich erst Jahre später von ihm eingeholt und in die Grube gestoßen wurde.

Bei Cecilia bleibe ich nie lange, denn die meiste Zeit opfere ich für Lou. Wenn mein Junge aus der Schule kommt, liege ich wieder im Bett und stelle mich schlafend, wenn er die Tür öffnet.

Ich habe festgestellt, dass das Schlafzimmer sein erster Weg ist, wenn er das Haus betritt.

Nach dem Öffnen der Haustür und seinen schweren, müden Schritten auf der Treppe, höre ich als Nächstes, wie er seine Schultasche achtlos in sein Zimmer wirft. Dann kommt er zu mir, klopft an und öffnet die Tür.

Er bringt mir dann immer etwas zu trinken, ohne dass ich ihn darum gebeten hätte.

Ich tue dann so, als sei ich gerade aufgewacht, reibe meine Augen und blinzle dem Tag entgegen. Dann setzt sich David ans Fußende des Bettes, weit weg von mir, und fragt mich, wie ich mich fühle.

Ich sage ihm jedes Mal dasselbe, nämlich, dass es mir schon viel besser geht, doch David schüttelt den Kopf und sieht mich mit einem bedauernden Blick an. Ich scheine tatsächlich auszusehen, als sei ich krank, denn ich muss nicht einmal schauspielern, um meinen Jungen von meiner Rolle zu überzeugen. Vielleicht sehe ich aber auch nur von Natur aus krank aus, wer weiß das schon?

Wir unterhalten uns über belangloses Zeug. Er erzählt mir von der Schule und davon, dass er versucht, *die Anderen*, wie er sich ausdrückt, auf Distanz zu halten. Ich erzähle ihm von meinem Roman und lasse ihn die ersten Seiten lesen. Dass er sie nicht verlegen lächelnd ablehnt und zur Seite legt, ist ein weiterer Vertrauensbeweis für mich. Während ich ihm dabei zusehe, reift in mir ein Gedanke, der schon seit Tagen hoch über meinem Verstand schwebt, sich aber jeglichem Zugriff bisher beharrlich verweigert hatte, als würde ein Adler majestätisch über meinem Kopf kreisen. Doch jetzt habe ich zum ersten Mal den Eindruck, als versuche sich der Gedanke, oder die Empfindung, verstohlen an mich heranzuschleichen.

David liest konzentriert, verzieht an einigen Stellen das Gesicht, als versuche er den Wahrheitsgehalt aus der Geschichte zu filtern, und nickt an manchen anderen Passagen. Einmal spielt sogar ein Lächeln um seine Mundwinkel.

Seit fast zwei Jahren hatte sich der Kontakt mit meinem Jungen auf ein Minimum beschränkt, nicht zuletzt durch das, was Megan David erzählt hat. Selbstverständlich trage ich selbst einen gehörigen Anteil an der angespannten Situation, denn mehr als einmal hatte ich seine Gegenwart vergessen und mich lautstark mit seiner Mutter über die Sache mit Judith gestritten.

Meinen Jungen jetzt auf der Bettkante sitzen zu sehen, tut mir nach den letzten Tagen verdammt gut. Ich kann spüren, wie mein Leben auf dem Weg zum Abgrund ein klein wenig langsamer wird, wenn er bei mir ist. Ob wir jemals wieder das unbeschwerte Verhältnis zueinander haben würden, wie es bis vor zwei Jahren Bestand hatte, kann ich nicht sagen, und ich wage auch nicht, darüber nachzudenken. Doch wir sind auf einem guten Weg, das geht schon allein aus den Gesprächen hervor, die mein Junge und ich führen, kaum dass er von der Schule zurück ist. Zeitweise sind wir keine Fremden mehr füreinander, sondern Kumpel, die sich nach langer Zeit mal wieder auf ein Bier getroffen haben und sich einander anzunähern versuchen.

»Mom nennt das hier Mist«, sagt David, als er mit Lesen fertig ist, und winkt mit dem Manuskript.

»Hat sie es jemals gelesen?«

David zuckt mit den Schultern und blättert noch einmal durch die Seiten. »Ich finde es gut. Warum schreibst du nicht weiter?«

Diesmal bin ich es, der keine Antwort geben kann. Mein Blick geht zum dunklen Monitor des Computers.

»Vielleicht hat mir die Motivation gefehlt.« Meine Augen suchen die des Jungen. »Das, was du da gerade gesagt hast, nennt man zum Beispiel Motivation.«

Er denkt einige Augenblicke darüber nach, dann lächelt er. Es ist das erste Mal seit zwei Jahren, dass mein Junge seine ernste Maske für einen kurzen Moment lüftet.

»Dann steht deinem Roman ja jetzt nichts mehr im Weg.«

Plötzlich dreht er sich um und wirft einen Blick über die Schulter, als erwarte er, seine Mutter dort stehen zu sehen, die Hände in die Hüften gestemmt und den Blick vernichtend auf ihren Sohn gerichtet. Das Bett ächzt unter seinem Gewicht.

»Ganz egal, was sie sagt.«

Als David mich wieder ansieht, steht ein breites Grinsen auf seinem Gesicht. Mit einem Schlag ist er wieder *mein Junge*.

Eine Weile sagt niemand mehr etwas. David steht auf und legt die Blätter meines Romans auf den Schreibtisch zurück, ordentlich ineinandergeschoben, genau an die Stelle, an der sie vorher lagen. Als er sich wieder aufs Bett setzt, ist er etwas näher an mich herangerückt. »Mom war ziemlich sauer auf dich wegen der Sache mit dieser Judith.«

Seine Worte treffen mich so unerwartet wie ein Dolch. Er sieht mich an und hält meinen Blick fest. Mir wird in dieser einen Sekunde bewusst, dass mein Sohn nun *meine* Geschichte hören will. Seit zwei Jahren kennt er nur die Ansicht seiner Mutter, die diese ihm mit Nachdruck beigebracht hatte. Wenn ich jetzt etwas Falsches sage, könnte ich damit die zerbrechlichen Bande, die gerade am Neuentstehen sind, sofort wieder zerstören.

Es dauert einige Sekunden, bis ich ihm antworten kann. Tausend Worte gehen mir durch den Kopf.

»Was ich damals getan habe, war unverzeihlich, da muss ich deiner Mutter Recht geben.«

Ich halte inne und lasse meinem Jungen Spielraum, darauf zu reagieren. Doch David sieht mich weiterhin nur an.

»Ein Mann sollte so etwas nicht tun, wenn er Familie hat. Aber damals war ich schwach geworden, wofür ich mich insbesondere vor dir schäme. Du bist mein Sohn und sollst so etwas eigentlich nicht miterleben müssen.«

Mein Blick wandert Hilfe suchend durchs Zimmer. Wie soll ein Vater seinem Sohn erklären, dass er für eine andere Frau sogar dazu bereit gewesen wäre, seine Familie zu verlassen? Wie sollte ein zwölfjähriger Junge so etwas verstehen?

Davids leise Stimme reißt mich aus meinen Gedanken.

»Irgendwie kann ich dich verstehen.«

Seine Worte überraschen mich, und mein Junge scheint mir die Verwirrung auch anzusehen, denn er hebt entschuldigend die Schultern und starrt auf einen Punkt zwischen uns. Plötzlich ist er kein zwölfjähriger Junge mehr.

»Ich weiß, was Mom für ein Mensch ist. Ich habe oft gehört, wie sie am Telefon oder bei ihrer Freundin über dich gesprochen hat. Dass sie sauer auf dich war, kann ich verstehen, aber ich denke, irgendwann sollte man auch verzeihen können.«

Solche Worte von einem Zwölfjährigen. Von *meinem Sohn*. David erscheint mir in diesem Augenblick so vernünftig, wie ich selbst es noch nie gewesen bin. Was ich auf seine Worte antworten soll, weiß ich nicht. Zum einen bin ich gerührt, nicht nur, weil mein Sohn mit mir nach zwei Jahren endlich über die ganze Sache redet, sondern vor allem wegen dem, *was* er sagt. Außerdem ist die Unterhaltung an einem Punkt angelangt, an der jedes Wort, das ich sage, falsch sein kann. David hat mehr als einmal unsere Streitereien mitbekommen, ebenso das eine oder andere unflätige Wort, auch aus meinem Mund. Meine Meinung zu Megan und ihrem Verhalten in den letzten Jahren – und insbesondere in den letzten Wochen, seit sie weiß, dass Judith, *meine Schlampe,* wieder in Baton Rouge ist – kennt David. Sie jetzt hier auszusprechen, käme einem plumpen Versuch gleich, meinen Sohn auf meine Seite zu ziehen.

»Sie hat es dir auch nicht gerade leicht gemacht.«

Die Worte kommen über meine Lippen, bevor ich die Möglichkeit habe, über sie nachzudenken.

Über Davids Gesicht huscht der Anflug eines traurigen Lächelns. »Ich bin dein Sohn«, antwortet er, betrachtet seine Handflächen mit ernster Miene und sieht mich dann direkt an. »Das musste sie mir bei jeder Gelegenheit unter die Nase halten.« Er verstellt die Stimme und verdreht die Augen. *»Was kann ich auch anderes von dir erwarten? Du bist ja der Sohn von diesem …«*

David verstummt und blickt mich erschrocken an. »Entschuldige, Dad.«

»Schon gut, Partner. Ich weiß, wie deine Mutter mich tituliert hat.«

»Tituliert?«

»Wie sie mich nennt. Welche Namen sie sich für mich ausdenkt.«

Unsere Blicke treffen sich für eine ernste Sekunde, die wohl längste Sekunde meines Lebens. Dann bricht David plötzlich in lautes Gelächter aus. Dabei zittert seine Brust wie bei einer übergewichtigen Frau, und das Holz des Bettes beginnt zu knarren.

»Da waren schon einige abgedrehte Sachen dabei.«

Jetzt lache auch ich, aber weniger wegen dem, was Megans Verstand ersonnen hat, sondern wegen der Tatsache, meinen Sohn wie einen albernen Teenager zu erleben.

Zumindest für den Moment ist der übellaunige, ernste Junge verschwunden.

»Vielleicht habe ich auch einige der Wörter verdient«, sage ich und schüttle den Kopf. Das Lachen war die beste Medizin gegen den Schmerz, den Judith mir zugefügt hat.

»Vielleicht«, antwortet David und sieht mich nachdenklich an.

»Aber ich glaube, eher nicht.«

Wir reden noch eine Weile oberflächlich über die Sache mit Judith, wobei es mich immer mehr verwundert, dass sich David in dieser Angelegenheit mehr und mehr auf meine Seite stellt, ohne dass ich mich weiter erklären muss.

Als von unten die Haustür zu hören ist, verstummen unsere Gespräche ebenso abrupt wie Davids Lachen.

»Ich muss gehen«, sagt er knapp, steht auf und dreht sich dann noch einmal zu mir um.

»Ich weiß, dass du kein Scheißkerl bist. Genauso … tituliert sie dich nämlich gerne.«

»Es ist schön, dass du das sagst, Partner.«

David nickt und schenkt mir ein letztes Lächeln. Von unten ist Megans Stimme zu hören, Schlüssel werden auf den Schrank neben der Haustür geworfen.

»Wir sehen uns …«, sagt er, doch da ist er schon zur Tür hinaus, sodass ich seine letzten Worte nur erraten kann.

Ich starre zur Tür, lausche den Stimmen und den Schritten dahinter und genieße das Gefühl, dass meine Welt aufgehört hat, sich ihrem Ende entgegenzudrehen.

Der Gedanke am äußersten Rand meiner Wahrnehmung taucht wieder auf. Und diesmal gelingt es mir, ihn festzuhalten. Die Kreise des Adlers werden enger.

Und ich würde ihn so schnell auch nicht wieder loslassen.

***

Den nächsten Morgen verbringe ich wieder im Viertel.

Ich komme mir so aufgeregt wie ein kleiner Junge vor, der seinem Vater erzählen muss, dass er den Weihnachtsmann gesehen hat.

Entgegen aller Erwartungen kann ich Lou schon von Weitem sehen. Er steht neben seiner Hütte, am Rand der Müllkippe und betrachtet den unter den ersten Sonnenstrahlen des Tages flimmernden Unrat einer Gesellschaft, die Menschen wie Lou schon vor langer Zeit hierher gebracht, vergraben und vergessen hat.

Ich beobachte ihn eine Weile, während ich auf der Motorhaube meines Wagens sitze, den rechten Fuß lässig auf der Stoßstange stehend, und eine Zigarette in Händen halte. Der Wind treibt mir den Qualm in die Augen. Das Kreischen der Raben über dem Meer hört sich weit entfernt an.

Ich habe Lou noch nie außerhalb seiner Baracke angetroffen. Auf die Entfernung hin kommt er mir vor wie ein Urlauber, der sich am Strand den Ozean betrachtet, unbekümmert und scheinbar mit sich und der Welt im Reinen. Wären seine zerlumpte Kleidung und der widerliche Gestank des Viertels nicht gewesen, so hätte man Lou durchaus für einen Mann halten können, der über den Sinn des Lebens nachgrübelt. Vielleicht hat er das früher, in seinem alten, erloschenen Leben, sogar oft getan.

Am Himmel ziehen die meckernden Raben und andere Vögel, deren Namen ich nicht kenne, ihre Kreise, tauchen ab und zu in das erstarrte Meer ein und machen sich mit ihrer Beute davon. Das Krächzen und Schreien der Tiere macht den Ort zu etwas, das sich weit abseits der normalen Welt abspielt.

Ich liebe die Sonnenaufgänge im Dump Quarter.

Als die Sonne den Horizont verlässt und den Himmel in ein helles, jungfräuliches Blau verwandelt, schlendere ich zu Lou, die Hände in den Taschen meiner Jacke vergraben, und stelle mich neben ihn. Er bemerkt mich zuerst nicht, doch dann dreht er für einen kurzen Moment den Kopf, sieht mich an, nickt, und schaut dann wieder auf die Müllkippe hinaus. So begrüßen sich Männer. Freunde.

Ich wusste bis dahin nicht, wie groß Lou ist. Er überragt mich um fast einen Kopf. In seiner Hütte hatte ich stets den Eindruck, dass er ein bisschen kleiner als ich wäre. Wieder einmal ertappe ich mich bei dem Versuch, mir den alten Mann in seinem früheren Leben vorzustellen. In Gedanken ziehe ich ihm einen Anzug an, lasse ihn in ein unbelüftetes Büro mit schlechter Beleuchtung gehen und unsinnigen Small Talk mit Menschen halten, die er nicht ausstehen kann.

Doch meine Vorstellung will nicht mit der Gestalt neben mir übereinkommen. Lou steht einfach nur da und starrt auf die Müllkippe hinaus. Sein Blick ist ernst, die Augen in seinem wettergegerbten Gesicht kaum zu erkennen. Er sieht aus wie ein Mann, der auf etwas wartet, und sei es nur der Tod. Die nachdenklichen Falten in seiner Stirn scheinen mit einem Messer in die Haut gegraben worden zu sein.

Ich beginne, ihm von David zu erzählen. Meine Stimme verliert sich hier draußen im Geschrei der Vögel. Die Sonne steigt als bleiche Linie schnell höher.

Wir stehen da, als würden wir über irgendetwas Banales reden. Ich bin mir nicht sicher, ob Lou mir überhaupt zuhört. Entgegen meiner früheren Besuche nickt er nicht. Er hebt auch nicht seine Hand, als wolle er etwas sagen oder Fliegen verscheuchen. Er steht einfach nur da, ein alter Mann, der auf das Meer hinausstarrt. Ein alter Mann am Ende von allem.

Irgendwann, als die Sonne anfängt, mich zu blenden, komme ich von David auf Megan zu sprechen. Ich berichte meinem alten Freund, was mein Junge über sie gesagt hat, und wie wir darüber lachten, obwohl es eigentlich gar nichts zu lachen gab. Und ich erzähle ihm auch, wie gut mir dieses Lachen getan hat, besonders weil es ein Lachen zusammen mit meinem Jungen gewesen ist.

Ich habe Lou stets alles von mir erzählt. Ich glaube, der Alte kennt mich besser als so manch anderer, der von sich behauptet, mein Freund zu sein.

Lou weiß von den Mädchen, die jetzt hier im Viertel leben, er weiß von Cecilia und Judith, also erzähle ich ihm von dem flüchtigen Gedanken, der jeden Tag, an dem David bei mir am Bett gesessen hatte, ein klein wenig deutlicher und greifbarer geworden ist und in mir zu etwas heranreift, das ich noch nicht richtig einzuschätzen wage.

Ich weiß nicht genau, wie ich den Gedanken, der mir immer noch so flüchtig wie der Wind erscheint, in Worte kleiden soll. Vielleicht wage ich es aber auch einfach nicht, das auszusprechen, was sich wie ein hartnäckiger Traum in meinem Unterbewusstsein festgesetzt hat.

Lou steht da, als befände ich mich gar nicht neben ihm. Ich rede, und er hört schweigend zu. Als ich alles gesagt habe, schweige ich ebenfalls und wir blicken einfach nur in die Überreste der Welt hinaus.

Ich habe lange nicht mehr einen derart schönen Morgen erlebt. Die Welt kommt mir vor, als entstünde sie neu und würde sich aus der Asche meines alten Lebens erheben. Obwohl es kalt ist, friere ich nicht. Ich denke an David und sein Lachen und das, was ich in seinen Augen gefunden habe. Der Fall meines Lebens ist an diesem Morgen zum Stillstand gekommen, und die einherziehende Stille tut mir gut. Irgendwo in meinen Gedanken lösen sich Verspannungen und Ängste, die mich in den letzten Tagen in einem Strudel aus Niedergang und aufsteigender Panik gefangen hielten. Es ist nicht nur die Welt, die neu geboren wird.

This is the first day of my life, denke ich, einem Song aus Megans Radio entsprechend, und sauge das Schweigen der Welt auf.

Als es auf die Mittagszeit zugeht, stecke ich Lou ein paar Dollar in die Tasche seiner abgewetzten und an zahlreichen Stellen geflickten Jacke. Er beachtet mich nicht, doch als ich mich umdrehe, um zum Wagen zu gehen, hält mich ein raues Räuspern zurück. Es klingt, als würde jemand durch Blech sägen. Als ich mich noch einmal dem Alten zuwende, sieht er mich an. Ein spöttisches Grinsen liegt auf seinem Gesicht.

Für wenige Augenblicke ist er jener Mann, den ich mir im Anzug inmitten anderer, gesichtsloser Lakaien in einem Großraumbüro vorzustellen versuchte.

Wir sehen uns eine Weile an, und ich habe das Gefühl, dass sich sein Blick bis auf den Grund meiner Seele gräbt. Lou hat graue Augen.

»Tue, was das Beste für deinen Jungen ist.«

Er nickt zur Bestätigung seiner Worte und hebt die Hand. Die Bewegung hat etwas Kraftloses an sich, wirkt aber trotzdem lebendig und konzentriert. Die Worte klingen klar und kalt.

Dann dreht er sich um und geht mit schwerfälligen Schritten zu seiner Hütte, plötzlich nur wieder der Schatten eines Menschen. Papier und Dreck rascheln unter seinen durchlöcherten Schuhen, sein Atem steigt als grauer Dampf vor seinem Gesicht auf.

Ich sehe ihm nach, bis er die Tür hinter sich geschlossen hat. Mit einem Schlag kommt mir die Müllkippe leer und ausgestorben vor, als hätte es hier nie einen anderen Menschen gegeben.

Den Blick zur Sonne gerichtet, gehe ich zum Wagen zurück, mein Schatten als unförmige Kreatur neben mir, und bleibe, ohne den Motor zu starten, hinter dem Lenkrad sitzen. Ich käme mir schäbig vor, wenn ich diese neue Welt mit meinem Lärm aufschrecken würde.

***

Statt zurück nach Hause zu fahren, nehme ich den Highway nach Oakdale. Neben mir sitzt der Teufel und starrt mich unentwegt an, während die Sonne sich wie Gold in der Windschutzscheibe spiegelt.

Früher saß mein Vater da, wir redeten, und er gab mir Tipps, wenn ich ein neues Mädchen besorgte.

Heute kann ich meinen Vater nicht einmal im Rückspiegel sehen.

Es gibt einen Song, *Twisted Road,* in dem Neil Young mit dem Teufel über die Straße spaziert.

Genau das tue ich auf meinem Weg nach Oakdale, nur dass wir in meinem Van sitzen und Radiohead aus den Boxen dröhnen.

Ich bleibe etwas entfernt von der Gasse stehen, in der Melody Geld für sich und ihren Sohn Ben verdient hatte. In Gedanken sehe ich plötzlich den Jungen vor mir, wie er vielleicht immer noch auf den nach Abgasen stinkenden Wagen seiner Mutter wartet, während seine Großmutter in der Küche Kuchen bäckt und sein Großvater den Kerl verflucht, der seinem Enkel die Mutter genommen hat.

In der nächsten halben Stunde fährt zweimal ein Streifenwagen an meinem Auto vorbei, verlangsamt an der Einfahrt zur Gasse und beschleunigt dann wieder. Zwei Männer sitzen darin, ein junger Kerl mit Brille und ein älterer, in dessen Gesicht die Erfahrung der Straße zu erkennen ist. Melodys Verschwinden ist also nicht unbemerkt geblieben, trotz der Anonymität, in der die Mädchen ihren Lebensunterhalt zu verdienen versuchen.

Ich bleibe noch weitere zehn Minuten, in denen ich mir verschiedene Pläne zurechtlege und sie gleich darauf wieder verwerfe. Dann fahre ich zurück zum Highway. Melody war bereits ein großes Wagnis gewesen, vor denen mein Vater mich immer gewarnt hatte. Er sagte immer: Kurzschlusshandlungen bringen deinen Arsch schneller ins Gefängnis, als du furzen kannst. Er benutzte genau diese Worte, als ich erst dreizehn oder vierzehn war. Mir jetzt ein weiteres Mädchen aus der Gasse ins Auto zu laden, wäre ein unverzeihlicher Fehler, zumal die Polizei sich mit Sicherheit nicht nur auf den Streifenwagen mit den beiden Beamten beschränkt. Sollte ich mir jetzt ein Mädchen holen, hätten sie meine Autonummer, und dann müsste ich wirklich das schnelle Furzen üben.

Auf der Fahrt nach Baton Rouge bin ich alleine im Van. Ich gröle Songs im Radio mit, die mich an bessere Zeiten erinnern, darunter einen, den Judith und ich während unserer ersten Nummer gehört hatten, und der uns zu einem heißen, synchronen Rhythmus animierte.

Ich fühle mich gut, zum ersten Mal seit Wochen. Die Landschaft fliegt an mir vorbei wie die Erinnerungen, die von den Songs an die Oberfläche katapultiert werden; nicht mehr, als bunte, verwaschene Farben. Die Sonne steht jetzt hinter mir und blendet mich im Rückspiegel. Heiße Luft aus den Heizungsschächten bläst mir ins Gesicht.

Ich wünsche mir, David wäre jetzt hier. Wir könnten über den Highway fliegen, so wie früher, und alberne Straßenspielchen spielen, könnten an einer der kleinen Raststätten anhalten und Burger und Eier mit Speck essen, dazu ein Bier für mich und eine Limonade für ihn. Es könnte alles so sein wie damals.

An die Zeit zu denken, schnürt mir die Kehle zu. Ich frage mich, ob es mit meinem Jungen jemals wieder so werden wird. Er ist zwar keine acht Jahre mehr, aber immer noch mein Sohn, auch wenn ich in den letzten Jahren oft nicht den Eindruck hatte.

Kurz vor Baton Rouge steigt der Teufel wieder zu mir in den Wagen. Er steht am Straßenrand, ich halte an und lasse ihn einsteigen. Dann sitzt er neben mir, starrt mich an und schenkt mir ein zahnloses Lächeln, das mich an Lou erinnert. Der Gestank ist derselbe wie in der heruntergekommenen Wellblechhütte des Alten.

»Du weißt, was zu tun ist«, sagt er über das Dröhnen des Radios hinweg. Er benutzt Lous Stimme. Dieselbe, mit der er heute Morgen zum ersten Mal mit mir gesprochen hat. Ein klein wenig blechern und kehlig, als würde etwas aus seinem Mund sprechen, was sich tief im Rachen versteckt hält.

Ich nicke und trommle ein Gitarrensolo auf das Lenkrad.

»Ein Mann sollte nicht tatenlos dabei zusehen, wie sein Leben im Morast versinkt.«

Ich drehe das Radio leiser und sehe Lou an. Dampf steigt zwischen seinen Hörnern auf, es riecht nach Schwefel, toten Tieren und Scheiße. »*Du* bist der Teufel, Lou? Na komm schon, alter Freund, sag mir, dass das nicht wahr ist.«

Ein breites Grinsen stiehlt sich über mein Gesicht, mein Blick wechselt zwischen dem Lou-Ding und der Straße. Ich beginne zu lachen und trommle gackernd auf meine Schenkel.

»Lou, verdammte Scheiße. Ich glaube es nicht. Du hinterhältiger …« Lou sieht mich nur an und grinst ebenfalls. Dann blickt er aus dem Seitenfenster und betrachtet schemenhafte Farmhäuser, die sich in einiger Entfernung an schwarze Äcker schmiegen.

»Viele Dinge im Leben erscheinen anders, als wir sie wahrnehmen«, knurrt er nach einer Weile, ohne mich dabei anzusehen. »Hättest du denn jemals gedacht, dass sich dein Leben in diese Richtung entwickelt? Dass du über den Highway fährst und mit dem Teufel redest?« Er dreht den Kopf in meine Richtung. Die Wirbel im Genick knirschen. »Oder hast du jemals geglaubt, dass deine Besuche bei Lou nur Zufall sind?«

Das Ding schüttelt den Kopf. Rauch verteilt sich wie wallender Nebel im Wageninnern.

»Ganz gleich, was passiert, alles hat einen Sinn im Leben.« Lous Stimme klingt wie das Knurren unzähliger Hunde. »Denkst du, die Nacht, in der dein Vater auf der Treppe in den Kellerraum saß, hatte einen Sinn?«

Ich sehe Lou lange an. Blutige Speichelfäden tropfen auf den Autositz. In einer Sekunde ist er der Teufel, im nächsten Augenblick die abgebrochene Kreatur, die ich als Lou kennengelernt habe.

»Alles hat einen Sinn im Leben«, sage ich schließlich und nicke zur Bestätigung. »Alles hat einen Sinn.« Eine weitere Weisheit meines Vaters.

Ich drehe das Radio wieder lauter und bewege lautlos die Lippen, als ich einen Song von Kylie mitzusingen versuche. Kalter Schweiß steht auf meiner Stirn und rinnt die Schläfen hinab. Bei jedem stummen Wort des Songs spritzt Speichel von meinen Lippen.

Den Rest der Fahrt reden wir nicht mehr. Lou hat alles gesagt, was gesagt werden musste.

Als ich zu Hause ankomme, ist er verschwunden und ich bin alleine im Wagen. Doch sein Gestank liegt immer noch in der Luft.

Es ist später Nachmittag, als ich das Radio ausschalte und aus dem Wagen steige.

Gerade lief *Sympathy for the devil* von den Stones.

***

Megan ist in der Küche, als ich ins Haus komme. Ich kann sie mit Geschirr hantieren hören, außerdem läuft das Radio neben der Kaffeemaschine.

Nachdem ich die Jacke ausgezogen und meine Schlüssel auf das Schränkchen neben der Haustür geworfen habe, gehe ich zuerst ins Wohnzimmer, von wo ich die quäkende Stimme einer Comicfigur hören kann. David liegt auf der Couch, eine Tüte Chips auf der Brust balancierend, und sieht sich eine Serie mit Duffy Duck an. Als er mich im Türrahmen erblickt, setzt er sich auf, sodass ich mich neben ihn setzen kann.

»Hey, Partner. Darf ich?«

Ich deute auf die Chipstüte. David nickt.

»Geht es dir besser? Ich war nach der Schule oben, aber du warst nicht da.«

Sein Blick ist ernst. Aus den Augenwinkeln beobachtet er die Tür.

»Dank deiner Pflege bin ich wieder auf dem Damm.«

Ich klopfe ihm auf den Oberschenkel und bemerke, wie er meiner Bewegung mit den Augen folgt. Hier im Wohnzimmer, in der Nähe seiner Mutter, wirkt er nicht so entspannt wie oben im Schlafzimmer. Er weiß, dass er hier unter ständiger Beobachtung steht.

»Ich hatte etwas in der Stadt zu erledigen.«

Davids Blick wandert wieder zum Fernseher, wo Duffy mit seinem Schnabel gerade in einem Astloch feststeckt. Die Chipstüte stellt er zwischen uns. Er war noch nie jemand gewesen, der viele Worte macht, auch als Kind nicht. Ich greife zu und stecke mir ein paar Chips in den Mund. Einige Krümel fallen auf mein Hemd und verschwinden dann auf dem Boden vor der Couch.

»Ich rede kurz mit deiner Mutter, okay?«

David betrachtet mich mit fragendem Blick und sieht mir hinterher, als ich das Wohnzimmer verlasse, sagt jedoch nichts.

Als ich in die Küche komme, kann ich die Kälte, die von Megan ausstrahlt, fast greifbar spüren.

»Dafür, dass du krank bist, kommst du spät.«

Sie dreht sich nicht zu mir um. Im Radio laufen die Doors. Der Geruch von Seife und Fett liegt in der Luft.

»Wie du siehst, geht es mir besser.«

Ich bleibe im Türrahmen stehen und beobachte sie. Irgendwann einmal habe ich diese Frau geliebt, aber das ist länger her, als ich bisher angenommen habe. Nicht umsonst habe ich mich auf ein Abenteuer mit Judith eingelassen und war sogar dafür bereit gewesen, meine Zelte hier abzubrechen.

»Als ich in der Stadt war, habe ich Judith getroffen«, sage ich betont langsam.

Megan hält für einen kurzen Moment in ihrer Arbeit inne, fährt dann scheinbar ungerührt damit fort.

»Deine Schlampe?«

»Ja, meine Schlampe.« Ich stoße ein kurzes Lachen aus. »Wir haben uns zufällig in einem Fast Food Restaurant getroffen.«

Megan erwidert nichts, doch ihre Haltung wirkt plötzlich angespannt.

»Sie hat mir von New Orleans erzählt und schon wieder versucht, mich anzumachen.«

»Ich sagte dir doch, sie ist eine Schlampe.«

Ich werfe einen Blick über die Schulter zum Wohnzimmer, doch David hat sich wieder auf der Couch ausgestreckt. Es kostet mich mehr Überzeugung, als ich gedacht habe, mich Megan zu nähern und ihr von hinten meine Hände auf die Schultern zu legen.

Das Gefühl, eine Skulptur aus Eis zu berühren, ist so übermächtig, dass ich fast zwei Schritte zurückgegangen wäre. Megan hält in ihrer Arbeit inne, dreht sich aber nicht zu mir um. Der saure Geruch von Seifenwasser kitzelt in meiner Nase. Dazu Megans herbes Parfum, das wenig mit Verführung und Weiblichkeit zu tun hat.

»Du hast recht. Du hast die ganzen zwei Jahre Recht gehabt. Dass sie sich heute wieder an mich rangemacht hat, nach allem, was passiert ist, beweist mir, dass sie wirklich eine Schlampe ist. Daran konnte auch New Orleans nichts ändern.«

Während ich rede, legen sich meine Arme um Megans Oberkörper. Die Kälte raubt mir fast den Atem. In meinem Kopf kann ich plötzlich Lous Stimme hören, so deutlich, als würde ich ihn im Arm halten. Ich frage mich plötzlich, ob der Teufel tatsächlich auf dem Highway neben mir gesessen hat.

»Die Erkenntnis kommt reichlich spät, Jackson«, sagt Megan leise. Unbeachtet meiner Umarmung fährt sie damit fort, das Geschirr abzuwaschen.

»Besser spät als nie, pflegte mein Vater immer zu sagen.«

Eigentlich bezog mein alter Herr diese Weisheit auf etwas anderes, doch das sage ich Megan natürlich nicht.

»Was hältst du davon, wenn ich meine ganzen Fehler der letzten zwei Jahre heute Abend wieder gutmache?«

Ich flüstere ihr ins Ohr und werde sofort an Judith erinnert. Meine Nackenhärchen stellen sich auf, doch meine Arme schließen sich noch ein klein wenig fester um Megans imposante Oberweite. Im Radio läuft jetzt U2, und ich konzentriere mich auf Bonos Stimme, um mich von der albernen Szenerie mit Megan abzulenken. Im Hintergrund kann ich Bugs Bunny singen hören.

»Und du meinst, du kannst so einfach zwei Jahre wieder gutmachen?«

Ohne dabei überhaupt an Megan zu denken, beginne ich, ihren Nacken zu küssen.

»Lass dich überraschen.«

Meine Hände streifen wie zufällig ihren Busen, dann gehe ich ins Wohnzimmer zurück und setze mich neben meinen Jungen, der mir bereitwillig Platz macht und die jetzt fast leere Chipstüte erneut zwischen uns stellt. Gemeinsam sehen wir uns eine weitere Folge mit Duffy und Bugs an, ohne dass einer von uns reden muss.

Ein gemütlicher Abend in einer perfekten Familie, wären da nicht die Gänsehaut in meinem Nacken und die dämonische Vorfreude, die sich wie das Feuer der Hölle in mir auszubreiten beginnt. Der Abend würde perfekt werden, aber nicht auf die Art, die Megan sich vorstellt.

***

Die Nacht ist nahezu vollkommen und wie für uns gemacht.

Silbernes Mondlicht spielt mit Megans Körper, der sich wie Alabaster über mir windet und sich, einer Göttin gleich, in die Nacht erhebt.

Seidenes Haar kitzelt mein Gesicht, feinstes Gold breitet sich wie ein Fächer über mir aus, die Hügel ihrer Brüste ragen prall und verlockend vor mir auf und wirken wie geschliffenes Porzellan. Das alles kommt mir so fremd vor, als hätte ich mir in einem schäbigen Bordell eine Hure genommen.

Als ich in sie hineinstoße, bearbeite ich Judith im Hotelzimmer, dann sitzt Karen auf mir und wiegt sich in perfektem Rhythmus, irgendwann höre ich Melodys mädchenhafte Schreie, die von den engen Wänden des Wohnmobils widerhallen, dann wiederum ist es Megan, die mir kalt in die Augen blickt, während ihr Körper sich aufbäumt, als würde ich ihr das Leben aussaugen.

Später, als sie erschöpft und schwer atmend neben mir liegt und ihre Blöße nur unzureichend bedeckt hält, sagt sie kein

Wort. Ihre Augen sind geschlossen, im Mondschein entdecke ich einen Ausdruck von Selbstekel auf ihrem Gesicht. Ich lächele.

Feiner Schweiß glänzt auf ihrer Stirn, eine Träne perlt aus ihrem Augenwinkel und glitzert wie ein Diamant in der Nacht. Wahrscheinlich denkt sie darüber nach, dass sie sich heute Nacht selbst verraten hat. Wie soll sie das ihren imaginären Freunden im Internet beichten? Was bleibt ihr noch, wenn nicht ihr Hass auf mich? Megan kam mir noch nie so widerwärtig vor, wie in diesem Moment.

Ich betrachte sie eine Weile, das Heben und Senken ihrer Brüste, ihre Lippen, die sich bei jedem Atemzug öffnen und schließen, ihr goldenes Haar schweißnass in der Stirn klebend.

Für mich ist die Nacht noch nicht beendet.

***

Am Morgen liege ich auf dem Rücken und blicke zum Fenster hinaus. Die Welt kommt mir wie eine graue Ruine vor, ausgezehrt, bar jeglichen Lebens. Doch ich fühle mich gut. Zum ersten Mal seit über zwei Jahren.

Davids Schritte stampfen durch das Haus, einmal kann ich ihn nach seiner Mutter rufen hören, dann das Radio in der Küche, wo Megan gestern Abend noch die Doors gehört hatte.

Ich bleibe abwartend liegen, mein Blick geht zu Big Joe G.I. auf dem Regal zwischen Büchern von Edward Lee, einem Päckchen Zigaretten, Homer Simpson und der leeren Coladose, die dort schon seit Monaten steht. Ein weiterer Beweis für Megans hausfrauliche Fähigkeiten.

Um kurz nach sieben stolpern Davids Schritte die Treppe hinauf, dann klopft es an der Tür.

»Komm rein, Partner.«

David streckt seinen Kopf durch den Türspalt, die Haare

sind noch feucht von der Dusche und kleben wie Sirup an seinem Kopf.

»Wo ist Mom?«

Ich setze einen ratlosen Gesichtsausdruck auf und tue so, als müsste ich überlegen.

»Oh, sie hat mir gestern gesagt, dass sie heute früher los muss. Hat einen Termin beim Arzt oder so etwas in der Art.«

Ich hebe die Schultern und grinse meinen Jungen an, ein Grinsen von der Art wie: Frauen, wer versteht sie schon.

»Okay, ich gehe dann auch mal los. Mein Bus kommt gleich.«

»Alles klar, Partner. Wir sehen uns.«

»Dito«, ruft mir David noch zu, dann schlägt er die Tür zu, verschwindet für einen kurzen Augenblick in seinem Zimmer und springt dann derb und plump die Stufen ins Erdgeschoss hinunter. Als die Haustür mit einem Knall ins Schloss fällt und gleich darauf das Sperren des Schlüssels zu hören ist, verschränke ich die Arme hinter dem Kopf und starre zur Decke.

Eine Weile ist es vollkommen ruhig im Haus, die Luft im Zimmer riecht verbraucht, geschwängert von Lust und Gier. Von weit her kann ich den Verkehrslärm der Hauptstraße hören, der jedoch schnell von meinem Lachen übertönt wird. Ich kann es nicht verhindern, Speichel läuft aus meinem Mundwinkel, und als ich versuche, ihn aufzuhalten, beginne ich wie ein zurückgebliebenes Kind zu kichern. Tränen schießen mir in die Augen und zeichnen seltsame Muster an die Zimmerdecke.

»Wir sehen uns, Partner«, flüstere ich, drehe mich zu Megans Seite um und schlage die Bettdecke zurück …

Kapitel 9

Unter der Erde

Am Mittag sitze ich im Sessel vor der Luke, blättere in alten Magazinen und trinke Lous besten Wein. Mir gegenüber, in einer düsteren Ecke hinter der Falltür, sitzt mein Vater im Staub, mit dem Rücken zur Wand, und sieht mich an. Neben ihm steht der Teufel, der aussieht wie Lou, mit verschränkten Armen, ein höhnisches Grinsen auf den Lippen. Zwischen seinen Hörnern steigt knisternd Rauch auf, sein Gesicht ist jedoch das des alten Mannes von der Müllkippe. Er sieht mich nur an, sagt kein Wort.

»Tue ich das Richtige, Dad?«

Die Kälte eines grauen, wolkenverhangenen Morgens steigt wie Nebel aus meinem Mund. Durch die Fenster des Schuppens fällt kaum genug Licht, um den Raum zu erhellen.

Mein Vater betrachtet mich, als würde er durch mich hindurchsehen. Sein Gesicht ist ernst, er scheint zu überlegen.

Ich setze die Flasche an und nehme einige große Schlucke. Der Geschmack des Weins ist bitter, doch die Wärme in meinem Körper lässt mich die Zeit überstehen.

Lou gibt ein merkwürdiges Geräusch von sich, eine Mischung aus Zischen und krächzendem Lachen. Meine Aufmerksamkeit richtet sich auf ihn, die Augen des Alten funkeln mich spöttisch an.

»Was habe ich dir gesagt, Kleiner?«

Seine Stimme erinnert mich an Sandpapier, das über verrosteten Stahl gezogen wird.

»Tue, was du für das Beste hältst.«

Aus den Augenwinkeln kann ich sehen, wie mein Vater nickt. Sein Gesicht ist ernst, er öffnet den Mund, doch er sagt nichts. Ich kann sehen, was in seinem Kopf vorgeht.

Ich frage mich, ob er sich in jener Nacht im Jahre 1986 genauso gefühlt hat wie ich jetzt. Saß er auch hier im Sessel, während ich unten im Keller vor dem Metalltisch stand und meine Kindheit auf einen schrecklichen Schlag endete? Stellte er sich dieselben Fragen und wurde von Zweifeln gequält, die sich wie glühende Messer durch seine Eingeweide fraßen? Was erzählte *ihm* der Teufel damals?

Ich leere die Flasche mit einigen gierigen Zügen und lasse sie dann aus meiner Hand langsam zu Boden gleiten. Als ich wieder aufblicke, sind mein Vater und Lou verschwunden.

Ich sitze alleine in dem Sessel vor der Luke zum Kellerraum, wie in so vielen Nächten zuvor. Der Schuppen ist mir noch nie so still vorgekommen. Mit geschlossenen Augen lehne ich mich zurück und lausche in meine Gedanken, doch weder die Stimme meines Vaters noch die des Teufels sind zu hören. Ich bin vollkommen alleine. Das, was getan werden muss, muss ich alleine tun, so wie mein Vater vor achtundzwanzig Jahren alleine in diesem Sessel saß, bevor er sich auf die oberste Stufe der Treppe setzte und darauf wartete, dass ich ihn bemerkte.

Mein Verstand beginnt, sich in kleinen Kreisen zu bewegen, was an der Wirkung des Weins liegen mag, vielleicht auch an der Anspannung, die meinen Körper mit eisernen Klauen umklammert hält. Doch als ich die Tür des Schuppens höre, das leise, vertraute Quietschen der Angeln, beruhigen sich meine Gedanken augenblicklich. Plötzlich bleibt die Zeit stehen, und ich bewege mich wie in Zeitlupe durch mein Leben.

Ein Schatten taucht neben mir auf, dunkler, als der Rest des Schuppens. Kälte dringt wie der Atem einer niedergestreckten Welt in den Raum.

Als das Knirschen von Staub unter Schuhen verstummt, drehe ich den Kopf in Davids Richtung. Die Bewegung erinnert mich an abtrünnige Träume, in denen man sich wie durch dichten Nebel bewegt. Der Schuppen verzerrt sich für einige grässliche Augenblicke.

David sagt etwas, doch seine Worte kann ich erst hören, als er den Mund längst wieder geschlossen hält.

»Ich habe das hier in meinem Zimmer gefunden.«

Er hält den Brief in der Hand, den ich am Morgen geschrieben habe, nachdem mein Junge das Haus verlassen hatte.

Ich nicke, klappe das Magazin zu, das auf meinem Schoß liegt, und werfe es neben den Sessel. Ich bemerke, wie Davids Blick den Fotos folgt. Die leere Weinflasche fällt klirrend um, doch keiner von uns achtet auf das Geräusch.

Mein Blick wandert zu David. Der Junge sieht sich neugierig im Schuppen um, dann starrt er eine Weile auf den Brief.

»Ich habe auf dich gewartet, Partner«, höre ich mich sagen. Meine Stimme kommt von weit her, vielleicht aus dem Dump Quarter, und klingt so alt wie die von Lou. Vielleicht ist es sogar der Alte, der durch meinen Mund redet. Der Teufel persönlich.

David erwidert nichts, doch ich sehe tausend Fragen in seinen Augen. Sein Gesicht ist ernst, der Mund zu einer angespannten Linie gepresst.

Ich blicke noch einmal in die Ecke, in der mein Vater gegen die Wand gelehnt hatte, doch weder er noch Lou sind da. Die Sache muss ich alleine zu Ende bringen.

Als ich aufstehe, spüre ich die Kälte in meinen Knochen. David weicht einen Schritt von mir zurück, was mich einen Moment innehalten lässt.

»Ich möchte dir etwas zeigen.«

Unsere Blicke treffen sich für einen Augenblick, der mir wie eine Ewigkeit vorkommt. Ich weiß, dass ich zum letzten Mal kindliche Unschuld in seinen Augen sehe. In den nächsten Minuten wird sich das Leben meines Jungen für immer verändern, und nichts wird mehr so sein wie in den letzten zwölf Jahren.

Mit steifen, ungelenken Bewegungen gehe ich in die Ecke des Schuppens, bücke mich und greife nach dem Eisenring. David folgt mir mit langsamen Schritten. Vor dem Sessel bleibt er stehen.

Der Stahl liegt kalt und rau in meiner Hand. Als ich zu David aufblicke, finde ich eine kalte Leere in seinem Blick. Kein Entsetzen, kein Misstrauen, nur eine tiefe Teilnahmslosigkeit. Spürt mein Junge dasselbe wie ich? Ist seine Zeit wie meine stehen geblieben und wartet darauf, als die ersten Stunden eines Erwachsenen weiterzulaufen?

»Zwischen uns ist alles gut, Partner?«

Meine Stimme klingt gedrückt, da ich mich immer noch keuchend über den Griff der Luke beuge. Ich spüre kalten Schweiß auf dem Rücken, der mein Hemd in Eis verwandelt.

David nickt nur. Sein Blick ist am Eisengriff festgefroren.

Ich öffne die Falltür und spüre im selben Augenblick, wie sich unser beider Leben verändert. Es ist, als würde ein kalter Windstoß durch den düsteren Schuppen wehen. Der Moment ist zu groß, als dass ich ihn mit meinem Verstand erfassen könnte, wir sind beide nur noch Marionetten, die von etwas Gewaltigem gesteuert werden. Die Hände, die am Griff der Falltür ziehen, gehören nicht mehr zu mir, der Gestank, der uns aus der Erde entgegenschlägt, gehört nicht in diese Welt.

Ich richte mich auf und strecke die Hand aus. Das Ganze scheint Jahre zu dauern.

Zögernd kommt David näher, sein Blick wechselt zwischen mir und der Dunkelheit, die von unten in den Schuppen kriecht. Sein Gesicht ist eine glatt polierte Maske, ohne Emotionen, ohne Leben.

Als er neben mir stehen bleibt, trete ich auf die oberste Stufe der Treppe und beuge mich so weit vor, dass ich nach dem Lichtschalter neben der Luke tasten kann. Als meine Finger den Kunststoff gefunden haben, schließe ich die Augen und atme mehrmals tief ein und aus. Die Wirkung des Weins ist lange verflogen, doch seine Hitze rast immer noch durch meinen Körper und bläst die Welt auf, um sie gleich darauf wieder schrumpfen zu lassen. Als ich den Schalter drücke, endet das Leben wie David und ich es bis dahin kannten.

Ich steige die Treppe bis zur Hälfte hinunter, halte mich am losen Geländer fest und drehe mich zu meinem Jungen um.

Hatte mein Vater den Raum unter der Erde auf die gleiche Weise kennengelernt?

Ich strecke die Hand nach David aus und versuche ein aufmunterndes Lächeln aufzusetzen. Als David seinen Fuß auf die oberste Stufe setzt, schlägt mein Herz wie Donner zwischen meinen Schläfen. Die Welt hat längst jegliche Geräusche verloren, wir bewegen uns durch eine albtraumhafte Version der Wirklichkeit, verzerrt wie in einem beschlagenen Spiegel.

Ich sehe den Schmutz an Davids Sportschuhen, die Risse im Leinen. Als sich unsere Blicke treffen, erkenne ich zum ersten Mal Angst in seinen Augen. Seine Mundwinkel zucken.

Ich nicke ihm zu, eine Bewegung, die nicht von mir kommt, und mein Junge beginnt, hinter mir die Stufen hinabzusteigen.

Ich weiß, dass er nur den Stuhl sehen kann. Die Weinflasche daneben und das kleine Radio, das ich aus der Küche hergebracht hatte, um Megans Lieblingssender zu spielen.

Wie es der Zufall will, laufen erneut die Doors.

Einige weitere Schritte.

Der Gestank muss ihm aufgefallen sein. Jetzt sieht er die glänzenden Beine des Metalltisches. Fußabdrücke im Staub vor dem Tisch, von Schuhen und nackten Füßen.

Dann stehen wir beide am Fuß der Treppe, Davids Hand noch auf dem Geländer liegend.

Mein Herz besteht aus Bomben, die meine Gedanken sprengen. Kälte frisst sich bis in meine Knochen.

Megan schreit einige unverständliche Worte in den Knebel zwischen ihren Lippen.

Es ist der Moment, in dem sich etwas Gigantisches neu formiert und aus der Asche eines zurückgelassenen Lebens erhebt. Die Luft in dem kalten Kellerraum beginnt zu vibrieren.

***

Etwas später sitzt David im Sessel, ich knie vor ihm im Staub. Der Gestank von Exkrementen, Schweiß und Blut, der aus der Luke steigt, hüllt uns wie einen widerlichen Mantel ein.

Eine weitere Regel meines Vaters lautete: Irgendwann wird sich die Zeit wiederholen.

1986 saß ich im Sessel und mein Vater kniete vor mir. Unsere Blicke trafen sich damals. Heute sind es die Augen meines Jungen, die mich ansehen und nicht mehr freigeben.

Ich sehe, wie es hinter diesen Augen arbeitet, wie sich die Pupillen weiten, dann zusammenziehen und irgendwann stumpf werden, um in erneuter Angst aufzuflackern. Doch die Augen lassen mich nie los. Ich sehe die Welt eines Kindes darin zusammenbrechen. Dann, wie sich etwas Neues, Düsteres aus den Ruinen einer Kindheit erhebt, Gestalt annimmt und die Augen meines Jungen ausfüllt.

Außer einem gelegentlichen Wimmern aus der Dunkelheit der Erde ist es still im Schuppen.

»Ist immer noch alles gut zwischen uns, Partner?«

Hinter dem Sessel steht mein Vater. Seine Augen halten mich fest, wie es die meines Sohnes tun. Seine Hand liegt auf Davids Schulter.

Er nickt mit einem sanften Lächeln auf den Lippen.
Dann nickt auch mein Junge.
»Zwischen uns ist alles gut, Dad.«

Epilog

Ich habe meinen Vater seit diesem Tag nie wieder gesehen. Und als ich eine Woche später ins Dump Quarter fuhr, war auch Lou verschwunden.

Seine Hütte war verwüstet, als hätte ein Sturm darin getobt. Alles, was ich in Lous Baracke fand, waren leere Flaschen, die zerrissene Jacke des Alten und einige Dollar, die auf der Matratze in der Ecke lagen und im Wind flatterten. Und natürlich der alte, vertrocknete Fliegenfänger, der sich träge an einem übrig gebliebenen Balken über dem zerfetzten Korbgeflecht drehte.

Ich glaube, Lou war gegangen, weil er seine Aufgabe erfüllt hatte.

Das Ganze ist jetzt schon einige Jahre her. Ich habe meine Geschichte erzählt, so wie mein Vater vielleicht irgendwann einmal *seine* Geschichte erzählt hatte und wie es eines Tages auch mein Sohn tun wird.

Ich bin stolz auf den Jungen. Besonders, weil ich ihn ins kalte Wasser geworfen habe. Mein erstes Mädchen war eine Fremde gewesen, ebenso wie bei meinem Vater, wie er mir einmal auf der alten Couch im Kellerloch erzählt hatte, während wir ein besonders widerspenstiges Kunstwerk betrachteten. Bei David war es anders gewesen.

Sein erstes Mädchen war seine Mutter gewesen.

Doch der Schock hatte nicht lange angehalten, und er hatte sich mit einem Eifer ans Werk gemacht, der mich darüber nachdenken ließ, dass er eines Tages einmal der Beste werden könnte. Er legte den Enthusiasmus und die unerschöpfliche Energie eines begnadeten Bildhauers an den Tag, und seiner Fantasie schienen keine Grenzen gesetzt.

Er wurde tatsächlich der Beste, da hatte ich mich nicht getäuscht. Seinen alten Herrn stellte er locker in den Schatten, obwohl ich mir bisher immer eingebildet hatte, selbst eine Ausgeburt an Vorzüglichkeit gewesen zu sein.

Aber genau das ist es, was mich so stolz auf den Jungen macht. Ich kann beobachten, wie er ein anderer wird, wie er aufblüht, sein Gang sich verändert und sein Blick den harten, kalten Stich eines wirklichen Künstlers in sich trägt. Die Kanten seines Gesichts erscheinen mir härter, fast schon unnachgiebig und zielorientiert. Das ist es, was einen Jäger ausmacht.

Ich selbst gehe nur noch selten in den Raum unter dem Schuppen. Meine Zeit ist vorüber, ich habe das Zepter an den Jüngeren und Besseren übergeben.

Meistens sitze ich in dem alten Sessel vor der Luke, blättere in den Magazinen und trinke Wein von der Tankstelle. Wenn dann die Geräusche aus dem Raum unter mir dringen, lehne ich mich zurück, schließe die Augen und genieße die Klänge der Symphonie, die ich lange Zeit selbst gespielt habe. Dann schweifen meine Gedanken wieder in die Vergangenheit, zu Cecilia Pferdezahn, Karen, Judith und Megan. Sie tanzen an mir wie in einer grotesken Parade vorüber, bewegen sich hingebungsvoll im Takt von Schmerz und Lust, der aus den Tiefen der Erde in den Schuppen steigt.

Die wenigen Male, die ich in das Verließ steige, sitze ich auf der alten Couch in der Ecke und beobachte meinen Sohn bei der Arbeit.

Er hat begnadete Hände und einen feinen Spürsinn für fantasievolle Nuancen, die seine Werke zu etwas ganz Besonderem machen. Er hat sich binnen kürzester Zeit zu einem wahren Archipenko gemausert, der sein Ziel in keiner Sekunde aus den Augen verliert.

Wann immer ich auf der Couch sitze und ihm dabei zusehe, wie er seine Werke mit profanen, spielerisch wirkenden Handgriffen verändert – auf *ewig* verändert – spüre ich eine heiße Welle des Stolzes durch meinen Körper fließen.

Denselben Stolz, den mein Vater schon gespürt hatte, und dessen Vater vor ihm.

Manchmal, wenn ich mit meinem Jungen durch die Straßen unserer Stadt fahre, um zerstörte Werke ins Dump Quarter zu bringen, kann ich Lou im Rückspiegel sehen.

Er grinst mich mit seinen rot glühenden Augen an, während feine Rauchspiralen zwischen seinen Hörnern knistern.

Ich weiß nicht, ob David ihn bemerkt. Manchmal blickt er über die Schulter, als suche er etwas – oder jemanden – auf der Rückbank. Dann habe ich das Gefühl, dass er etwas spürt. Vielleicht nur ein Kribbeln auf der Haut, einen feinen Luftzug oder das kalte Gefühl, von jemandem beobachtet zu werden.

Doch wenn sich dann unsere Blicke treffen, beginnt er zu lachen, und wir grölen die Songs im Radio mit, während sich der Wagen ganz allmählich mit Schwefelgeruch füllt.

- E N D E -

ZOMBIE INC.
Chris Dougherty
Horror-Thriller

ISBN: 978-3-95835-084-7

als Klappenbroschur
und E-Book erhältlich

WILLKOMMEN bei ZOMBIE INC., dem führenden Hersteller von Zombieabwehrsystemen in der Republik der Vereinigten Fünf Staaten!
Seit 2027 im Geschäft, stellt ZOMBIE INC. SIE an erste Stelle. IHRE Sicherheit ist unser HAUPTZIEL!
Unsere zahlreichen Verteidigungsoptionen für Ihr Zuhause – vom Ze Fence® über Ze Popper® bis zum Ze Shed® – passen sich allen Bedürfnissen und jedem Budget an. Benutzen Sie den Scan Code »MEHR ERFAHREN«, um eine KOSTENLOSE unverbindliche vor-Ort*-Beratung zu erhalten.

*Planen Sie Ihren Termin im Vertrauen darauf, IHR HAUS NIEMALS VERLASSEN ZU MÜSSEN! Da draußen ist es nicht sicher, und das wissen wir besser als die meisten Menschen! Unsere Vertriebsmitarbeiter sind GUT AUSGEBILDET und in der Lage sämtliche feindlichen Begegnungen mit den Lebenden und den Untoten zu bewältigen.

Fünfundzwanzig Jahre nach der tödlichen Seuche steckt das erfolgreichste Unternehmen der Republik der Vereinigten Fünf Staaten, ZOMBIE INC., in Schwierigkeiten. Wird die bloße Tatsache von abnehmendem Nachschub und schwindender Nachfrage das Ende sein oder wird ZOMBIE INC. einen – wie auch immer widerwärtigen – Weg finden, um zu überleben?

EMOTION CACHING

Heike Vullriede

Thriller

ISBN: 978-3-95835-062-5

als Klappenbroschur
und E-Book erhältlich

»Nichts bannt mich mehr, als der Schrei eines Menschen.« - Kim

Die junge Kim und ihre drei Freunde spielen ein ungewöhnliches Spiel. Sie sammeln die Gefühle anderer Menschen. Bewaffnet mit der Kamera suchen sie nach dem großen Kick, und wenn der Zufall nicht mitspielt, helfen sie eben ein bisschen nach. Dabei hofft Kim, die Gefühlskälte, die sie seit dem Verlust ihres Vaters plagt, beim Anblick aufgewühlter Menschen vertreiben zu können.
Bald merkt sie: Die wirklich überwältigenden Gefühlsausbrüche liefern Angst, Entsetzen und Verzweiflung.

Was als harmloses Spiel beginnt, in dem Kim noch die Fäden in der Hand hält, nimmt immer bösere Züge an und entgleitet ihr mehr und mehr.

Nach ihren beiden Erfolgsromanen DER TOD KANN MICH NICHT MEHR ÜBERRASCHEN und NOTIZEN EINER VERLORENEN legt Heike Vullriede mit EMOTION CACHING einen erneut thematisch extrem spannenden Roman vor, der den Leser nur so über die Seiten fliegen lässt. Dabei beginnen ihre Erzählungen meist so harmlos und alltäglich, dass der Schrecken umso intensiver nachhallt. Lassen Sie sich in die Abgründe der menschlichen Seele entführen ...

LUZIFER
VERLAG